btb
Aus Freude am Lesen

btb

Buch

Der Richter des Obersten Gerichts ist gar nicht erfreut, als er die Schauspielerin und Stripperin Sjöfn erstochen in seinem Büro findet. Für die Polizei ist der Fall klar, zumal ein Video sein Alibi widerlegt. Außerdem hatte die Tote ein Video in ihrer Handtasche, das sie mit dem Richter beim Liebesspiel zeigt. Alle Fakten sprechen gegen den Richter, nur die Anwältin Stella Blómkvist glaubt an seine Unschuld. Sie recherchiert im Theatermilieu und entdeckt sehr bald, dass die junge Schauspielerin etliche Feinde hatte: Allein die verlassenen und betrogenen Männer sind kaum zu zählen. Hinzu kommen Konkurrentinnen aus dem Ensemble. Der Kreis der Verdächtigen ist groß, doch Stella hat einen bestimmten Verdacht …

Autorin

Stella Blómkvist ist das Pseudonym einer bekannten isländischen Persönlichkeit des öffentlichen Lebens. Ihre Krimis, allesamt in hohen Auflagen erschienen, spielen in den Bereichen Medien, Politik und Gerichtswesen und zeugen von großem Insiderwissen. Während das große Rätselraten, wer wohl die geheimnisvolle Unbekannte sein mag, weitergeht, dürfen sich die Fans auf einen neuen spannenden Krimi freuen.

Stella Blómkvist bei btb

Die Bronzestatue. Ein Island-Krimi (72897)
Das ideale Verbrechen. Ein Island-Krimi (72868)
Der falsche Zeuge. Ein Island-Krimi (73280)

Stella Blómkvist

Der falsche Mörder

Ein Island-Krimi

Aus dem Isländischen
von Elena Teuffer

btb

Die isländische Originalausgabe erschien 2001 unter dem Titel »Morðið í Hæstarétti« bei Mál og menning, Reykjavik.

FSC
Mixed Sources
Product group from well-managed forests and other controlled sources
Cert no. GFA-COC-1223
www.fsc.org
© 1996 Forest Stewardship Council

Verlagsgruppe Random House FSC-DEU-0100
Das FSC-zertifizierte Papier *Munken Print* für Taschenbücher aus dem btb Verlag liefert Arctic Paper Munkedals AB, Schweden.

1. Auflage
Deutsche Erstveröffentlichung Oktober 2005,
btb Verlag in der Verlagsgruppe Random House GmbH, München

Umschlagmotiv und -gestaltung: Design Team München
Satz: IBV Satz- und Datentechnik GmbH, Berlin
Druck und Einband: Clausen & Bosse, Leck
Lektorat: Frauke Brodd
EM · Herstellung: AW
Made in Germany
ISBN 3 442 73352 9

www.btb-verlag.de

Erste Woche

1. KAPITEL

Erster Sonntag im März

Er ist auf dem Weg. Der verdammte Orgasmus.

Ich habe Ort und Zeit vergessen. Mich ganz der Macht der Lust hingegeben, die von der Erinnerung an den schnittigen schwarzen Hengst und die heiße Musik in den Nerven meines Körpers entfacht wurde. Hier sprühen auch immer noch die züngelnden Flammen meines wunderbaren Feuerwassers aus Tennessee Funken.

Jetzt geht es nur noch darum, die Finger diesem harten, schnellen Rhythmus anzupassen, der mich mitten in der Nacht unter den bunten, blinkenden Lichtern völlig im Griff hatte. Wo ich vom Fieber der Triebe völlig besessen abgezappelt habe, fühlte, wie der Schweiß in Strömen zwischen den Brüsten, den Bauch und dann die Beine hinunterrann und das dünne Shirt und den eng anliegenden Rock durchnässte.

Um mich herum war alles voll von halb nackten Leuten, die wie huschende Schatten, die ständig in Bewegung waren, in meinem Blickfeld auftauchten und wieder verschwanden.

Aber ich hatte nur Interesse an einem.

Meinem Hengst. Meinem süßen, nächtlichen Spielzeug.

Diesem kohlrabenschwarzen, hoch gewachsenen amerikanischen Hengst, der erzählte, dass er hierher in das nördliche Reich der Kälte gekommen sei, um einen rotbraunen Basketball zu tätscheln.

Wahnsinn, wie fingerfertig er war!

Wenn ich die Augen schließe, sehe ich ihn vor mir, als hätte ich ihn immer noch im Arm. Er konzentriert den Blick seiner teerschwarzen Augen auf mich.

Stark. Durchtrainiert. Und allzeit bereit.

Presst sich an mich. Zeigt mit Taten, dass er auch mit anderen Dingen als einem dämlichen Ball umgehen kann. Lässt mich seine Muskelknarre spüren, die geladen bis zu seinem Nabel reicht.

Langsam, Stella! Langsam!

Ich will so weitermachen.

Genau so.

Will die Erregung so lange wie möglich genießen.

Plötzlich beginnt die Musik in meinem Kopf aus dem Takt zu geraten. Irgendetwas stört den tollen Beat.

Irgendetwas, das eintönig, frech und nervig klingt.

Unerträglich!

Der wohlige Augenblick geht vorbei.

Die anstachelnde Musik bekommt Schluckauf und stirbt langsam ganz aus. Der schwarze Hengst versinkt wieder im Dunkel der Erinnerungen. Der Orgasmus zieht sich in sein Versteck zurück.

Alles nur, weil irgendein Idiot an meiner Haustür einen Veitstanz aufführt. Drückt endlos auf die Klingel. Wieder und wieder und wieder.

Ich liege in Schweiß gebadet und keuchend unter meiner Bettdecke. Mit klatschnassen Fingern.

Versuche, das ständige Klingeln zu überhören. So zu tun, als würde ich nichts hören. Als wäre ich nicht zu Hause. Oder eben gestorben! Verschwunden!

»Weiche von mir, Satan!«

Aber es ist zu spät. Die erotikgeladene Stimmung ist vorbei. Die Fata Morgana verschwunden.

Es ist einfach wieder nur ein normaler Sonntag.

Und ich bin alleine im Bett.

Das Klingelmonster gibt nicht auf. Es scheint sich vorgenommen zu haben, den ganzen Tag zu schellen. Oder bis ich aufgebe und die Treppe heruntertippele.

Verdammter Sack!

Schließlich halte ich diese Tortur nicht mehr aus.

Rolle mich aus dem Bett. Fahre mit meinen Füßen wütend in die weichen Pantoffeln. Streife mir den warmen Bademantel über. Binde den Gürtel fest.

Fahre mit den Fingern durch mein helles, langes Haar. Meinen Goldschatz. Bevor ich ins Erdgeschoss flitze.

»Was zum Teufel ist denn los?«, schreie ich kochend vor Wut in die Gegensprechanlage.

»Entschuldige, aber ich muss umgehend mit dir sprechen.« Die Stimme klingt gefasst. Wichtig.

»Komm später.«

»Leider kann mein Anliegen nicht warten, da mein Freund noch heute vor Gericht erscheinen muss und er dich unbedingt vorher noch treffen muss.«

»Sonntags?«

»Ja, es ist so ein Fall. Würdest du bitte die Tür öffnen, damit ich dich über die Vorkommnisse in Kenntnis setzen kann?«

»Nein!«

Er zögert einen Moment. Versucht dann einen anderen Weg zu meinem Herzen.

»Also, ich bin überzeugt davon, ähem, dass du großes Interesse daran haben wirst, diesen Fall anzunehmen, sobald du gehört hast, was ich dir zu unterbreiten habe.«

»Geh nach Hause, schlafen!«

»Außerdem muss erwähnt werden, dass ich dich nur darum bitte, deinen Pflichten als Anwältin nachzukommen.«

»Ich bin nur mir selbst gegenüber verpflichtet. Nicht irgendwelchen verrückten Kerlen, die mich zu unchristlichen Zeiten sonntagmorgens aus dem Bett schmeißen.«

»Unchristliche Zeit? Es ist doch schon früher Nachmittag!«

Früher Nachmittag?

Ich gucke auf die Uhr. Es ist kurz vor zwei.

Uff!

Der Kerl hat mir sowieso schon den Tag versaut.

Wahrscheinlich werde ich bis in den späten Abend hinein aufgedreht und genervt sein. Wie immer, wenn ich nicht zu meinem Recht komme. Und er ist an allem schuld.

»Würdest du mich jetzt bitte hereinlassen?«, wiederholt das Klingelmännchen standhaft.

Er ist jünger, als ich erwartet habe. Wahrscheinlich Ende dreißig. Schlank. Mit aschblondem Haar und ein paar traurigen Härchen, die einen Schnauzer darstellen sollen.

»Ich habe in den vergangenen zwei oder drei Stunden deine beiden Telefonnummern abwechselnd angerufen, aber bekam immer die automatischen Ansagen«, sagt er entschuldigend. »Aber weil die Sache nicht warten kann, musste ich direkt zu dir fahren, obwohl es ein Feiertag ist.«

Er zieht seinen dunklen Wintermantel aus. Sieht aus wie ein Amtsschimmel. Aktentaschenträger. Bürokrat. Steckt in einem grauschwarzen Anzug.

Da erst nehme ich den Kragen wahr.

»Bist du ein Pfarrer?«

»Ja. Erlaube mir, mich vorzustellen, ich bin Pfarrer Gudleifur Ágúst Samsonarson. Ich möchte mich noch einmal entschuldigen, aber die Sache ist wirklich dringend, und ich habe meinem Schwiegervater versprochen, dass ich so lange versuchen würde, dich zu erreichen, bis ich mit dir persönlich gesprochen habe.«

Ich latsche an ihm vorbei.

Gehe direkt in mein Büro, das im Parterre direkt vom

Flur abgeht. Setze mich in meinen schwarzen Chefsessel mit der hohen Lehne. Fixiere ihn mit den Augen: »Setz dich!«

Er nimmt auf dem Stuhl mir gegenüber Platz. Trägt seinen Mantel wie ein Baby.

»Und wer ist also dein wichtiger Schwiegervater?«, schnauze ich ihn an. »Der Typ da oben, oder was?«

»Ich bin im Auftrag von Adalgrímur Sunndal hierher gekommen.«

Was???

Ich halte die Luft an. Ganz unbeabsichtigt. Vor Verwundung.

Adalgrímur Sunndal sitzt auf einem der höchstdotierten Posten der Verwaltung. War in den letzten fünfzehn Jahren oder so Richter am Obersten Gericht.

Warum wendet er sich an mich?

Verwaltungsbonzen und Politikusse sind seine besten Freunde.

»Du musst dich in der Tür geirrt haben«, sage ich nach einer Weile Schweigen.

»Ganz und gar nicht.«

»In der Rechtsanwaltsszene gibt es mehr als genug schleimige Schmeichler, die davon leben, solche Kerle aus banalen Schlammgruben zu retten. Das ist nicht mein Ding.«

»Adalgrímur braucht ganz dringend dich und niemand anderen.«

»Warum?«

Der Pfarrer tut sich plötzlich schwer, zum Kern der Sache vorzustoßen.

»Ich bin, ähem, natürlich völlig überzeugt davon, dass es sich hier um ein furchtbares Missverständnis handelt, aber Adalgrímur ist tatsächlich gezwungen, heute Nachmittag vor Gericht zu erscheinen. Soweit ich verstanden habe, ist beim Richter Untersuchungshaft beantragt worden.«

»Untersuchungshaft? Für den Richter des Obersten Gerichts persönlich? Für was?«

»Ihm wird ein völlig abwegiges Vergehen unterstellt.«

Ich starre Pfarrer Gudleifur fest in die Augen: »Was für ein Verbrechen hat er begangen?«

Er wendet seinen Blick ab.

»Soweit ich verstanden habe, ähem, verdächtigt die Polizei ihn, dass er für den Tod einer jungen Frau verantwortlich ist«, antwortet er schließlich.

»Für einen Tod verantwortlich? Sprichst du über Mord?«

Der Pfarrer zuckt im Stuhl zusammen, als er dieses Wort laut ausgesprochen hört. Wie bei einem unerwarteten Hieb mit der Peitsche.

»Ich denke, dass du das richtige Wort gefunden hast.«

Ein Richter des Obersten Gerichts des Mordes verdächtigt?

So ein Blödsinn!

Pfarrer Gudleifur guckt mir wieder in meine starrenden Augen.

»Ist das dein Ernst?«, frage ich.

»Ja, leider.«

Ich fühle, wie mein Blut wieder mit Hochgeschwindigkeit durch meinen Körper rauscht.

Atme ein paar Mal tief ein, bis ich mich wieder eingekriegt habe, und wäge die Lage ab. Konzentriere mich dabei auf den Pfarrer, dem es überhaupt nicht gelingt zu überspielen, wie unangenehm ihm sein Auftrag ist.

»Soweit mir bekannt ist, kennt Adalgrímur dich nur durch deine Arbeit als Anwältin in verschiedenen Fällen«, fährt er fort. »Aber genau deshalb will er von dir vertreten werden. In solchen Fällen nämlich, ähem, glaubt er an dich, wie er wortwörtlich gesagt hat.«

Der Kerl sagt höchstwahrscheinlich die Wahrheit. Warum sollte ein gesalbter Gottesmann mich verarschen?

»Warte hier«, sage ich und stehe auf. »Ich muss mal kurz unter die Dusche springen. Bin in einer Viertelstunde fertig. Okay?«

Er nickt wie ein gehorsamer Junge.

Ich flitze die Treppe hoch. Schmeiße meine feuchten Klamotten auf den Fußboden im Badezimmer. Stelle die Dusche an. Springe unter den heißen Strahl.

Verteile den duftenden Seifenschaum auf dem ganzen Körper.

Mit den Gedanken ganz woanders.

Versuche mich an die Vorstellung zu gewöhnen, dass auch ein Richter am Obersten Gericht ein Mörder sein kann. So wie jeder andere.

»Der Teufel macht keine Unterschiede.«

Sagt Mama.

2. KAPITEL

Was für 'ne Scheißkälte!

Der Frostwinter hat Reykjavík fest im Griff. In den letzten Wochen haben Schneestürme und eisige Windböen die Natur und menschliches Leben außer Haus in Ketten gelegt.

Fußgänger sind dick vermummt wie Gletscherforscher. Gehen gebeugt dem Nordwind entgegen, als ob sie gegen einen unsichtbaren Feind ankämpfen würden.

Ich beeile mich, in den Wagen des Pfarrers einzusteigen. Lasse mich zum neuen Spiegelpalast des Polizeipräsidenten am Strand kutschieren, wo die Goldjungs Adalgrímur in Gewahrsam haben. Ich halte es für relativ sicher, dass ich nach der feuchten und durchtanzten Nacht immer noch einen zu hohen Alkoholpegel im Blut habe, um mich selber hinters Steuer zu setzen. Habe längst damit aufgehört, solche dummen Risiken einzugehen.

Pfarrer Gudleifur ist ein Jeep-Fahrer. Trotzdem ist er übervorsichtig im Reich des Winters. Scheint einen Megaschiss vor dem Glatteis zu haben, das die hohen Minusgrade der letzten Woche überall in der Stadt hinterlassen haben.

»Was ist denn das für ein Herumgetrödel?«, frage ich barsch. »Solltest du nicht auf göttliche Vorsehung vertrauen – im Verkehr wie auch sonst?«

»Ich, ähem, halte es immer für das Beste, vollste Vorsicht auf den Straßen des Landes walten zu lassen, wie auch im Leben an sich.«

»Ist es nicht möglich, diese Jeep-Kiste aufzuheizen?«

Er stellt das Gebläse an, ohne die Augen von der Straße zu nehmen. Geschweige denn die Geschwindigkeit zu erhöhen.

Ich finde mich langsam mit dem unerwarteten Ereignis ab, dass ein Richter am höchsten Gericht des Mordes verdächtigt wird. Ich finde es nicht mehr so unglaublich wie am Anfang.

Diesem Gedanken folgen jedoch gemischte Gefühle.

Natürlich habe ich Fälle am Obersten Gericht verloren und die Richter in Grund und Boden verflucht, weil ich sie für blinde Obrigkeitsdiener hielt. Trotzdem war ich irgendwie immer davon ausgegangen, dass dieses höchste Gericht des Volkes über den Bodensatz der Gesellschaft erhaben sei.

Wie kindisch!

Die Richter am Obersten Gericht sind natürlich genauso fehlbar wie alle anderen. Und wenn ich im Vorhinein auf jemanden hätte zeigen sollen, den ich am ehesten für einen richtigen Kriminellen halten würde, wäre mir der Name Adalgrímur Sunndal mit Sicherheit als Erstes eingefallen.

Seine Karriere stand schon öfter auf der Kippe zum Unmoralischen.

Zumindest den saftigen Geschichten zufolge, die einige Anwälte schon seit Jahren durchkauen.

Aber jetzt ist es das erste Mal, dass ich gehört habe, dass er der Gewaltanwendung beschuldigt wird.

Der Pfarrer scheint wenig über den eigentlichen Mordfall zu wissen. Außer natürlich, dass der Schwiegervater völlig unschuldig ist.

»Adalgrímur hat mir in einem Telefonat am späten Vormittag erklärt, dass dies völlig abwegige Anschuldigungen seien, und ich glaube ihm voll und ganz, zumal er, ähem, ein friedfertiger Mensch ist«, sagt Pfarrer Gudleifur und schaut ausdauernd nach links und rechts, bevor er das Auto in einen dicht befahrenen Kreisverkehr manövriert. »Ich habe auch keine Informationen über irgendein Beweismaterial gegen ihn, allerdings fällt mir auch nichts ein, was das sein könnte.«

Er behauptet, noch nicht einmal zu wissen, wer ermordet wurde, geschweige denn wo. Also beginne ich, ihn über seine Beziehung zum obersten Richter auszufragen.

»Meine Frau, Sólveig, ist Adalgrímurs einzige Tochter«, antwortet er. »Wir haben vor fünf Jahren geheiratet, und seitdem wohnen wir im Pfarrhaus im Osten. Adalgrímur hat versucht, uns jeden Samstag zu besuchen.«

»Er alleine?«

»Mein Schwiegervater hat seine Frau vor ein paar Jahren durch Krebs verloren. Das war, ähem, ein großer Verlust für uns alle, aber natürlich besonders für ihn.«

»Wohnt er seitdem alleine?«

»Ja, richtig. Aber er hat natürlich viele Freunde in der Stadt, sowohl alte Schulfreunde als auch Mitarbeiter, die er während eines langen Berufslebens kennen gelernt hat. Adalgrímur ist ein geselliger und unterhaltsamer Mensch, und daher, ähem, ziemlich gefragt in seinem Freundeskreis.«

»Im Moment ist sein Typ allerdings nicht nur bei seinen Freunden gefragt, wie mir scheint. Ansonsten klingst du wie der Vorsitzende seines Fanclubs.«

»Ich werde diesen Mann immer schätzen, was auch passieren mag.«

»Bist du so sicher? War es nicht einer von euren Knaben, der seinen Herren drei Mal verriet?«

Pfarrer Gudleifur stöhnt.

»Ich bestreite nicht, dass wir alle unsere schwachen Stunden haben.«

Auf dem Weg durch den langen Flur bei der Kripo gucke ich bei Raggi rein. Er ist endlich auf dem Weg nach oben im Polizeiapparat. Ist Oberkommissar geworden.

Als ich ohne anzuklopfen seine Tür öffne, sitzt er am Computer und versucht, mit zwei Fingern einen Bericht zu tippen.

Sein vorgewölbter Bauch stößt an die Tischkante.

Er hat, trotz immer neuer Versuche Gewicht zu verlieren, nicht abgenommen. Andererseits werden seine Haare auf dem Kopf immer weniger.

Raggi guckt ganz automatisch zur Seite, als ich hereinkomme. Glotzt mich eine Sekunde an, aber ist in Gedanken ganz offensichtlich noch beim Bericht.

Sein Farbgeschmack ist auch nicht besser geworden.

O je!

»Hast du diese roten Hosenträger geschenkt bekommen?«, frage ich.

Er wirft einen schnellen Blick auf seine Brust. Lehnt sich dann in seinem Stuhl zurück. Guckt mich beleidigt an.

»Sind sie nicht schick?«

Ich schüttele den Kopf.

»Mir ist ganz egal, was du findest«, fährt er fort und wedelt mich mit der Hand weg von sich. »Lass mich in Ruhe.«

»Raggi, Herzchen, glaubst du, ich bin hierher gekommen, um mich zu amüsieren? Und dazu auch noch in dieser lausigen Gesellschaft? An einem Sonntag?«

»Was willst du?«

»Adalgrímur Sunndal treffen.«

Zuerst ist er sprachlos. Dann lacht er lauthals.

»Habe ich irgendwas Witziges gesagt?«

»Du und Adalgrímur?« Raggi tut so, als wäre er empört. »Der ist aber tief gesunken.«

»Er will nur das Beste, Herzchen. Deshalb wendet er sich natürlich an mich.«

Ich erlaube Raggi, sich eine Weile zu amüsieren. Verlange dann die Unterlagen des Falles. Und ein Gespräch mit Adalgrímur.

»Wir sind noch dabei, die ersten Vernehmungsprotokolle einzugeben«, sagt er. »Aber hier hast du schon mal die Fotos vom Tatort.«

»Der sich wo befindet?«

»Im neuen Haus des Obersten Gerichts, genau genommen in Adalgríms Büro in der obersten Etage.«

Das erste Foto wurde beinahe direkt über einem Mädchen aufgenommen, das auf einem blau bezogenen Sofa auf dem Rücken liegt.

Sie hat eine schwarze Lederjacke an, die vorne offen ist. Trägt einen winzigen Slip. Einen Büstenhalter, der fast durchsichtig ist. Und teure, hochhackige Schuhe. In Blutrot.

Sie ist vermutlich Mitte zwanzig. Fachmännisch geschminkt. Mit langem dunklen Haar. Hellrosa Lippen. Schönem Körper.

Sexy.

Die leblosen Augen sind geöffnet. Sie scheinen direkt in die Linse zu starren.

»Wie ist sie gestorben?«

»Wir warten noch auf den vorläufigen Obduktionsbericht«, antwortet Raggi, »aber alles weist darauf hin, dass sie mit einem Messer oder ähnlichen scharfen Gegenstand in die Brust gestochen wurde. Du siehst es besser auf den anderen Bildern.«

Uff!

Die Goldjungs haben Nahaufnahmen von den Verletzungen am Brustkorb gemacht. Blut ist aus einer Stichwunde auf der linken Seite des Mädchens gesprudelt. Ist erst auf das Sofapolster und von da aus auf den Fußboden geflossen. Eine große, dunkle Blutlache befindet sich unter dem Sofa.

»War die Mordwaffe am Tatort?«

»Nein, wir suchen sie immer noch.«

»Wer ist das Opfer?«

»Sjöfn Saeunnardóttir. Sie soll als Schauspielerin und Tänzerin gearbeitet haben, wie uns mitgeteilt wurde.«

»Tänzerin?«

»Ja, sie soll ab und zu mal mit der Säule gespielt haben.«

»Welche Verbindungen hat sie zu Adalgrímur?«

»Abgesehen davon, dass sie ermordet auf dem Sofa in seinem Büro im Haus des Obersten Gerichts aufgefunden wurde?«, fragt Raggi und grinst.

»Musst du so sarkastisch sein?«

Raggi steht auf. Streckt sich. Schiebt dabei seine Wampe in die Luft.

»Du bist doch hergekommen, um deinen Mandanten zu treffen, oder?«, sagt er und watschelt lahm am Schreibtisch vorbei auf die Tür zu.

»Dann frag ihn doch selber.«

3. KAPITEL

Sie lassen mich im Gesprächszimmer warten.

Die Goldjungs.

Fast eine Viertelstunde.

Nur um mich zu ärgern.

Ich bin daran gewöhnt, Adalgrímur im Obersten Gericht thronen zu sehen. Im meeresgrünen Kupferpalast am Arnarhól.

Herausgeputzt in der königsblauen Robe der Macht.

Überheblich auf seinem Podest.

Und sein Fall war tief. Oder so ähnlich.

Adalgrímur hat keine Robe an. Weder Sakko noch Krawatte.

Trägt nur ein weißes Hemd, das er am Hals aufgeknöpft hat, dunkle Hosen und glänzende schwarze Schuhe.

Er ist kompakt gebaut, ohne direkt fett zu sein.

Jetzt, wo er vor mir steht, statt gemütlich in seinem Richtersessel zu sitzen, kommt er mir viel kleiner vor.

Die grauen Strähnen im unbändigen Haar fallen auch stärker auf als sonst. Und das Gesicht sieht geschwollen und müde aus.

»Stella Blómkvist, wenn ich mich nicht irre«, sagt er und lächelt schwach.

Sein Sinn für Humor scheint jedenfalls noch in Ordnung zu sein.

»Dies sind zweifellos ungewöhnliche Umstände für uns beide«, fährt er fort und setzt sich an den einzigen Tisch im fensterlosen Zimmer.

»Warum willst du mich als Verteidiger und nicht irgendeinen deiner zahlreichen Juristen-Freunde?«

»Ich habe immer allen geraten, die mich jemals im Leben um meine Meinung gefragt haben, sich Hilfe bei den fähigsten Spezialisten auf dem jeweiligen Gebiet zu suchen«, antwortet er. »Als mir heute Morgen klar wurde, dass die Polizei mich verdächtigt, einen Mord begangen zu haben, fand ich es logisch, den Anwalt zu verpflichten, bei dem ich es für am wahrscheinlichsten halte, dass er mich aus diesem merkwürdigen Albtraum herausholen kann.«

Also bin ich jetzt eine Spezialistin zur Rettung Mordverdächtiger?

Wahrscheinlich soll das ein Lob sein.

»Sie wollen dich in ein paar Minuten verhören«, sage ich. »Was haben sie gegen dich in der Hand?«

Er betrachtet mich ruhig.

»Du fragst nicht, ob ich unschuldig bin?«

»Bist du es?«

»Ja, völlig.«

Sein Blick bleibt standhaft. Er wirkt überzeugend. Aber vielleicht ist er nur ein guter Schauspieler?

»Aber was haben sie gegen dich in der Hand?«, wiederhole ich.

»Ich weiß es nicht.«

»Dann berichte mir, was bis jetzt passiert ist.«

»Ich bin gestern, wie an den meisten Samstagen, ins Südland zu Solla, meiner Tochter, gefahren. Als ich kurz vor Mitternacht wieder in die Stadt kam, bin ich noch beim Obersten Gericht vorbeigefahren, um mir Unterlagen zu einem Fall zu holen, den ich übers Wochenende zu Hause durcharbeiten wollte. Das Erste, was ich sah, als ich in mein Büro ging, war Sjöfn, die auf meinem Sofa lag.«

Adalgrímur verstummt. Schließt die Augen. Vergisst sich einen Moment in der blutigen Erinnerung.

»Zuerst dachte ich, sie schliefe«, fährt er schließlich fort. »Aber dann sah ich, dass ihr Blick gebrochen war. Das Blut fing auch schon an, auf dem Boden zu trocknen. Da wurde mir klar, dass sie schon seit einigen Stunden tot sein musste.«

»Was hast du dann gemacht?«

Er guckt mir direkt in die Augen.

»Ich habe natürlich die Polizei angerufen, die sehr schnell am Tatort erschien. Nach einer kurzen Aussage, wie ich die Leiche gefunden hatte, fuhr ich nach Hause. Aber auf Grund dieser schrecklichen Erfahrung konnte ich erst gegen Morgen einschlafen.«

»Hast du Sjöfn gekannt?«

»Ja.«

»Gut?«

»Ja.«

Ich starre ihn an. Warte darauf, dass er die Sache erklärt.

»Vor drei Jahren ist meine Frau gestorben«, sagt Adalgrímur. »Seitdem war ich natürlich mit Frauen zusammen, darunter auch mit Sjöfn, die ich auf einer Gesellschaft im letzten Jahr kennen lernte.«

»Liebe auf den ersten Blick etwa?«

»Nein, aber Sjöfn und ich wollten beide das Leben genießen.«

»Kam sie oft in dein Büro?«

»Manchmal. Sie fand es spannend. Ansonsten haben wir uns für gewöhnlich bei mir oder bei ihr zu Hause getroffen.«

»Hattet ihr eine Auseinandersetzung in der Öffentlichkeit? Habt ihr euch zum Beispiel gestritten, wo andere euch zuhören konnten? Könnten sie Zeugen einer ernsthaften Krise zwischen euch geworden sein?«

Adalgrímur schüttelt den Kopf.

»Hast du sie gestern getroffen?«

»Ich war in der Nacht von Freitag auf Samstag bei Sjöfn zu Hause und bin gestern Früh zwischen acht und neun zu mir gefahren, als sie noch geschlafen hat. Ich war dann zu Hause, bis ich mich kurz nach Mittag auf den Weg ins Südland gemacht habe.«

»Haben sie dir gesagt, wann sie ermordet wurde?«

»Soweit ich verstanden habe, muss es nachmittags gewesen sein, aber mir wurde bisher noch keine genaue Angabe gemacht.«

»Aber warst du denn zu der Zeit nicht bei deiner Tochter?«

»Nein, leider war ich immer noch auf dem Weg dorthin. Ich hatte einen Motorschaden auf der Hellisheidi* und musste einen Mechaniker aus der Stadt bestellen, um den Motor wieder in Gang zu bekommen. Deswegen kam ich auch erst zur Abendbrotzeit gegen achtzehn Uhr bei Solla an.«

»Hast du Zeugen?«

»Für die Panne? Natürlich den Mechaniker, der, soweit ich mich erinnern kann, ziemlich schnell nach vier Uhr bei mir eintraf. Ohne dass ich jetzt speziell auf die Uhr geschaut hätte. Außerdem war recht viel Verkehr auf der Straße, während ich gewartet habe, also muss jemand mein Auto am Wegrand wahrgenommen haben.«

»Was für ein Auto?«

»Ich fahre einen schwarzen Land Cruiser.«

Es ist nicht besonders heiß im Besuchszimmer. Trotz-

* Hellisheidi: Hochlandgebiet zwischen Südwestisland und dem Südland, über das die Ringstraße verläuft.

dem hat Adalgrímur angefangen, im Gesicht zu schwitzen. Besonders über der dicken Oberlippe.

Vielleicht ist er gar nicht so gelassen, wie er scheint?

»Sjöfn scheint ein Rendezvous in deinem Büro gehabt zu haben, nicht wahr? Wenn sie so leicht bekleidet auf dem Sofa gefunden wurde?«

»Sie hatte jedenfalls kein Treffen mit mir.«

»Weißt du, ob sie einen der anderen Richter am Obersten Gericht gekannt hat? Oder vielleicht einen anderen Mitarbeiter im Haus?«

»Ich habe keine Erklärung dafür, was Sjöfn in meinem Büro zu dieser Zeit zu suchen hatte, und auch nicht, wie sie dort eigentlich ohne mich hineingekommen ist«, antwortet Adalgrímur.

Die Tür fliegt auf. Raggi watschelt zu uns herein.

Er hat sich ein Sakko über seine roten Hosenträger gezogen.

»Wir müssen dich zu einigen Details befragen«, sagt er zu Adalgrímur. »Ich möchte hervorheben, dass du bei diesem Verhör den Status eines Verdächtigen hast.«

Dann haben sie etwas gegen ihn. So viel ist sicher.

Aber was?

4. KAPITEL

Der stellvertretende Polizeipräsident lässt auf sich warten.

Raggi hatte uns in ein anderes und größeres Zimmer gebeten, in dem schon drei Goldjungs auf uns warten. Sie glotzen Adalgrímur neugierig an. Zumal sie nicht jeden Tag die Möglichkeit haben, einen solchen Topmann zu verhören.

Ich setze mich neben den Richter. Knalle meine schwarze Aktentasche auf den großen Konferenztisch.

Die Goldjungs reihen sich auf der anderen Seite nebeneinander auf. Einer hat einen Laptop vor sich aufgebaut, um alles gleich mitzuschreiben.

Raggi nimmt genau gegenüber von Adalgrímur Platz. Legt eine rote Akte auf den Tisch und seine fetten Griffel obendrauf.

Die Stille wird langsam peinlich.

»Wie lange sollen wir eigentlich noch warten?«, frage ich genervt.

»Er führt gerade ein wichtiges Gespräch, kommt aber gleich«, antwortet Raggi.

»Oh!«

Endlich kommt der Vize hereingestürmt. Er geht schon auf die sechzig zu, hält sich aber erstaunlich gut. Geht wahrscheinlich jeden Tag in irgendein Fitnessstudio, um

Eisen zu stemmen und in die Pedale zu treten. Achtet auch darauf, dass nirgendwo ein graues Haar auf dem Kopf zu sehen ist. Groß ist die Macht der chemischen Haarfarben.

Er reckt sich über den Tisch.

»Grüß dich«, sagt er und schüttelt Adalgrímur die Hand. »Es tut mir wirklich leid, dass wir uns unter diesen Umständen treffen müssen.«

»Alle müssen ihre Arbeit erledigen«, antwortet Adalgrímur langsam. »Aber ich habe deinen Männern schon mehrfach gesagt, dass ich kein Verbrechen begangen habe.«

Der Vize setzt sich ans Tischende. Legt seine Hände zusammen. Guckt den Richter direkt an.

»Tja«, sagt er, »die Sache ist nur die, dass wir deine Aussagen genauestens überprüft haben, die von heute Nacht und die von heute Morgen. Wir haben sie mit dem uns vorliegenden Beweismaterial verglichen, und da gibt es leider eine nicht zu übersehende Diskrepanz.«

»Inwiefern?«

»Du sagst aus, dass du kurz vor Mitternacht das Gerichtsgebäude des Obersten Gerichts betreten hast. Das passt genau mit anderen Beweismitteln zusammen. Aber du wolltest nicht zugeben, dass du früher am Tag mit Sjöfn zusammen das Gebäude betreten hast. Bestreitest du das weiterhin?«

Die Augen aller ruhen auf Adalgrímur.

»Aber natürlich bestreite ich das«, antwortet der Richter. »Ich habe mich gestern Morgen von ihr in ihrer Wohnung getrennt und sie erst wieder spät am Abend gesehen, und da war sie bereits tot. Das ist die reine Wahrheit.«

Der Vize macht eine merkwürdige Miene. Als ob er sich gegen die Arbeit, die er zu erledigen hat, sträuben würde. Ausgerechnet er, der unter seinem Ruf, eine harte Nuss zu sein, aufblüht. Er hat jedenfalls noch nie gezögert, Kleinkriminelle komplett auseinander zu nehmen.

Es gibt nur eine Erklärung für dieses ungewöhnliche Verhalten.

Sie müssen alte Bekannte sein. Der Vize und Adalgrímur. Schulkameraden. Politische Verbündete. Regelbrüder vom Freimaurer-Palast. Irgendwas in dieser Art.

Solche Verbindungen sind manchmal sogar noch stärker als Blutsbande.

»Ist dir bekannt, ob es im Gebäude des Obersten Gerichts Videoüberwachungsgeräte gibt?«, fragt der Vize schließlich.

»Ich habe mich damit noch nie speziell befasst«, antwortet Adalgrímur.

»Ach so. Dann kann ich dir mitteilen, dass es ein paar solcher Videokameras im Haus gibt. Wir haben aus einer von ihnen die Aufnahmen erhalten. Darauf sind Sjöfn und du zu sehen, wie ihr gegen halb vier gestern Nachmittag das Gebäude betretet, das heißt, kurz bevor sie in deinem Büro ermordet wurde.«

Adalgrímur starrt den Vize an. Er scheint total geschockt zu sein.

»Das kann nicht sein«, sagt er, »zu dieser Zeit war ich auf der Hellisheidi. Das muss ein Missverständnis sein.«

Der Vize schüttelt den Kopf.

»Wir haben mit unserem Techniker alle Möglichkeiten überprüft, ob es sich hier um einen technischen Fehler handelt, zum Beispiel ob diese Aufnahme von einem anderen Tag oder zu einer anderen Zeit gefilmt worden sein könnte, aber er hält das für ausgeschlossen. Dem Video nach habt ihr gestern kurz vor halb vier das Gebäude betreten.«

Ich sehe, dass Adalgrímur wirklich erschrocken ist.

»Willst du im Hinblick auf dieses Beweismaterial deine Aussage ändern?«, fragt der Vize.

Der Richter schüttelt den Kopf.

»Das kommt überhaupt nicht in Frage«, sagt er. »Ich hänge mir doch nicht selber etwas an.«

»Wir verlangen, dieses Video zu sehen«, schalte ich mich ein. »Und zwar jetzt sofort.«

Der Vize wirft Raggi einen Blick zu. Nickt.

Raggi zieht die Fernbedienung aus der Tasche. Richtet sie auf das große Fernsehgerät, das an der Wand auf einem Tisch steht.

Einen Moment später beginnt das Video.

Die Kamera ist aus dem Inneren des Hauses auf den nördlichen Eingang des Gerichtsgebäudes gerichtet. Sie ist dort ganz offensichtlich angebracht, um alle auf Band festzuhalten, die durch die Nordtür das Haus betreten.

»Gleich kommt's«, sagt Raggi.

Adalgrímur atmet schwer neben mir. Das Warten zerrt an den Nerven. Vor allem an seinen.

»Jetzt.«

Man sieht, wie sich ein Mann und eine Frau der Tür nähern.

Sjöfn ist leicht erkennbar, weil sie keine Kopfbedeckung trägt. Die schwarze Jacke ist bis zum Hals geschlossen. Sie hat einen engen Rock an, der genauso rot ist wie ihre Schuhe.

Der Mann an ihrer Seite hat einen dicken Mantel an. Und trägt einen dunklen Hut auf dem Kopf. Der Hut ist tief in die Stirn gezogen.

Als der Mann durch die Tür geht, sieht man einen Teil seines Gesichts. Obwohl das Bild grau und grobkörnig ist, scheint es eindeutig zu sein, dass es sich dort um Adalgrímur handelt.

Man sieht die beiden in das Haus gehen, bis sie aus dem Blickwinkel der Kamera verschwinden.

Ganz unten im Bild kann man das Datum erkennen. Und die Zeit der Aufnahme: 15:27:48, als sie aus dem Bild gehen.

Verdammt!

Ein anderer Abschnitt aus der Überwachungskamera zeigt, wie Adalgrímur über eine halbe Stunde später das Haus verlässt.

Nachdem Raggi den Fernseher ausgeschaltet hat, herrscht langes Schweigen im Konferenzraum.

Teufel noch mal! Ich muss Einspruch einlegen!

»Ich verlange, dass unabhängige Spezialisten das Band überprüfen, die Aufnahme und die ganze Apparatur von A bis Z«, sage ich. »In dieser Phase lehnen wir ab, dass dieses Video als Beweismaterial gegen meinen Klienten verwendet wird.«

»Wir werden den Fall in Kürze dem Bezirksrichter vorlegen und Untersuchungshaft auf Grund der Aufnahme beantragen«, sagt der Vize und schaut wieder auf Adalgrímur. »Willst du jetzt, wo du das Video gesehen hast, deine Aussage ändern?«

Adalgrímur schüttelt den Kopf.

»Nein«, antwortet er bestimmt. »Ich habe noch keine Erklärung dafür, aber die Aufnahme kann nicht zu der Zeit gemacht worden sein, von der du behauptest, dass es so sei, so einfach ist das. Ich gestehe, dass ich mit Sjöfn mehrere Male im Gebäude des Obersten Gerichts war, aber nicht gestern. Das schwöre ich bei allem, was mir heilig ist.«

Der Vize steht auf.

»Wir haben um sechs Uhr einen Termin beim Bezirksrichter«, sagt er trocken, deutet ein Nicken in Adalgrímurs Richtung an und geht dann schnell aus dem Zimmer.

Raggi nimmt die rote Akte vom Tisch und holt die Kassette aus dem Videorecorder. Dann gibt er den anderen Goldjungs ein Zeichen, dass sie auf den Gang hinausgehen sollen.

»Ihr könnt euch hier weiter beraten«, sagt er und zieht die Tür langsam hinter sich zu.

Adalgrímur sitzt regungslos am Tisch. Er ist in Gedanken versunken.

»Irgendwas, das du mir sagen willst?«, frage ich.

Sein Blick hält meinem stand.

»Ich habe dir von Anfang an die Wahrheit gesagt. Diese Aufnahme muss an die zehn Tage alt sein, oder so in etwa – etwas anderes kommt nicht in Frage.«

»Warum zehn Tage?«

»Weil Sjöfn da mit mir ins Büro kam.«

»Es gelingt uns bestimmt nicht, das im Handumdrehen zu beweisen.«

»Das ist mir klar.«

Er wendet sich mir zu.

»Deshalb musst du so schnell wie möglich für mich mit meiner Tochter sprechen und ihr versichern, dass dieser ganze Fall ein schreckliches Missverständnis ist. Sie darf auf keinen Fall auch nur einen Moment glauben, dass ich dieses Verbrechen begangen habe.«

»In Ordnung. Aber wenn du unschuldig bist, ist jemand anderes schuldig. Jemand, der in der Lage ist, solch ein Beweismaterial zu deinen Ungunsten zu fälschen. Hast du einen Vorschlag?«

»Nein, ich muss mir das genauer durch den Kopf gehen lassen.«

»Wahrscheinlich bekommst du genug Zeit dazu.«

Wahre Worte.

Als der Bezirksrichter sich den Bericht vom Mord im Obersten Gericht angehört und die Aufnahme der Überwachungskamera angesehen hat, ruft er den Techniker der Goldjungs in den Zeugenstand. Der behauptet gleich zu Beginn, dass das Video von Sjöfn und Adalgrímur zu der Zeit aufgenommen wurde, die durch die Uhr im Aufnahmegerät angezeigt würde.

Ich versuche, Zweifel bezüglich der Richtigkeit der Zeitangabe auf dem Video zu wecken. Bekomme ihn dazu zuzugeben, dass niemand die Aufnahme zu dem Zeitpunkt verfolgt hat, an dem sie stattgefunden haben soll. Er gibt die Erklärung, dass es nicht üblich sei, die Aufnahmen anzusehen, es sei denn, es lägen spezielle Gründe dafür vor. Kann aber auch nicht abstreiten, dass ein Computerspezialist, der zu solch einem Überwachungssystem Zugang hat, möglicherweise die Informationen von Datum und Zeit fälschen könnte.

»Ich selber habe allerdings noch nie gehört, dass so etwas vorgekommen sein soll, und halte es für nicht denkbar, dass so was in diesem Fall geschehen sein soll«, sagt er bestimmt.

»Aber theoretisch kannst du diese Möglichkeit nicht völlig ausschließen?«

»Vielleicht ist es theoretisch tatsächlich möglich, aber die Wahrscheinlichkeit, dass es so ist, tendiert gegen null.«

Adalgrímur bekräftigt seine frühere Aussage, dass er unschuldig an diesem Mord ist und zu dem Zeitpunkt, als Sjöfn im Gebäude des Obersten Gerichts umgebracht wurde, in seinem fahruntüchtigen Auto auf der Hellisheidi saß.

Aber ich habe nichts vorzuweisen, um seine Behauptungen zu stützen.

Die Goldjungs hingegen haben mehr Trümpfe in der Hand.

Sie legen die Aussage des Automechanikers vor, der Adalgrímur auf der Hellisheidi zur Hilfe kam. Dieser heißt Sigursteinn und behauptet, frühestens zehn oder fünfzehn Minuten nach fünf beim Jeep des Richters angekommen zu sein.

Das ist über eine Stunde später als die Tatzeit des Mordes.

Adalgrímur hat also immer noch kein wasserdichtes Alibi.

Der Bezirksrichter nimmt sich bis Mitternacht Zeit, um ein Urteil zum Antrag auf Untersuchungshaft zu fällen. Vielleicht ist es mir gelungen, ein paar kleine Samen des Zweifels in seine Gedanken zu säen. Oder er will einfach nur gründlich sein.

Andererseits bekommen die Goldjungs gleich die Erlaubnis, in der Wohnung von Adalgrímur nach Beweismaterial zu suchen.

Das verheißt nichts Gutes.

5. KAPITEL

Ich mache mir keine falschen Hoffnungen.

Natürlich ist es mehr als wahrscheinlich, dass der Bezirksrichter meinen neuen Klienten ab Mitternacht zu Untersuchungshaft verurteilt.

Danach wird man den Namen Adalgrímurs nicht mehr lange geheim halten können. Das ist glasklar und nur eine Frage der Zeit, welche der Zeitungen oder Radiosender die Neuigkeit zuerst ausschlachten. Dann ziehen sowieso alle nach.

Deshalb muss ich Sólveig noch sofort heute Abend treffen. Muss die Tochter des Richters am Obersten Gericht auf die Schläge vorbereiten, die über die Familie hereinbrechen werden, wenn die Pressemeute und die öffentliche Meinung zum gemeinsamen Ergebnis kommen, dass ihr Vater ein Mörder ist.

Wir beschließen, uns auf der Hälfte des Weges zu treffen. In Hveragerdi.

Ich buche für unser Treffen ein Zimmer im Hótel Örk und jage mit meinem Silberpfeil in den Osten über die Hellisheidi.

Mein neues Auto lässt sich wunderbar lenken. Als ob es in direkter Verbindung zu meinen Gedanken stünde.

Ist natürlich ein Mercedes Benz. Was anderes kam nicht in Frage. Er ist silbern wie der alte, der sich auf der Mosfellsheidi in einen Schrotthaufen verwandelt hat.

»Hi ho, Silver!«

Nach dem schrecklichen Übergriff, der mir im alten Benz passiert ist, konnte ich es nicht mehr ertragen, ein Auto mit Rücksitzen zu fahren. Ich habe mich immer unglaublich unwohl hinterm Steuer gefühlt. Dachte bei jeder Fahrt daran, dass sich ein gefährlicher Feind auf dem Sitz hinter mir versteckt haben könnte. Musste ständig nach hinten glotzen. Oder in den Rückspiegel. Immer und immer wieder.

Unerträgliche Vorstellung!

Schließlich gab ich meinem Verfolgungswahn nach. Habe mir einen flotten Zweisitzer gekauft. Einen Silberpfeil mit 218 Pferdestärken.

»Grr!«

Ich fahre schnell vom steilen Hochland herunter. Brause leicht durch die engen Kurven der Kambar. Als ob ich an einem Autorennen teilnehmen würde. Komme mit quietschenden Reifen vor dem Hotel zum Stehen.

Sólveig sieht ihrem Vater im Gesicht ähnlich.

Sie verhält sich auch, als sei sie in die Rolle der Madame hineingeboren. Würdig. Vornehm gekleidet. Pausbackig. Mit dunklem, gelocktem Haar wie Adalgrímur.

Als sie mit ihrem Mann im Schlepptau das Hotelzimmer betritt, zieht sie sich gleich ihren Mantel aus, hängt ihn auf einem Kleiderbügel auf und in den Schrank.

Sólveig hat ein schwarzes Kostüm an. Wie bei einem Begräbnis.

Wahrscheinlich ist es Zufall. Aber es passt zum Anlass.

Sie setzt sich schweigend auf den einen Stuhl am kleinen Beistelltisch. Ich nehme den anderen. Pfarrer Gudleifur muss sich wohl oder übel auf das gemachte Bett setzen.

»Wie geht es Papa?«, fragt sie als Allererstes.

»Er sagt, dass er sich mehr Sorgen um dich als um sich selber macht, und bittet dich darum, unter keinen Umständen zu glauben, dass er dieses Verbrechen begangen hat.«

»Was erlauben die sich eigentlich, ihn eines Mordes zu verdächtigen? Papa ist einer der meist geachteten Würdenträger des Landes!«

Ich berichte ihr von der Aufnahme der Überwachungskamera.

Sólveig ist entsetzt über die Neuigkeiten. Sie guckt schnell zu ihrem Ehemann hinüber, der hilflos auf der Bettkante sitzt. Dann wieder zu mir.

»Das muss doch ein Fehler sein, oder?«

»Das sagt Adalgrímur.«

»Glaubst du ihm nicht?«

»Ich organisiere meine Arbeit natürlich unter der Prämisse, dass dein Vater unschuldig ist, wie er behauptet. Aber das ändert natürlich nichts an der Tatsache, dass Adalgrímur mit aller Wahrscheinlichkeit die nächsten Tage, eventuell sogar Wochen, in Untersuchungshaft verbringen wird. Und dann kann ich selbstverständlich nicht verhindern, dass sein Name in der Presse veröffentlicht wird.«

»Mein Gott, werden dann alle erfahren, dass Papa im Gefängnis sitzt?«

»Es gibt keinen Weg, das zu verheimlichen.«

»Ich bin davon überzeugt, dass meine Gemeindemitglieder hinter uns stehen, in dieser, ähem, schweren Bedrängnis«, sagt der Pfarrer.

Sólveig ist eine Weile tief in Gedanken versunken.

»Kannte Papa dieses Mädchen persönlich?«

Ich nicke.

»Also war sie eines von seinen Betthäschen.« Wütende Röte schießt in ihre Wangen. »Ich habe das sofort befürchtet.«

»Er sagt, dass sie seit letztem Jahr zusammen waren.«

Sólveig sitzt regungslos auf ihrem Stuhl.

»Wie konnte er uns das antun?«, sagt sie schließlich wie zu sich selbst. »Wie konnte er nur?«

»Ich bin genauso davon überzeugt wie vorher, dass dein

Vater ein unschuldiger Mann ist, der fälschlich für ein Verbrechen beschuldigt wird«, sagt Pfarrer Gudleifur.

Sie schaut ihren Ehemann mit düsterem Blick an.

»Er hat Mama schon immer betrogen, auch bevor sie an Krebs erkrankt ist«, sagt Sólveig und regt sich mit jedem Wort mehr auf. »Er hat schon immer herumgehurt und war ein unverbesserlicher Ehebrecher, und daran hat sich nichts geändert!«

»Jetzt beruhige dich doch, mein Herz, wir wollen doch nicht in Wut über unsere Liebsten reden, die in Schwierigkeiten sind, denn wir sollen doch, ähem, verstehen und vergeben.«

»Halt den Mund, Gudleifur!«, faucht Sólveig. »Halt bloß den Mund!«

Der Pfarrer scheint sich diese recht unverblümte Rüge seiner Ehefrau ziemlich zu Herzen zu nehmen. Sein Gesicht leuchtet in changierenden Farben.

Wahrscheinlich macht es die Sache nicht besser, dass ich Zeugin der Demütigung geworden bin.

Er kämpft mit vollem Einsatz dafür, seine Ruhe und seine Würde zu bewahren.

Und hält den Mund.

»Aber er hat Mama und mir gegenüber nie Gewalt angewendet«, fährt sie fort. »Es gibt wirklich niemanden, bei dem es unwahrscheinlicher ist, dass er ein Verbrechen dieser Art begeht. Ich glaube einfach nicht, dass Papa es war.«

»Die Aufnahme aus der Überwachungskamera ist das einzige Beweismittel, was sie gegen Adalgrímur vorbringen können. Aber es ist fast unmöglich, die Beweise zu ignorieren, die den Richtern auf dem Bildschirm präsentiert werden.«

Sólveig guckt wieder auf mich.

»Dann ist es wenigstens gut, genau zu wissen, wo wir stehen«, sagt sie. »Wir beide werden uns jedenfalls in den nächsten Tagen von Reykjavík fern halten. Wir bleiben im Osten, bis sich die Sache klärt.«

»Ich werde dich regelmäßig über den Lauf der Dinge informieren.«

Sie steht auf.

»Komm, Gudleifur!«

Der Pfarrer hilft ihr in den Mantel. Und hält ihr die Tür auf.

Auf dem Weg in die Stadt versuche ich, mich an alles zu erinnern, was ich über Adalgrímur Sunndal und seine Familie gehört habe.

Wenn ich es richtig im Kopf habe, hat er schon während seiner Studienjahre in der Baufirma seines Vaters angefangen. Die Firma hatte buchstäblich an jeder Ecke eine Baustelle, zumal der Betrieb viele Aufträge der öffentlichen Hand ausführte. Und obwohl die beiden ab und zu in Finanzschwierigkeiten steckten, gelang es ihnen immer irgendwie, sich und die Firma gerade noch zu retten.

Adalgrímur wurde ziemlich schnell ein umtriebiger Anwalt. Betreute mehrere große Firmen und staatliche Institutionen des Landes. Gleichzeitig verfiel er im Sjálfstaedisflokkur* in Aktionismus, wo er fleißig Spendengelder für die Parteikasse sammelte.

Dafür bekam er Pöstchen in diversen Gremien und Ausschüssen, die Einfluss auf Kreditvergaben hatten. Hatte lange einen Sitz im Aufsichtsrat einer Bank inne, und zwar in den Jahren, als es auf die politischen Ansichten ankam, ob Privatpersonen und Betrieben ein Kredit bewilligt wurde oder nicht. Er hatte schnell den Ruf weg, ein Helfer in der Not zu sein. Oder ein unmoralischer Profitgeier. Je nachdem, wer über ihn berichtete.

* Sjálfstaedisflokkur: Selbstständigkeitspartei, die Konservativen. (Anm. d. Ü.)

Ich studierte gerade an der juristischen Fakultät, als Adalgrímur zum Richter am Obersten Gericht ernannt wurde. Ich erinnere mich noch gut an den darauf folgenden Aufstand.

Die Ernennung wurde aufs Schärfste kritisiert und zum parteipolitischen Skandal. Außerdem wollten manche Juristen meinen, dass er fachlich ungeeignet für die Stelle sei.

Aber er saß fest auf seinem Sessel, und das Unwetter ließ langsam nach.

Über sein Privatleben weiß ich nur das, was alle zu wissen meinen: dass Adalgrímur ein Lebemann ist. Sólveigs verletzte, bittere Wut ist ein eindeutiger Beweis dafür, dass er sich nicht auf eine Bettgenossin hat festlegen wollen.

Natürlich ist Freiheit in der Liebe in Ordnung. Aber diejenigen, die an der Tauschbörse teilnehmen wollen, sollten so schlau sein und die Finger von einer Ehe lassen.

Das hat er nicht getan.

Ich weiß eigentlich nichts über Sjöfn. Außer dass sie schön und clever war.

Warum hat sie mit einem sechzigjährigen Richter vom Obersten Gericht herumgemacht? Nur, weil er ein reicher Obermacker war?

Vielleicht.

Aber hat sie dann nicht auch andere Liebhaber gehabt? Vielleicht jemanden, der über alle Maßen eifersüchtig war? Oder gewalttätig? Jemand, dem zuzutrauen war, dass er auch zum allerletzten Mittel greifen würde?

Fragen über Fragen!

Aber keine Antworten.

Die werde ich in den nächsten Tagen selber finden müssen. Wenn die schlimmstmögliche Situation eintritt.

Ich komme kurz vor Mitternacht wieder in die Stadt gerauscht. Bin gerade so pünktlich, um dem Bezirksrichter zuzuhören, der Schlag zwölf sein Urteil verkündet:

Adalgrímur Sunndal wird zu zehn Tagen Untersuchungshaft verurteilt.

Wie ich befürchtet habe.

In meinem Reihenhaus ist es still, als ich endlich nach Hause komme.

»Hmmm!«

Wie gut es tut, endlich die Schuhe auszuziehen.

Ich gehe auf dem Weg ins Wohnzimmer barfuß an meinem Weinschrank vorbei. Schnappe mir eine halb volle Flasche Jackie Daniels aus Tennessee und ein sauberes Whiskeyglas.

Lehne mich dann in meinen weichen Sessel zurück und nehme den ersten großen Schluck des Tages. Lasse dann den nächsten die Zunge, den Gaumen und den Hals umspielen, bevor ich ihn hinunterschlucke.

»Aaa!«

Nichts ist so gut wie Jackie.

Ich muss noch unter die Dusche springen, bevor ich schlafen gehe. Mir gründlich den Staub des Tages abwaschen.

Morgen warten unzählige Aufgaben auf mich.

Es gibt im Büro und den Sälen der Gerechtigkeit mehr als genug zu tun.

Scheinchen sammeln. Schulden einkassieren. Klagen und Enteignungen vorbereiten.

Aber ich muss mich auch um ein paar Kleinkriminelle kümmern, deren Verteidigung ich übernommen habe. Und um diesen großen. Den Richter am Obersten Gericht.

Ich stehe lange unter dem heißen Strahl, nachdem ich mich mit weichem Schaum eingeseift habe.

Ich kann nicht länger mit Ludmilla spielen.

Sie ist kurz nach Neujahr wieder nach Riga gefahren. Der lettischen Hauptstadt. Soll Aufgaben für ihren Vater erledigen.

Aber wir haben uns für den nächsten Sommer verabredet. Unter südlicher Sonne.

Bis dahin habe ich meine Erinnerungen. Und Jackie Daniels. Den großen Tröster.

»Ein treuer Freund ist wie ein seltener Schatz.«

Sagt Mama.

6. KAPITEL

Montag

Die Geschichte verbreitet sich wie ein Lauffeuer in der Stadt.

Mord im Obersten Gericht! Mord im Obersten Gericht!

Zuerst wird sie als Flüsterpropaganda von Mund zu Mund weitergereicht. In vielen Stilblüten treibenden Ausgaben. Manche behaupten, dass der Richter selber auf schreckliche Weise ermordet und im großen Gerichtssaal aufgefunden wurde. Ein Gefangener, der neulich aus dem Gefängnis entlassen wurde, hatte sich für ein hartes Urteil gerächt.

Andere glauben zu wissen, dass ein Gerichtsdiener im Büro des obersten Verwaltungschefs umgebracht wurde, nachdem es eine aufgeregte Auseinandersetzung über den Schriftverkehr des Gerichts gegeben hatte.

Kurz darauf werden ungenaue Mutmaßungen über den Fall im Internet veröffentlicht. Es wird kritisiert, dass die Polizei geheim hält, dass ein bekannter Mitbürger im Gebäude des Obersten Gerichts ermordet wurde.

Die Goldjungs stehen unter Hochspannung. Schicken eine schnell zusammengeschusterte Mitteilung an die Presse, die darüber informiert, dass die Schauspielerin Sjöfn Saeunnardóttir im Haus des Obersten Gerichts tot aufgefunden wurde. Es werde davon ausgegangen, dass es sich um vorsätzliche Tötung handele. Ein Mann wäre im Zusammenhang mit dem Fall zu Untersuchungshaft verurteilt worden, wobei sich die Ermittlungen noch im Anfangsstadium befänden.

Keine weiteren Informationen über den Verdächtigen, und daher ist Adalgrímurs Name noch nicht im Umlauf.

Die Presse dreht vor Freude durch.

Eine junge und hübsche Schauspielerin im Prunkbau des Obersten Gerichts ermordet! Und dann war sie obendrein noch Stripperin!

Was für ein Wahnsinnsspaß!

Die Fernsehsender zeigen immer wieder Bilder vom Gerichtsgebäude, während die Nachrichtengeier über alles schwadronieren, was sie über den Fall und das Gericht zu wissen glauben.

Zwischendrin kommen Bilder von Sjöfn in verschiedenen Nebenrollen, die sie in Stücken kleinerer Theatergruppen in der Hauptstadt bekommen hatte. Und wie sie halb nackt um eine Säule vom Eldóradó tanzt, der größten Mösenbar des Unterweltenkönigs Porno-Valdi.

Es wird betont, dass sie in den letzten Tagen die Rolle der Desdemona geprobt hat, denn die Selbstständige Theatergemeinschaft bereitet eine Inszenierung des Othello für die kommende Spielzeit vor.

Ich selber habe keine Ruhe mehr, nachdem die Presse erfährt, dass ich die Anwältin des vermeintlichen Mörders bin. Das Telefon klingelt ununterbrochen.

Manche Goldjungs scheinen keinen Zweifel mehr daran zu haben, dass Adalgrímur der Schuldige ist. Meinen sogar, dass sie jetzt schon genug Beweismaterial haben.

Die Aussage Sigursteinns hat sie in dieser Annahme noch bestärkt. Adalgrímur meinte sich daran zu erinnern, dass der Mechaniker am Samstag kurz nach vier beim Auto angekommen sei, also kurz nach dem Mord. Aber Sigursteinn sagt aus, dass er den Richter am Obersten Gericht frühestens um zehn nach oder Viertel nach fünf getroffen habe.

»Jetzt pass mal auf«, sagt Raggi, als ich einen neuen Unterlagenstapel bei der Kripo abhole. »Die Überwachungskamera zeigt 15:27 Uhr, als Sjöfn und Adalgrímur das Gebäude des Obersten Gerichts betreten. Der Mord wurde fünfzehn oder zwanzig Minuten später begangen, aber auf keinen Fall später als 15:50. Um 16:05 Uhr zeigt die Kamera Adalgrímur von hinten, als er das Haus wieder verlässt. Sigursteinn trifft ihn oben auf der Hellisheidi mehr als eine Stunde später. Adalgrímur hatte daher genug Zeit, um nach dem Mord ins Hochland zu fahren und dort auf den Mechaniker zu warten.«

»Nicht mit einem kaputten Auto.«

Raggi grunzt verächtlich.

»Dann lies mal das Protokoll genauer durch«, antwortet er. »Gemäß Sigursteinns Aussage war ein Stromkabel durchgerissen. Es war erst möglich, den Motor wieder in Gang zu bekommen, als ein neues Kabel angebracht worden war. Sigursteinn ist überzeugt davon, dass das Kabel durchtrennt wurde. Wer hat das mit aller Wahrscheinlichkeit gemacht? Und wann?«

Raggi beantwortet sich seine Frage selber mit einer weiteren Frage:

»Ist es denn nicht offensichtlich, dass Adalgrímur im Hochland das Kabel selber durchgeschnitten hat, nachdem er den Mord begangen hatte?«

»Wozu?«

»Nun, um zu versuchen, dieses missglückte Alibi zu konstruieren.«

Bei einer Sache hat Raggi Recht. Die Aussage des Mechanikers deutet tatsächlich darauf hin, dass das Stromkabel durchtrennt wurde.

Andererseits kann Sigursteinn die Möglichkeit nicht

ausschließen, dass das Kabel ein paar Stunden, bevor es völlig abriss, noch an einem dünnen Drähtchen hing. Deshalb ist es unmöglich festzustellen, ob der Jeep noch unten in der Stadt war, als das Kabel durchtrennt wurde, oder schon oben im Hochland.

Aber er hat natürlich keine Idee, wer da am Werk gewesen sein könnte. Ebenso wenig wie die Goldjungs.

Sie scheinen sich immer noch nicht geeinigt zu haben, welches Motiv Adalgrímur für den Mord haben könnte. Obwohl auch dies unter anderem für Raggi schon völlig klar zu sein scheint.

»Die wohl bekannte Eifersucht lässt sich nicht zum Besten halten«, sagt er. »Wenn ein sechzigjähriger Mann einer jungen Frau verfällt, kann alles passieren, vor allem, wenn sie so leichtlebig ist.«

»War Sjöfn das?«

»Lies doch selber, was ihre Kollegen im Theater sagen.«

Ich überfliege die Aussagen derer, die mit Sjöfn bei der Selbstständigen Theatergemeinschaft gearbeitet haben.

Dort war die Liebesbeziehung zwischen ihr und Adalgrímur kein Geheimnis. Alle hielten ihn für noch einen Kerl für ihre Sammlung. Keiner glaubte daran, dass die Verbindung lange halten würde. Zumal sie ihre Partner oft wechselte. War in Liebesdingen selbstständig.

In einem Protokoll wird der Regisseur dahin gehend zitiert, dass Sjöfn ständig auf Höhenflug und ausschließlich daran interessiert war, sich zu vergnügen. Hat regelmäßig die beliebtesten Kneipen und Restaurants aufgesucht. Immer mit einem Typen, der bezahlte.

Man kann aus der Aussage des Regisseurs Missfallen an ihrem Lebenswandel herauslesen.

Oder Neid.

Scheiß Heuchelei!

Natürlich müssen Frauen sich zu helfen wissen.

Ich setzte mich im Büro an den Computer, sobald ich nach Hause komme, und setze zwei Klagen in Schuldsachen auf. Hab es viel zu lange vor mir her geschoben, den miesen Socken aufs Dach zu steigen. Die haben Scheinchen ohne Ende. Versuchen trotzdem immer wieder, sich davor zu drücken, mir das zu bezahlen, was mir zusteht.

Jetzt ist die Zeit gekommen, um diesen ungezogenen Grobianen zu zeigen, dass die Krallen einer Katze das Fleisch ganz schön tief aufkratzen können. Bis auf die Knochen.

Ich bin mitten drin, die zweite Klage zu formulieren, als das Telefon noch einmal klingelt. Greife zerstreut nach dem Hörer. Genervt über die Störung.

»Was?«

»Heißt du Stella Blómkvist?«

»Sicher.«

Der Typ hat einen fremden Akzent in der Stimme. Ich kann ihn nicht gleich einsortieren.

Vielleicht ruft er aus Übersee an? Oder ist ein Westisländer* aus Kanada?

»Ich habe im Netz nach Informationen über Juristen in Island gesucht und habe gelesen, dass du berühmt bist.«

»Was willst du?«

»Ich rufe aus Amerika an, weil ich wieder nach Hause kommen möchte.«

»Hast du kein Geld für's Ticket, oder was?«

»*Yes*, das ist kein Problem, aber ich bekomme keinen isländischen Pass.«

»Du kannst doch bestimmt in der isländischen Botschaft in Washington einen neuen Pass beantragen. Die Telefonnummer findest du auch im Web.«

* Westisländer: Nachkommen der Anfang des 20. Jhds. nach Nordamerika ausgewanderten Isländer (Anm. d. Ü.).

»Nein, *you see,* das ist nicht so einfach, denn ich habe dort schon angerufen, um einen Pass zu bekommen, aber das Mädchen am Telefon sagte, dass es mich nicht gibt.«

»Es gibt dich nicht?«

»Ja, sie hat gesagt, ich sei schon seit langem tot.«

Tot?

Plötzlich interessiert mich das Gespräch. Schiebe die Tastatur von mir weg. Lehne mich in meinem Chefsessel zurück.

»Wie meinst du das?«

»Ich habe meinen Namen gesagt und meinen Geburtstag und das Jahr, so wie sie mich gebeten hat, und erfuhr, dass ich zu Hause nicht mehr im Melderegister eingetragen sei, weil ich schon seit vielen Jahren tot sei.«

»Hast du eine Erklärung dafür?«

»Nein, vielleicht nur, weil ich schon so lange in Amerika bin.«

»Was soll ich da unternehmen?«

»Ich brauche einen Anwalt, der mir einen Pass besorgt.«

Das Anliegen ist ungewöhnlich. Und deshalb verdammt verlockend.

»Ich stecke bis über beide Ohren in Arbeit«, antworte ich schließlich. »Aber ich sollte trotzdem Zeit haben, ein oder zwei Anrufe für dich zu tätigen, um die Sache abzuchecken. Dafür brauche ich die wichtigsten Informationen über dich. Wie heißt du?«

»Ich heiße Geirfinnur«, antwortet er ohne zu zögern. »Geirfinnur Einarsson.«

7. KAPITEL

Dienstag

Verdammte Schufterei!

Ich komme so gerade dazu, mir ein Sandwich oder ein Pizzastück im Vorbeigehen reinzuschieben. Bin mit voller Kraft dabei, Scheinchen von nörgelnden Schuldnern zu kassieren.

Futter fürs Stella-Sparschwein.

Zwischendurch nehme ich an Verhören bei den Goldjungs teil und passe auf Kleinkriminelle vor dem Bezirksgericht auf.

Arbeite bis tief in die Nacht hinein. Auch im Bett.

Meine Aktentasche ist meine einzige Bettgenossin.

Ich liege nackt unter meiner Bettdecke. Das Fernsehen läuft. Verfolge mit einem Ohr die letzten Nachrichten des Abends, während ich die Unterlagen durchsehe. Muss doch hören, ob sie wieder etwas Neues über den Mord am Obersten Gericht erfinden.

Wie schon den ganzen Tag über ist Adalgrímur Sunndal das Nachrichtenzugpferd. Das Klatschblatt DV hat heute Morgen als Erstes begonnen. Veröffentlichte ein großes Foto von ihm auf dem Titelblatt. Und eine megagroße Überschrift:

Richter am Obersten Gericht
des Mordes verdächtigt!

Die Verhaftung Adalgrímurs hat natürlich die Arbeit des Obersten Gerichts lahm gelegt, wegen der Verhandlungen, in denen er ein Urteil hätte fällen müssen.

Die Presse zeigt das größte Interesse an der Aufschiebung der Hauptverhandlung in einem Fall, den sie »den großen Landsbankiraub« nennen. Drei Männer sind angeklagt, ein Auto gekidnappt zu haben, welches Geld zum Tresor der Landsbanki im Mjódd transportieren sollte. Das Geld wurde immer noch nicht gefunden. Wahrscheinlich um die dreißig Mille.

Aber die Nachrichtengeier der Fernsehsender berichten auch Neues über ein völlig anderes Verbrechen. Das vorerst letzte Kapitel eines Fortsetzungsromans über maskierte nächtliche Gäste, die zum dritten Mal zugeschlagen haben. Dieses Mal in Hafnarfjördur.

Ich weiß nichts über diese Fälle, nur das, was ich in den Nachrichten höre. Dort wird behauptet, dass die maskierten Kriminellen immer zu zweit sind. Sie verbergen ihr Gesicht hinter dicken Schlupfmützen. Brechen nachts in große Häuser ein, in denen nur eine Person wohnt. Überraschen diese schlafend im Bett. Fesseln und knebeln ihr Opfer, bevor sie innen alles zerstören. Schneiden die Polster von Sesseln und Sofas auf. Zerschlagen Porzellan und Zierrat. Zerreißen Gemälde und Fotos. Schnipseln die schönsten Kleider zu Fetzen. Verteilen Lebens- und Putzmittel in der ganzen Wohnung. Enden dann damit, Parolen und Obszönitäten an die Wände zu schmieren.

Dieses Mal fesselten und knebelten die Schurken eine alte, allein stehende Frau. Sie bekam einen Herzinfarkt. Schwebt immer noch in Lebensgefahr.

Die Goldjungs geben bekannt, dass sie wichtige Hinweise zum letzten Überfall erhalten hätten; momentan könnten sie aber keine genaueren Informationen weitergeben, um die polizeilichen Ermittlungen nicht zu behindern.

Also steht es immer noch drei zu null. Für die Vandalen.

Ich mache das Fernsehen aus. Fahre fort, alle mir vorliegenden Protokolle der Goldjungs zur Ermittlung des Mordes im Obersten Gericht eingehend durchzulesen.

Am Nachmittag bin ich in den Osten zum Gefängnis gefahren, um Adalgrímur das erste Mal zu treffen, nachdem die Presse seinen Namen und ein Foto von ihm als den Mordverdächtigen veröffentlicht hat.

Er ist immer noch in Einzelhaft. Und in nächster Nähe zu vielen Ganoven, die er selber zu einer Freiheitsstrafe verurteilt hat.

Adalgrímur gab sich alle Mühe, ruhig und gelassen zu wirken. Aber er konnte trotzdem seine Wut nicht verbergen.

»Wenn ich irgendwann den Kriminellen in die Finger kriege, der dieses Unglück über mich und meine Familie gebracht hat, dann weiß ich ehrlich gesagt nicht, was ich mit ihm machen werde«, sagte er dumpf. »Ich glaube, ich verstehe erst jetzt so richtig, wie ein Mann, der so friedfertig ist wie ich, es vor sich selber rechtfertigen kann, gewalttätig zu werden.«

Ich hatte wenig Interesse daran, mir die philosophischen Überlegungen eines Gefangenen anzuhören, der den Stress der Einzelhaft zu spüren beginnt. Habe das schon so oft gehört.

Deshalb kam ich direkt zur Sache. Wollte alles über seine Beziehung zu Sjöfn wissen. Von Anfang bis Ende.

»Es begann letztes Jahr«, sagte er. »Snjófrídur hat mich immer wieder bearbeitet, die Selbstständige Theatergemeinschaft mit Geldbeträgen zu unterstützen, und mich deshalb auf ihre Party eingeladen, die sie auf Grund des fünfjährigen Bestehens der Theatergruppe hielt.«

»Welche Snjófrídur?«

»Snjófrídur von der Zeitarbeit. Sie ist der größte Sponsor der Theatergemeinschaft. Du kennst sie doch bestimmt?«

Natürlich kommt mir der Name gleich bekannt vor. Wem nicht? Vor einem oder zwei Jahren wurde Snjófrídur sogar zur Unternehmerin des Jahres gewählt.

Sie ist auch der Liebling der Hochglanzmagazine, die zeigen, wie die berühmten Leute wohnen. Wurde durch eine Firma wohlhabend, die Zeitarbeit & Consulting heißt, aber allgemein unter dem Namen Zeitarbeit läuft. Die Firma vermietet Arbeitskräfte für alle möglichen kürzeren, zeitlich begrenzten Aufgaben in Unternehmen und öffentlichen Einrichtungen. Hat über zweitausend Leute auf der Gehaltsliste. Vor allem Ausländer.

»Was passierte also auf dieser Party?«

»Man traf dort sowohl Theaterleute als auch jene, die den Betrieb auf die eine oder andere Weise am Laufen halten. Ein paar witzige Paradiesvögel, wie diesen Marteinn oder Matti, wie er genannt werden will. Er ist der Regisseur aller Stücke, die die Truppe spielt. Es stellte sich heraus, dass er ein zum Schreien komischer Imitator ist. Er hat auf der Party ein paar Minister erstaunlich echt nachgemacht.«

»Und da hast du Sjöfn getroffen?«

»Ja, Matti hat uns vorgestellt und sagte, dass sie seine schönste Schauspielerin sei und mit Sicherheit auch die forscheste.«

»Was ist dann passiert?«

»Möchtest du, dass ich in die Details gehe?«, fragte Adalgrímur. Ein schwaches Lächeln umspielte seine Lippen.

»Ich möchte einfach wissen, was dann passiert ist.«

»Als wir uns eine Weile über einem Glas unterhalten hatten, lotste sie mich eine Treppe hinauf und in eines der vielen Zimmer im oberen Stockwerk. Dort drückte sie mich gegen eine Wand, kniete sich hin und zeigte mir ihre Künste im Fellatio.«

»Wie, einfach so?«

»Ja, und es stellte sich schnell heraus, dass sie in dieser Kunst sehr bewandert war.«

»Das Lob eines erfahrenen Mannes, oder was?«

»Wer hat dir davon berichtet?«

Ich schaute Adalgrímur einen Moment schweigend an. Ließ es dann heraus: »Sólveig hat ein paar wohl gewählte Worte über dieses Thema fallen lassen.«

Adalgrímur nickte langsam, als ob ihn meine Antwort nicht überraschen würde.

»Meine Tochter kennt alle meine schwachen Punkte«, sagte er. »Daher weiß sie auch, dass ich noch nie jemandem Gewalt angetan habe.«

»Du hast von Sjöfn erzählt.«

»Nichts liegt mir ferner als abzustreiten, dass ich mich gleich in sie verliebt habe. In der ersten Zeit nach dieser Party trafen wir uns täglich, später zwei bis drei Mal pro Woche. Sie schien mit diesem Arrangement genauso zufrieden zu sein wie ich.«

»Hast du ihr Geld gegeben?«

Er schüttelte den Kopf.

»Sjöfn hat mich nie darum gebeten, etwas für sie zu kaufen. Aber ich habe ihr natürlich Geschenke gemacht, sie zum Essen eingeladen und Ähnliches in dieser Art.«

»Warst du eifersüchtig?«

»Ich hatte keinen Grund dazu.«

»Nicht?«

»Sie war völlig frei, ihr eigenes Leben zu leben. Und ich war mit unserer Beziehung vollkommen zufrieden, so wie sie war.«

Vielleicht.

Ich weiß immer noch nicht, was ich von Adalgrímur halten soll. Ich bin genauso darauf vorbereitet, dass er schuldig ist.

Aber ich werde trotzdem mein Bestes geben, damit er freigesprochen wird. Wie für andere Ganoven, die sich an mich wenden. Das gehört zu meinem Job.

Die Müdigkeit gewinnt schließlich die Oberhand.

Ich lege die Unterlagen auf den Nachttisch. Mache das Licht aus. Drehe mich auf die Seite. Nehme das eine Kissen in den Arm. Rolle mich unter der Bettdecke zusammen. Völlig fertig. Kann nicht mehr.

»Wer schläft, siegt nicht.«

Sagt Mama.

8. KAPITEL

Mittwoch

Seht! Die neue Desdemona!«

Ruft ein langhaariger Kerl, sobald er mich entdeckt hat, als ich den Zuschauerraum der Selbstständigen Theatergemeinschaft betrete. Sie hat ihren Sitz in einem alten Haus in der Weststadt, das früher einmal voll mit Dorsch und Schellfisch und anderen schleimigen Tieren war.

Er steht breitbeinig in der Mitte der Bühne. Mit Sicherheit gut Mitte vierzig. Recht dicklich. Mit einem dunklen Zweitagebart an Wangen und Kinn.

Mit konzentriertem, stechendem Blick. Als ob er mich mit seinen dunklen Augen durchleuchten wollte.

»Du meinst doch wohl nicht die da?«, fragt ein anderer Typ, der an einem kleinen Tisch rechts auf der Bühne gegenüber von zwei Mädchen sitzt.

Er ist groß und schlank. Hat schwarze Haare.

»Blonde Schickse in einem schwarzen Lederkostüm. Genau so hat eine Desdemona des einundzwanzigsten Jahrhunderts auszusehen.«

Die Mädchen sind wahrscheinlich um die zwanzig. Eventuell sogar jünger.

Die eine ist blond. Groß wie eine Amazone des antiken Griechenlands.

Klug. Sexy.

Und weiß es auch.

Die andere hat schönes dunkelrotes Haar, das bis zum unteren Rücken reicht.

Sie ist auch schlank. Aber zurückhaltender.

»Komm mal hierher!«, fährt der Langhaarige fort und weist mich auf die Treppe hin, die auf der linken Seite zur Bühne hochführt.

Er hat was, der Typ. Obwohl sein Aussehen mich überhaupt nicht anspricht.

Ich stehe eher auf Jüngere.

»Stopp!«, ruft er, als ich die Treppe hochgestiegen bin, und taxiert mich weiterhin mit seinen Blicken. »Ja, genau so soll sie sein.«

»Bist du auf einmal mit Blindheit geschlagen, Matti?«

»Was soll das, Baldur, siehst du nicht, was ich sehe? Wenn der Meister jetzt hier unter uns weilen würde, würde er mit Sicherheit eine solche Desdemona gutheißen, denn sie passt zur Gegenwart.«

»Von Shakespeare habe ich keine Ahnung«, falle ich ihm ins Wort, »aber war Desdemona nicht ein unschuldiges, liebliches Blümelein?«

»Damit bist du sicher aus dem Spiel«, ruft die Blonde und lacht überheblich.

»Nein, nein, heutzutage ist niemand mehr unschuldig«, antwortet Matti, »und eine junge Frau wie Desdemona, die sich den mächtigsten Hai auf dem Fleischmarkt unter den Nagel reißen will, schon gar nicht.«

Baldur steht auf. Kommt näher.

Bleibt stehen. Betrachtet mich von oben bis unten.

Umkreist mich als Nächstes einmal auf der Bühne, ohne die Augen von mir abzuwenden. Bleibt dann zum Schluss direkt vor mir stehen.

»Du erlaubst doch, dass ich dich kurz teste«, säuselt er.

Er hebt seine Hände in Brusthöhe. Streckt seine Daumen von den Händen ab, bis sie sich treffen. Hält die Hände so, als er sie an meinen Hals führt.

Und drückt dann zu.

»Ich muss wissen, ob es klappt, dich zu erwürgen«, fährt er fort und schaut mir drohend in die Augen.

Ich reagiere ganz instinktiv auf die Drohung. Ohne auch nur einen Augenblick zu zögern. Ramme das eine Knie mit wohl dosierter Kraft in seinen Schritt.

»Maaamaaa!«

Er brüllt vor Schmerz. Hält sich mit beiden Händen seinen Unterbauch. Beugt sich vor. Und jault schon wieder.

Matti beginnt, lauthals zu lachen.

»Verdammte Kuh!«, ruft Baldur zwischen seinen Schmerzenslauten. »Ich bring dich um!«

Das blonde Mädchen stimmt in Mattis Gelächter ein.

»Das ist überhaupt nicht lustig«, sagt Baldur wütend und verletzt.

»Guter Gag!«, sagt Matti. »Das kann ich in die Inszenierung einbauen. Die Desdemona des neuen Jahrhunderts würde sich doch bestimmt wehren, etwas anderes wäre unnormal. Ich weiß, dass der Meister mit mir einer Meinung ist.«

Matti ist irgendwie hübsch-hässlich. Aber entfacht trotzdem kein Feuer in mir.

Das rothaarige Mädchen tröstet Baldur, der immer noch sein Aua beweint. Führt ihn zum Stuhl neben dem Tisch.

»Willst du die Rolle?«, fragt Matti.

»Eigentlich nicht. Ich will viel lieber Informationen.«

»Worüber?«

»Sjöfn.«

Die Atmosphäre ändert sich schlagartig. Sie sind plötzlich auf der Hut.

Werden wachsam.

Denken zuerst, ich sei eine Journalistin auf der Suche

nach Neuigkeiten. Sind noch geschockter, als sie die Wahrheit hören.

Besonders Baldur.

»Ich habe da vorhin nur Spaß gemacht«, sagt er demütig. »Du verstehst schon, ich soll nämlich Othello spielen und muss daher auf der Bühne Desdemona erwürgen. Das da vorhin war wirklich ein blöder Idiotengag, das gebe ich zu.«

»Dann erzähl mir mal was über Sjöfn.«

»Aber der Fall ist doch schon gelöst?«, fragt Matti.

»Nein, Adalgrímur hatte keinen Grund, Sjöfn zu ermorden.«

»Nicht?« Matti gestikuliert. »Der Meister spricht an einer Stelle von der gewaltigen Macht, die das grüngeaugte Scheusal, welches man Eifersucht nennt, hat. War es nicht hier zugange?«

»Hat Sjöfn Anlass dazu gegeben?«

»Sie sah keinen Grund, ihren Lebensstil zu ändern, obwohl sie noch einen Richter am Obersten Gericht kennen gelernt hat.«

»Noch einen?«

»Ach, das habe ich nur so gesagt«, antwortet er. »Sjöfn hat Männer aus allen Gesellschaftsschichten gekannt, zumal sie früh damit anfing, Erfahrungen und Erkenntnisse im Theater des Lebens zu sammeln.«

»Theater des Lebens?«

»Niemand wird ein herausragender Schauspieler, es sei denn, er macht persönlich die Erfahrungen, die er später auf der Bühne darstellen soll«, antwortet Matti. »Nehmen wir ein einfaches Beispiel. Du kannst Trauer nur dann überzeugend darstellen, wenn du sie selber schon einmal erlebt hast. So ist es mit allen tiefen Gefühlen und Erfahrungen, die der Schauspieler vor den Zuschauern darstellen soll; er muss die Voraussetzungen dafür aus seiner eigenen Erfahrungswelt mitbringen. Sjöfn hat das genau verstanden, und deshalb hat sie schon früh angefangen, im Theater des Lebens zu lernen, was wiederum vollen Erfolg brachte, wenn sie dann hier auf die Bühne kam.«

»Und was hat das mit Adalgrímur zu tun?«

»Was ich damit sagen will, ist, dass er für sie nur eine Nebensache und nur eine weitere Sprosse auf der Erfahrungsleiter war«, antwortet er. »Oder glaubst du wirklich, dass der Richter sich damit abgefunden hätte, sie umgehend in andere Hände zu verlieren? Ich habe ja gesehen, wie er sich verhalten hat, und erlaube mir, meine Zweifel auszusprechen.«

»In wessen Hände?«

Alle schweigen. Gucken sich gegenseitig an.

»Wer war der Neueste?«, fragt Matti. »Weißt du's, Dísa?«

»Sie hatte jemanden bei der Polizei aufgegabelt«, antwortet die Blondine und lächelt. »Ich weiß nicht, wie er heißt, aber sie hat gesagt, dass er ein Einflussreicher aus den oberen Etagen ist.«

»Und du, Harpa?«, fährt Matti fort.

Das rothaarige Mädchen schüttelt den Kopf.

»Dann haben wir dir nicht mehr mitzuteilen.« Matti wendet sich Baldur und den Mädchen zu. »Wir machen um zwei Uhr weiter.«

Er nimmt seine rote Jacke von einem der Stühle. Hängt sie sich über seine Schultern. Schließt seinen Laptop, der auf dem Tisch liegt. Schiebt ihn in eine kleine braune Aktentasche. Springt dann von der Bühne und stürmt aus dem Saal.

Baldur geht dem Regisseur gebeugt hinterher.

Dísa guckt mich herausfordernd an.

»Hat Adalgrímur dir vielleicht gesagt, wie er es gemacht hat?«, fragt sie.

»Er behauptet, unschuldig zu sein.«

Es ist, als hätte sie mich nicht gehört.

»Nach Sjöfns Tod habe ich viel darüber nachgedacht, was für ein Gefühl es ist, jemanden umzubringen«, fährt sie fort und ihre Augen leuchten vor Spannung. »Auf jemanden immer wieder mit einem Messer einzustechen, zu sehen, wie das Blut rinnt und das Leben langsam aus den Augen verschwindet, das muss doch klasse sein!«

»Gibt es hier eigentlich nur verwirrte Clowns?«

»Wer hat denn gesagt, dass ich Spaß mache?«, fragt Dísa und steht lächelnd auf. »Matti sagt, dass im Theater des Lebens alles erlaubt sei.«

»Jetzt hör schon auf, Dísa«, sagt Harpa und wirft mir einen peinlich berührten Blick zu. »Sie meint das nicht so.«

Sie machen sich fertig zum Gehen.

»Sjöfn hat hier ein Zimmer im oberen Stock gemietet. Könnt ihr mir das nicht gerade mal zeigen?«, frage ich.

»Du solltest da lieber Audur fragen«, antwortet Harpa. »Sie bestimmt alles, was hier läuft.«

Das Büro der Theatergesellschaft liegt im Erdgeschoss neben dem Zuschauerraum.

Matti ist schon dort. Bei Audur.

Er lächelt, als er mich sieht.

»Kannst du dir die großartige Veränderung vorstellen, die in diesem Haus stattgefunden hat?«, ruft er. »Dort, wo früher alte Frauen stundenlang in weißen Kitteln standen, um Würmer aus Fischen herauszupulen, inszenieren wir jetzt das Meisterwerk der Weltliteratur. Hier verwandeln wir Fischschleim in Kunst! Was für ein Wunder!«

Er legt seinen Kopf in den Nacken und lacht laut über seinen eigenen Witz, als er das Haus verlässt.

Audur zeigt sich wenig beeindruckt. Ihr großflächiges Gesicht offenbart kein Minenspiel. Es scheint, als ob sie den Spruch schon hundertmal gehört hätte.

Sie reagiert träge auf mein Anliegen. Ihr glattes Haar

schwingt zur Seite, als sie den Kopf schüttelt. Trotzdem lässt sie sich am Ende doch dazu bewegen.

»Die meisten Zimmer im ersten Stock werden vermietet«, erklärt Audur, als wir die Treppe hochsteigen.

Sjöfn hatte eine Schwäche für Parfum. Ein starker, süßlicher Geruch schlägt uns entgegen, als Audur die Zimmertür öffnet.

Zwei Dinge erhalten meine ungeteilte Aufmerksamkeit: ein übervoller Kosmetiktisch vor einem großen, runden Spiegel in einem vergoldeten Rahmen. Und das breite Bett, auf dem eine hellrosa, seidenweiche Decke liegt.

»Die Kosmetikkönige haben an ihr wohl gut verdient«, sage ich und fange an, einzelne Stücke der Sammlung auf dem Tisch genauer zu betrachten. »Es ist ja wie in einem Kosmetiksalon.«

»Sjöfn konnte gut schminken«, sagt Audur und geht zum Fenster, das auf der Hafenseite liegt. »Sie hat manchmal mit dem Schminken Geld verdient, wenn nichts anderes zu bekommen war.«

Ich setze mich auf das Bett. Es gibt angenehm nach.

Dann werfe ich einen Blick in den Kleiderschrank. Entdecke ein paar prächtige Kleider. Auch chice Jacken, Blusen, Pullover, Hosen. Die meisten Kleidungsstücke sind in starken Farben.

»Sie hat sehr auf ihr Aussehen geachtet.«

Ich schließe den Schrank. Setze mich wieder auf das weiche Bett. Versuche einzuschätzen, was ich sehe.

Was sagt mir das Zimmer über Sjöfn?

Hier gibt es viele edle Klamotten. Ein Meer von Kosmetikartikeln.

Aber kaum etwas anderes Interessantes.

Außer viele Fotos von ihr. Sie hat sie an der Wand rings um den Spiegel aufgehängt. Aber kein Foto von jemand anderem.

Alles hier im Raum dreht sich nur um Sjöfn.

Wir gehen wieder hinaus auf den Flur.

»Hast du sie gut gekannt?«, frage ich.

Audur zuckt mit den Achseln.

»Wann kennt man jemanden gut?«, fragt sie zurück und schließt die Tür ab. »Spielen denn nicht immer alle Theater? Verstecken sich hinter Masken wie auf der Bühne?«

»Wie würdest du ihren Charakter beschreiben?«

»Ich möchte am liebsten nicht schlecht über Verstorbene reden.«

»Manchmal ist es notwendig, die Wahrheit zu sagen.«

Sie schweigt.

»Ich gebe es auch nicht weiter«, füge ich hinzu.

Audur blickt sich im menschenleeren Gang um. Guckt mich anschließend mit ihren dunkelbraunen Augen an. Fährt sich mit ihrer Zunge über die Lippen.

»Wenn du unbedingt möchtest, dass ich es laut ausspreche, dann war Sjöfn eine unmoralische, ordinäre Hure, die nur an sich selber dachte und sich nicht um die Gefühle anderer scherte. Ich vermisse sie nicht.«

Ihre Stimme klingt ruhig. Frei von jeglicher Erregung.

Ihr Gesicht gibt auch keine Auskunft über die starken Gefühle, die hinter einem solchen harten Urteil stehen müssen.

»Eine Maske ist die älteste Form der Selbstverteidigung.«

Sagt Mama.

9. KAPITEL

Die Goldjungs wollen Adalgrímur Sunndal schon wieder verhören. Sie haben ihn sogar schon aus dem Gefängnis geholt.

Ich brause in meinem Silberpfeil zum Kripo-Palast.

Schalte auf dem Weg den Laberkasten an. Höre, dass den Nachrichtengeiern immer noch das Oberste Gericht im Kopf herumspukt. Wiederholen alle Behauptungen, die im Netz veröffentlicht wurden: Auf den Justizminister werde Druck ausgeübt, Adalgrímur umgehend zum Rücktritt aufzufordern. Falls er nicht freiwillig ginge, käme eine Suspendierung in Frage. Viele hätten sich bereits dahin gehend geäußert, dass sie es für völlig indiskutabel hielten, einen Mann, der wegen Verdacht auf Mord zu Untersuchungshaft verurteilt wurde, weiterhin im Amt am höchsten Gericht des Landes zu lassen.

Uff!

Merkwürdig, wer alles bereit ist zu vergessen, dass jeder Mensch so lange unschuldig ist, bis seine Schuld vor Gericht bewiesen werden konnte. Obwohl das angeblich einer der Eckpfeiler des Rechtsstaates ist.

Ich bekomme ein paar Minuten mit Adalgrímur, bevor das Verhör beginnt. Allein der Gedanke an einen Rücktritt macht ihn wütend.

»Wie kann eigentlich jemandem einfallen, dass ich von

meinem Amt unter diesen Umständen zurücktrete?«, fragt er aufgebracht. »Dann könnte ich ja gleich öffentlich verkünden, dass ich für diesen ekelhaften Mord verantwortlich bin. Das mache ich nie.«

»Ich fand es nur richtig, dich vorzuwarnen. Dein Rücktritt oder deine Entlassung aus dem Amt ist momentan ein beliebtes Diskussionsthema in Radio und Fernsehen. Vor allen Dingen aber im Internet.«

»Was den Klatsch im Netz angeht, muss man auf alles gefasst sein, aber hast du auch mitbekommen, dass einflussreiche Leute diese Forderung unterstützen?«

»Soweit ich weiß, möchte die Opposition nächste Woche die Sache in einer aktuellen Stunde debattieren.«

»Soso, die politischen Aasfresser sind also schon unterwegs«, sagt Adalgrímur. Bitterkeit schwingt in der Stimme mit.

Er steht auf. Geht mit schweren Schritten auf dem steingrauen Fußboden des Zimmers auf und ab.

Die Schritte sind klein. Aber zielgerichtet.

»Es würde mich nicht wundern, wenn einige meiner Kollegen im Obersten Gericht die Möglichkeit nutzen würden, um mich loszuwerden«, fügt er hinzu. »Aber du hast wahrscheinlich nichts von der Justizministerin über den Fall gehört, oder?«

»Nein.«

»Ich erwarte das eigentlich auch gar nicht, aber für den Fall, dass sie dich direkt kontaktieren sollte, ist mein Statement genauso kristallklar wie mein Gewissen. Ich trage an diesem Verbrechen keine Schuld, und mir fällt auch gar nicht ein, etwas anderes zuzugeben, indem ich von meinem Amt zurücktrete.«

»In Ordnung.«

Adalgrímur kommt wieder zum Tisch.

»Wenden wir uns also wieder den wichtigen Dingen

zu«, sagt er und setzt sich mir gegenüber hin. »Was gibt's Neues?«

»Unserem Antrag auf Untersuchung des Videos und der Überwachungskamera durch einen ausländischen Spezialisten ist stattgegeben worden. Er kommt am Wochenende in Island an.«

»Gut, das zu hören, denn das Video muss entweder gefälscht sein oder eben viel älter, als sie sagen.«

»Dann habe ich gestern und heute noch einmal eine Anzeige geschaltet, in der nach Zeugen gesucht wird, die dein Auto am Samstagnachmittag am Straßenrand auf der Hellisheidi haben stehen sehen. Die Anzeige wird in Zeitungen und im Fernsehen veröffentlicht. Bisher hat sich noch niemand gemeldet, aber das heißt nichts.«

»Es muss doch jemand das Auto bemerkt haben, denn ich musste schließlich über zwei Stunden dort herumhängen.«

Er trommelt leicht mit den Fingern der rechten Hand auf die Tischplatte.

»Das Verhör beginnt in ein paar Minuten«, fahre ich fort. »Ich hatte vorhin das Gefühl, dass sie irgendwas Neues in der Hand haben. Hast du eine Idee, um was es sich handeln könnte?«

Adalgrímur schüttelt den Kopf.

»Hast du gewusst, dass Sjöfn in einem Stripclub getanzt hat?«

Er wirft mir einen schnellen Blick zu.

»Sie hat schon vor langem damit aufgehört.«

»Hat sie das gesagt?«

»Ja, aber entspricht das denn nicht der Wahrheit?«

»Ich weiß es nicht. Ich fange gerade erst an, ihren Lebenslauf und ihren Bekanntenkreis zu untersuchen.«

»Ja, das ist natürlich dringend, denn Sjöfn muss ihren Mörder gekannt haben, alles andere ist ausgeschlossen.«

Er steht wieder auf.

»Um es ganz deutlich zu sagen: Ich finde es unerträglich, so gebunden zu sein, dass ich selber gar nichts unternehmen kann, um mich aus dieser Lage herauszuziehen«, sagt er. »Ich bin ein Mann der Tat, nicht des Herumsitzens.«

»Du kennst doch das System. Weißt, wie es funktioniert.«

»Ja, ja, aber ich habe es natürlich immer nur von der anderen Seite kennen gelernt. Deshalb ist das eine neue und äußerst unerfreuliche Erfahrung für mich.«

Die Goldjungs kommen in den Konferenzraum hereinmarschiert, ohne anzuklopfen. Setzen sich in einer Reihe mir gegenüber an den Tisch.

Adalgrímur nimmt neben mir Platz.

Raggi hält wieder die rote Akte in der Hand. Knallt sie auf den Tisch. Legt eine Videokassette daneben.

»Wir müssen über ein neues Detail sprechen, das während der Ermittlungen aufgetaucht ist«, sagt er. »Aber zuerst muss ich feststellen, ob du bereit bist, deine Aussage in Anbetracht der Beweise zu ändern, die beim letzten Verhör gezeigt wurden?«

»Ich habe mich am Samstagnachmittag nicht im Gebäude des Obersten Gerichts befunden und kann daher nicht solchen Blödsinn gestehen.«

»Also gut.«

Raggi öffnet die rote Akte. Zu oberst liegen ein paar Fotos. Er reicht eins davon über den Tisch.

»Hast du Fotos in dieser Art schon einmal gesehen?«

Das Foto ist von schlechter Qualität. Aber trotzdem gut genug.

Ich erkenne die Motive sofort. Adalgrímur liegt auf dem Rücken im Bett. Sjöfn sitzt auf ihm drauf.

Beide sind nackt.

Die Goldjungs verfolgen mit eindeutiger Neugier die Reaktionen des Richters am Obersten Gericht, der erbleicht, als er das Foto sieht.

»Wo kommt das denn her?«, fragt er dumpf.

»Das Foto wurde von einer Videoaufnahme vergrößert«, sagt Raggi. »Hast du es schon einmal gesehen?«

»Nein, natürlich nicht«, antwortet Adalgrímur wütend. »Meinst du etwa, dass ich Aufnahmen dieser Art erlaubt hätte?«

»Hier ist das Video.« Raggi legt die linke Hand auf die Kassette, die auf dem Tisch liegt. »Sollen wir mal dein Gedächtnis etwas auffrischen und sie ins Gerät schieben?«

»Ich kann das einfach nicht glauben.«

Raggi reicht seinem Assistenten das Video. Kurz darauf erscheint der Film auf der Mattscheibe. Das genießerische Stöhnen der beiden hallt im Konferenzraum wider.

Ich erkenne die Umgebung sofort. Das Bett. Der Film wurde in Sjöfns Zimmer aufgenommen.

Der Blickwinkel deutet darauf hin, dass die Kamera ganz oben im Kleiderschrank versteckt wurde. Oder vielleicht auf ihm.

Adalgrímur wendet nach einer kurzen Zeit den Blick ab.

»Haben wir jetzt nicht mehr als genug davon gesehen?«, fragt er.

Die Goldjungs machen den Fernseher aus.

»Ich frage dich also wieder, ob du dieses Video schon einmal gesehen oder von seiner Existenz gewusst hast«, sagt Raggi.

»Nein, natürlich nicht, ich hatte keine Ahnung, dass es diese Aufnahme überhaupt gibt.«

»Woher habt ihr dieses künstlerisch wertvolle Objekt?«, frage ich kurz angebunden.

Raggi schweigt.

»Wir haben ein Recht darauf, zu wissen, wer euch das Video gegeben hat.«

»Mach mal halblang«, sagt Raggi gelassen und wendet sich direkt an Adalgrímur. »Wir haben das Video in Sjöfns Handtasche in deinem Büro gefunden. Sie hat dir wahrscheinlich die ganze Herrlichkeit da am Samstag gezeigt. War das vielleicht der Grund, weshalb du sie umgebracht hast?«

»In der Handtasche?«, rufe ich über den Tisch. »Ihr habt das Video die ganze Zeit in Verwahrung gehabt, ohne uns davon in Kenntnis zu setzen?«

Sie übergehen mich einfach.

»Ich unterstreiche noch einmal, was ich vorhin gesagt habe: Weder habe ich dieses Video jemals gesehen noch gewusst, dass es überhaupt existiert«, sagt Adalgrímur. »Und das ist die reine Wahrheit, wie alles andere, was ich euch zu diesem Fall bis jetzt gesagt habe.«

Raggi schüttelt den Kopf. Ungläubigkeit spricht aus seinen Augen.

»Willst du damit behaupten, dass mein Klient am Samstagabend gewusst hat, dass sich dieses Video in Sjöfns Handtasche in seinem eigenen Büro befindet?«, frage ich. »Warum hat er es dann nicht mitgenommen?«

Keiner der Goldjungs antwortet mir.

»Allein die Tatsache, dass ihr das Video in der Tasche gefunden habt, nachdem Adalgrímur den Mord gemeldet hat, sollte Beweis genug dafür sein, dass er nichts von dem Video wusste«, füge ich hinzu.

Raggi tut so, als ob er mich nicht hören würde. Fährt stattdessen fort, Adalgrímur immer wieder die gleichen Fragen zu stellen. Und bekommt immer wieder die gleichen Antworten. Bis er schließlich aufgibt und den Richter am Obersten Gericht wieder in die Isolationshaft nach Litla Hraun* schickt.

* Litla Hraun: wörtl. »Kleines Lavafeld«, Name des Staatsgefängnisses in Eyrabakki, Südisland. (Anm. d. Ü.)

Die Goldjungs bilden sich werweißwas ein. Dass sie den Hauptgewinn im Lotto gezogen haben vielleicht.

Raggi ist vollständig davon überzeugt, dass Adalgrímur schuldig ist.

»Das Video gibt den Ausschlag«, sagt er, als ich ihm auf dem Weg aus dem Kripo-Palast nach draußen in sein Büro folge. »Es würde mich nicht wundern, wenn Sjöfn versucht hätte, ihm das Video zu verkaufen, was bedeutet, dass es sich hierbei um einen Erpressungsversuch gehandelt hat, der mit einer Katastrophe endete. Adalgrímur wird doch wohl langsam einsehen, wie sinnlos es ist, weiterhin etwas abzustreiten, was für alle offensichtlich ist.«

»Einem Witwer in seinem Alter kann doch so ein Video egal sein.«

»Nicht, wenn er Adalgrímur Sunndal heißt.«

»Warum liegt euch eigentlich so viel daran, alle anderen Möglichkeiten auszuschließen?«, fahre ich Raggi an. »Ich finde es, um ehrlich zu sein, ziemlich verdächtig. Habt ihr zum Beispiel versucht, herauszufinden, wo der neueste Liebhaber von Sjöfn war, als der Mord begangen wurde?«

»Der neueste Liebhaber?«, wiederholt Raggi meine Worte. »War es denn nicht Adalgrímur?«

»In der Selbstständigen Theatergemeinschaft hat eine Geschichte Hochkonjunktur, dass sie sich nämlich einen hochdekorierten Vorgesetzten aus diesem Haus geangelt haben soll.«

»So ein Blödsinn«, sagt Raggi und beginnt zu lachen.

»An deiner Stelle würde ich in der Sache mal auf den Busch klopfen. Genau das habe ich nämlich vor.«

Das Lachen bleibt ihm im Hals stecken.

»Meinst du das ernst?«

»Wenn hier im Hause irgendein Vorgesetzter persönliche Interessen als Liebhaber von Sjöfn zu wahren hat, stellt das die Neutralität der Ermittlungen in Frage.«

Raggi schaut mich nachdenklich an.

»Ich kann dich doch wahrscheinlich von der Liste streichen?«, frage ich lächelnd.

Jetzt guckt er richtig beleidigt. Zieht sich sein Sakko aus. Hängt es über die Stuhllehne. Wendet mir seine Wampe zu. Lässt seine roten Hosenträger immer wieder mit den Daumen flitschen.

Nur um mich zu nerven.

Auf dem Nachhauseweg muss ich mir selber eingestehen, dass Adalgrímurs Situation wenig Hoffnung birgt. Die Goldjungs sind überzeugter denn je, dass der Mordfall gelöst ist. Vielleicht haben sie Recht.

Trotzdem fällt es mir nicht ein, aufzugeben.

Natürlich nicht.

Zumal die Goldjungs schon des Öfteren falsch lagen.

Diese Herzchen.

Aber wenn Adalgrímur am Mord unschuldig ist, wer ist dann der Schuldige?

Das ist die große Frage.

Zweifellos werde ich wohl selbst den richtigen Schlüssel zu diesem Rätsel finden müssen. Die Goldjungs machen das mit Sicherheit nicht.

Muss ich nicht zuerst mein Augenmerk auf das Opfer richten?

Sjöfn scheint ganz schön viel zu verbergen zu haben. Aber was genau?

Ich muss es herausfinden. Das könnte den Mord an ihr in einem anderen Licht erscheinen lassen.

Aber wo und wie komme ich am besten an verwertbare Informationen zu ihren halblegalen Machenschaften? Oder sogar an Beweise?

Wie wär's denn, bei denen anzufangen, von denen ich weiß, dass sie Sjöfn nicht leiden konnten? Sie sozusagen hassten?

Ist das nicht die vielversprechendste Fährte?
Wahrscheinlich.
Aber natürlich muss ich mich vorsehen.
»Der Hass ist ein gefährlicher Verbündeter.«
Sagt Mama.

10. KAPITEL

Donnerstag

Tag der raschelnden Scheinchen. Und wehe, es muckt einer auf!

Ich lege schon früh los. Verfolge mit einem Ohr die Gespräche im Frühstücksfernsehen, während ich mich anziehe.

Der Vize ist für ein Interview erschienen. Er bittet die Öffentlichkeit um Mithilfe, um die maskierten Rowdys zu finden, die bei der alten Frau in Hafnarfjördur eingebrochen sind.

»Kurz vor zwei Uhr in der Nacht wurde beim Notruf angerufen und gemeldet, dass eine Frau einen Herzinfarkt bekommen hätte«, sagt er und schaut direkt ins Auge der Kamera. »Umgehend wurden Sanitäter zur angegebenen Adresse geschickt, wo die Haustüre offen stand. Sie fanden die Frau im Schlafzimmer, gefesselt und geknebelt im Bett. Durch ihr geistesgegenwärtiges Handeln gelang es ihnen, der Frau das Leben zu retten, aber sie liegt immer noch auf der Intensivstation. Es ist weiterhin ungewiss, ob sie die Attacke überlebt. Die Wohnung war von derselben Zerstörungswut gekennzeichnet, die sich wie ein roter Faden durch all diese Einbrüche zieht, aber die Schuldigen waren schon über alle Berge.«

»War es denn einer der Verbrecher, der den Notruf alarmiert hat?«, fragt der Nachrichtengeier. Scharf darauf, den Fall vor laufender Kamera quasi live zu lösen.

»Ja, da der Anruf vom Telefon in dieser Wohnung getätigt wurde, gehen wir davon aus, dass es einer der Rowdys war«, antwortet der Vize. »Verständlicherweise ist es für die Ermittlung des Falles äußerst wichtig, die Identität des Anrufers zu lüften. Deshalb haben wir Radio- und Fernsehsender gebeten, die Aufnahme des Notrufs zu senden, in der Hoffnung, dass jemand die Stimme erkennt und uns einen Hinweis geben kann.«

Die Aufnahme ist ultrakurz. Eine aufgeregte Stimme ruft, dass eine Frau einen Herzinfarkt bekommen habe und umgehend Hilfe bräuchte. Die Stimme nennt eine Adresse in Hafnarfjördur. Dann wird der Hörer auf die Gabel geknallt.

Man kann kaum unterscheiden, ob es ein Mann oder eine Frau war.

Die Stimme klang relativ tief und dunkel.

Aber sie kommt mir irgendwie unecht vor. Als ob der Anrufer versucht hat, die Stimme zu verstellen. Wissentlich. Um zu täuschen. Und sich dahinter zu verstecken.

Ich setze mich an den Computer. Checke ab, welche Schuldner mit ihren Ratenzahlungen im Rückstand sind. Schreibe einigen von ihnen einen Drohbrief. Andere rufe ich an und fordere sie zum Zahlen auf.

Denen, die mir blöd kommen, biete ich an, unser nächstes Treffen in den Gerichtssaal zu verlegen. Da geben die meisten der Unverschämtesten normalerweise klein bei. Manche von ihnen flehen mich sogar um eine neue Frist an. Oder wollen über ihre Schulden neu verhandeln.

Manchmal sage ich ja. Befehle ihnen, zu mir ins Büro zu kommen, um einen neuen Vertrag zu unterschreiben. Lasse sie dann die höchsten Zinsen und Inkassogebühren zahlen. Auch ein einträgliches Geschäft.

Heute Mittag treffe ich mich mit einem alten Tratschonkel.

Máki ist bestimmt schon in den Endfünfzigern. Er arbeitet schon seit langem in der Journalistik, bei Printmedien. Hat jetzt in die Internetnachrichten gewechselt.

Mákis Spezialgebiet ist der Klatsch. Gerüchte über Politikusse, Verwaltungsheinis, Finanzgurus, Künstler, Kriminelle. Und über alle, die berühmt dafür sind, berühmt zu sein.

In diesem Zusammenhang habe ich ihn vor einigen Jahren kennen gelernt, auf der Suche nach Hintergrundinfos über einen meiner Klienten.

Wir essen zusammen im Hótel Borg.

Trotz der Kälte sind viele Leute in der Innenstadt unterwegs. Und alle beeilen sich. Man könnte meinen, das morgen die Welt unterginge.

Máki wartet an der Bar auf mich.

Er ist relativ klein. Schmal wie eine Bohnenstange. Als ob er nie Zeit zum Essen hätte. In einer abgewetzten schwarzen Lederjacke. Mit hellbraunem Haar, das sich danach sehnt, wieder zu wachsen.

Er nippt schon am Rotwein.

»Hast du schon aufgegeben?«, frage ich.

»Nein, nein, ich habe alles *under control.*«

»Warst du vor Weihnachten nicht auf Entzug in Vogur?«

»Was macht man nicht alles für die *family*?«, antwortet er und lächelt depressiv.

Wir haben uns gerade erst an den Tisch gesetzt, als er mich schon über Adalgrímur ausfragt.

»Moment mal, mein Lieber«, falle ich ihm ins Wort. »Dieses Mal bin ich dran, nicht du.«

»Okay, *babe. Shoot.*«

Als wir unsere Gerichte bestellt haben, frage ich ihn also, was er über Sjöfn und Matti weiß.

»Klassischer Fall von *beauty and the beast*!«, antwortet Máki und grinst. »Es ist wirklich merkwürdig – obwohl ich persönlich Matti für hässlicher als die Erbsünde halte, ist er immer von einer Traube von süßen weiblichen Groupies umzingelt. Die Mädels finden ihn wahnsinnig spannend, zumal Matti alles das ist und hat, vor dem Mutti sie immer gewarnt hat!«

»Inwiefern?«

»Er ist einer von denen, die vor ein paar Jahren regelmäßig nach Thailand fuhren, wobei er dort nicht das Land bereist hat. Aber *no more.*«

Geduld, Stella!

»Ein paar saftige Storys sind über sein Benehmen im Ausland in Umlauf«, fährt Máki fort und macht sich über sein blutiges Steak her. »Eine davon geht so, dass er festgenommen wurde und nur aus dem Land entkam, weil seine Freundin die obersten Volksvertreter dazu bekommen konnte, in dem Fall Einsatz zu zeigen.«

»Welche Freundin?«

»Die smarte Snjófrídur. Sie ist es nämlich, die diese Theatertruppe finanziert, die Matti á la Caligula zu leiten versucht.«

»Erklär mir das genauer.«

»Matti genießt es, Leute fertig zu machen und sie dann wieder nach seinen Vorstellungen aufzubauen. Auf diese Weise kriegt er selbst die ganz besonnenen Jungs und Mädels dazu, allen möglichen Mist zu machen, der ihnen sonst nie in den Sinn kommen würde.«

»Gib mir ein Beispiel.«

»Scherzkekse behaupten, der Weg auf die Bühne der Selbstständigen Theatergemeinschaft führe durch die Vagina!«, sagt Máki grinsend. »Matti ist besessen von abgedrehten Theorien über das Leben und das Theater. Er behauptet, dass alles, was sich auf der Bühne abspielt, auf einer realen Erfahrung beruhen muss. Ansonsten sei es nur *fake.* So einen *bullshit* benutzt er, um Leute dazu zu bekommen, die unglaublichsten Sachen zu machen.«

»Beispiele, habe ich gesagt.«

»Ich kenne ein Mädchen, das eine Prostituierte darstellen sollte. Er hat es in die Stadt geschickt, um sich einen Freier zu besorgen und mit ihm auf der Bühne zu schlafen. Natürlich nicht vor Publikum. Aber das Mädel hat das gemacht. Alles für Matti und die Schauspielerei.«

Máki schüttelt den Kopf.

»Der Mann ist voll *psycho*.«

»Ist er nicht ein Krimineller?«

»Wie meinst du das?«

»Wäre es möglich, dass er beispielsweise an einer Erpressung beteiligt ist?«

Máki lässt sein Besteck sinken. Beugt sich über den Tisch.

»Also ist das das Motiv?«, fragt er begeistert.

»Wie meinst du das?«

Er zählt an seinen Fingern ab:

»Adalgrímur, Sjöfn, Matti, Erpressung, Mord?«

Lächelt dann glücklich: »Das passt doch alles zusammen.«

»Das frage ich dich.«

Máki schüttelt den Kopf.

»Davon höre ich gerade zum ersten Mal«, antwortet er und macht sich wieder über das Steak her. »Aber es könnte stimmen.«

»Was weißt du über Sjöfn?«

»Sie war natürlich ein Wahnsinnsmegababe und so, aber hatte den Ruf, teuer im Unterhalt zu sein. Deshalb war sie auch nicht für jeden zu haben, sondern meistens in Begleitung Grauhaariger. *No fool like an old fool*, was?«

»Hast du Namen?«

Máki guckt mich prüfend an.

»Denkst du jemanden Bestimmtes?«, fragt er zurück.

»Einen goldigen Jungen vielleicht?«

»Aha! Dann meinst du wohl den Steinbjörn.«

»Echt?«

»Sie wurden zusammen gesehen.«

Ich kenne Steinbjörn nicht. Weiß nur, dass er schon lange im Dienst ist. Einer der ganz hoch dotierten Greise bei der Kripo.

Zweifellos mächtig hinter den Kulissen.

Nett, dass ich endlich etwas Handfestes habe, das ich Raggi um die Ohren hauen kann.

Máki bestellt sich einen Cognac zum Kaffee und beginnt, alte Abenteuer aus seiner Journalistenzeit zum Besten zu geben, als er noch jung und alles viel größer und aufregender war. Sensationell.

»Hast du damals über den Geirfinnsfall geschrieben?«, frage ich.

»Was hast du denn gedacht? Ich habe den Fall jahrelang verfolgt.«

Máki berichtet von seinen größten Heldentaten in den siebziger Jahren.

»Verglichen mit dem Rummel zum Geirfinnsfall damals ist diese Hysterie jetzt wegen der Sache am Obersten Gericht Pipifax«, sagt er und stöhnt. »Zumal es das *Watergate* Islands war. Damals haben wir verdächtige Kriminelle in jeder verdammten Ecke gefunden, ich schwör's dir.«

Seine Worte erinnern mich an das Telefonat aus Amerika. Der Typ, der vorgab, Geirfinnur Einarsson zu sein.

»Ist es eventuell möglich, dass Geirfinnur selber dafür gesorgt hat, zu verschwinden?«

»Nein, das glaube ich nicht. Es hieß, dass Geirfinnur ziemlich in sich gekehrt war, so eine verschlossene Persönlichkeit, aber ich kann mich nicht erinnern, dass jemand ihn für einen Selbstmordkandidaten hielt.«

»Ich meine nicht unbedingt, dass er sich umgebracht hat. Könnte es sein, dass er außer Landes gefahren ist?«

»Weggefahren? Wie kommst du denn darauf?«

»Man hat nie eine Leiche gefunden.«

Unerwartete Gelüste scheinen plötzlich aus Mákis Augen. Jagdfieber.

»Was führst du denn jetzt im Schilde?«, fragt er.

»Nichts.«

»*Bullshit.* Wenn du so fragst, steckt doch immer etwas dahinter.«

Lächeln, Stella!

»Ich kann kaum glauben, dass du dich von jemandem hast bequatschen lassen, den Geirfinnsfall zum x-ten Mal aufzurollen«, fährt Máki fort.

»Natürlich nicht.«

»Zumal der Fall genauso tot ist wie ein verwestes Pferd.«

»Ich habe schon in der Gegenwart mehr als genug zu tun, Máki.«

Er lässt sich trotzdem nicht überzeugen. Nicht ganz.

»Du hast doch irgendwas vor«, sagt er. »Und ich werde der Erste sein, der herausfindet, was es ist. *Be sure, baby*!«

11. KAPITEL

Auf dem Heimweg hänge ich meinen Gedanken nach. Brauche meine Zeit, um Mákis Tratsch zu verarbeiten. Muss beurteilen, ob er mir neue Erkenntnisse beschert hat.

Deshalb bemerke ich auch das Motorrad erst, als mein Silberpfeil vor dem Garagentor so gut wie zum Halten gekommen ist.

Da wird mir erst richtig klar, dass der schwarz gekleidete Motorradfahrer hinter mir hergefahren ist, seit ich vom Parkplatz vor dem Hótel Borg abgefahren bin.

Ich zögere. Warte in meinem Fahrersitz hinter dem Steuer, während er das Motorrad auf dem Parkplatz neben meinem Reihenhaus abstellt. Vorsicht ist die Mutter der Porzellankiste. Er steigt ab. Löst den Riemen des glänzenden Helmes. Nimmt ihn ab.

Aha!

Es ist nur diese Rothaarige aus dem Theater. Wie hieß sie noch mal?

Harpa.

Sie schüttelt den Kopf, sobald sie den Helm los ist. Ihr wunderschönes langes Haar wird durch die Luft gewirbelt. Fällt dann wieder weich auf den Rücken.

Ich schließe meinen Silberpfeil ab, während sie zögernd zu mir hinüberkommt. Als hätte sie Angst, dass ich sie wegschicken würde.

»Hei!«, sagt sie und lächelt schüchtern.

»Folge mir einfach weiterhin«, antworte ich und öffne die Haustür.

Wir gehen in die Küche im oberen Geschoss. Da steht sie mit dem Helm in der Hand. Scheint nicht zu wissen, was sie sagen soll. Oder wie sie sich verhalten soll.

Der schwarze Lederanzug steht ihr gut. Die Lederjacke gibt sich alle Mühe, ihre großen Brüste zurückzuhalten.

»Du siehst in dem Dress echt super aus«, sage ich lächelnd.

Sie errötet leicht in den Wangen.

»Findest du?«, fragt sie stockend.

Ich bekomme sie dazu, sich an den Küchentisch zu setzen. Gebe ihr Limo zu trinken.

»Warum hast du mich nach Hause verfolgt?«

Harpa ist peinlich berührt.

»Ich wollte dich etwas fragen«, antwortet sie.

»Kein Problem.«

Aber es ist offensichtlich ein Problem für Harpa. Es fällt ihr schwer, die richtigen Worte zu finden, um zu fragen, was sie wissen möchte.

»Hat Baldur sich von meinem tollen Tritt wieder erholt?«, frage ich, um die Stille zu durchbrechen.

»Nein, er hat die Proben abgesagt und Matti am Telefon einfach abgewürgt. Matti war auf Hundertachtzig.«

»Ist dieser Matti nicht sowieso total daneben?«

»Findest du?«, fragt Harpa und schaut auf. Sie hat einen tiefen, unschuldigen Blick. Bezaubernde Augen.

»Ich habe den Verdacht, dass du da ganz meiner Meinung bist«, füge ich hinzu.

Sie legt beide Hände um das Glas auf dem Tisch.

»Ich möchte so gerne mit der Schauspielerei weitermachen, aber es ist wirklich schwierig«, sagt sie. »Ich weiß einfach nie, was ihm als Nächstes einfällt.«

»Meinst du Matti?«

Sie nickt.

»Was hat er dir angetan?«

Harpa schweigt eine gute Weile.

»Matti darf auf keinen Fall wissen, dass ich mit dir über ihn gesprochen habe«, sagt sie schließlich. »Dann würde er wahnsinnig wütend auf mich werden.«

»Du darfst dich nicht endlos von solchen Machos unterdrücken lassen.«

»Ich kann jetzt nicht darüber reden.«

Sie nimmt einen Schluck. Stellt das Glas wieder auf den Tisch. Starrt vor sich hin. Als ob sie allen ihren Mut sammeln würde.

Schaut mir schließlich direkt in die Augen.

»Wie ist das eigentlich, wenn man etwas – also wirklich richtig – Schreckliches machen würde, du weißt schon, ist es dann egal, ob jemand einem befohlen hat, es zu tun?«, fragt sie. »Ich meine, ist die Strafe die gleiche, wenn es herauskommt?«

»Meinst du Verstöße gegen das Gesetz?«

»Ja, genau.«

»Hat Matti dich in irgendein Verbrechen hineingezogen?«

»Das habe ich so nicht gesagt«, antwortet sie schnell. »Ich wollte nur herausfinden, wie es da mit der rechtlichen Seite aussieht.«

Ich fixiere Harpa mit meinem Blick.

Sie guckt schnell weg. Beißt hin und wieder mit ihren schneeweißen Zähnen in die untere Lippe. Fängt an, mit dem Glas auf dem Tisch herumzuspielen.

»Die Schuld ist die gleiche«, antworte ich schließlich. »Aber wenn ein Angeklagter die Mittäter oder den Rädelsführer anzeigt, kann es mildernden Einfluss auf die Strafe haben. Manchmal ganz gewaltigen Einfluss.«

»Aber derjenige, der gezwungen wird, etwas zu tun, aber hinterher die Tat anzeigt, wird er dann nicht freigesprochen?«

»Wenn derjenige ein Verbrechen begangen hat und es ihm nachgewiesen wird, wird er verurteilt. Aber die Strafe kann milder ausfallen. Eventuell sogar auf Bewährung. Das heißt, dass die Ausführung der Strafe aufgeschoben wird.«

»Ich verstehe.«

»Steckst du in ernsthaften Schwierigkeiten?«

»Ich bin nicht sicher.«

»Willst du mir nicht sagen, um was es geht?«

Sie schüttelt den Kopf.

»Du kannst mit mir in vollstem Vertrauen sprechen. Egal wann.«

»Vielleicht renkt sich auch alles wieder ein«, antwortet sie und leert ihr Glas. »Man weiß ja nie.«

»Falls nicht, ruf mich an.«

Als Harpa auf ihrem Motorrad davongefahren ist, gehe ich hinunter in mein Büro und höre die Nachrichten von meinem Anrufbeantworter und auf meinem Handy ab.

Endlich hat jemand auf den Zeugenaufruf wegen des Jeeps auf der Hellisheidi reagiert. Zwei Anrufer haben ihren Namen und Telefonnummer hinterlassen.

Ich rufe sofort an.

Beide behaupten, am Samstagnachmittag einen parkenden Jeep der Marke Land Cruiser am Wegrand stehen gesehen zu haben, als sie aus dem Osten kamen. Wahrscheinlich zwischen vier und fünf Uhr.

Aber keiner der beiden hat den Fahrer erkannt. Einer der beiden ist noch nicht einmal sicher, ob überhaupt jemand im Jeep gesessen hat.

Beides wertlose Zeugen.

Als ich gerade am Abend die Treppe hochsteige, klingelt das Telefon wieder einmal im Büro.

Uff!

Am liebsten will ich nicht dran gehen. Gehe weiter die Treppe hoch. Ich warte darauf, dass das Klingeln aufhört.

Aber das Telefon bimmelt ununterbrochen weiter.

Schließlich fühle ich mich genötigt, wieder ins Büro zu gehen, und den Hörer abzuheben. Ansonsten würde ich den ganzen Abend lang überlegen, was ich wohl verpasst hätte. Oder so.

Scheiße!

Es ist nur wieder dieser Irre! Der Typ, der sich für den wiedergeborenen Geirfinnur Einarsson hält.

»Lass mich in Ruhe!«, antworte ich säuerlich.

Ich weiß, dass ich das Telefonat augenblicklich beenden sollte.

Aber warte trotzdem. Ganz kurz nur.

»Warum bist du so aufgebracht?«, fragt er. »Ich brauche doch Hilfe.«

»Dann solltest du dich eher an einen Psychiater wenden, nicht an einen Anwalt.«

»Sag das nicht.«

»Es ist doch krank, so zu tun, als wäre man ein Mann, von dem alle wissen, dass er vor dreißig Jahren ermordet worden ist.«

»Ermordet?« Er scheint wirklich geschockt zu sein. Die Stimme beginnt zu zittern. »Hätte mich denn jemand umbringen wollen?«

»Nein, nicht dich, sondern Geirfinnur Einarsson.«

»Aber das bin doch ich.«

»Als Nächstes behauptest du auch noch, noch nie etwas vom Geirfinnsfall gehört zu haben? Oder was?«

»Was für ein Geirfinnsfall?«

»Ich spreche von einem gewissen Geirfinnur Einarsson, der vor ein paar Jahrzehnten spurlos in Keflavík verschwunden ist …«

»*Right*«, fällt er mir ins Wort, »ich bin gegangen, ohne Bescheid zu sagen.«

»...und das einige Leute schon vor langer Zeit schwere Gefängnisstrafen abgesessen haben, weil sie eben jenen Geirfinnur ermordet haben.«

Im Telefon ist es still. Lange.

»Bist du noch dran?«

»*Yes*, ich bin noch da.«

»Na? Hast du etwa schon genug?«

Ich höre, wie der Kerl nach Luft schnappt.

»Das ist nicht wahr«, antwortet er.

»Hier weiß ja sogar jeder Unterbelichtete über den Geirfinnsfall Bescheid.«

»Ich weiß nicht, was sich in Island alles getan hat, seit ich weggegangen bin.«

»In fast dreißig Jahren? Das glaube ich nicht!«

»Das ist wirklich wahr. Ich habe keine Kontakte nach Island oder zu Isländern. Und die Frau in der Botschaft hat nichts von dem erwähnt, was du berichtest.«

Die Stimme ist kurz davor, zu brechen.

»Ich wollte doch nur zu Hause sterben«, fügt er hinzu.

Sterben?

»Wie meinst du das?«, frage ich.

»Ich habe Krebs. Der Arzt gibt mir noch ein oder zwei Monate. Deshalb hatte ich die Idee, wieder nach Island zurückzukommen.«

»Was für eine Fantasie!«

»*No, no*, das ist alles wahr. Was kann ich tun, damit du mir glaubst?«

Plötzlich fühle ich mich hin- und hergerissen.

»Wenn du etwas von deinen Behauptungen beweisen kannst, darfst du mir eine Mail schicken«, sage ich nach einer Denkpause. Diktiere ihm dann meine E-Mail-Adresse. Und knalle den Hörer kräftig auf die Gabel.

So ein Blödsinn!

Wahrscheinlich bin ich über mich selbst am ehesten wütend. Dafür, dass ich so weichherzig bin. Dass ich mir den Kerl nicht gleich vom Hals geschafft habe. So, wie es mir die Vernunft eingegeben hat.

Glaubt jemand wirklich, dass ich auf solche Dummheiten hereinfalle? Dass Geirfinnur Einarsson noch am Leben ist?

Sein plötzliches Verschwinden aus Keflavík im Jahr 1974 war der Beginn des umfangreichsten Kriminalfalls des Jahrhunderts. Die ganze isländische Gesellschaft lief jahrelang Amok.

Die Goldjungs hatten zwar nie eine Leiche gefunden. Aber trotz jahrzehntelanger Konflikte wegen des umstrittenen Urteils des Obersten Gerichts waren alle der Meinung, dass Geirfinnur Einarsson tot und an einem unbekannten Ort begraben sei. Und das seit schon fast dreißig Jahren.

»Nur der Herr entsteigt dem Grab lebendig.«

Sagt Mama.

12. KAPITEL

Freitag

»Aaaah!«

Ich nutze die Freitage gerne, um mich mit Speis und Trank zu verwöhnen. Koche mir selber etwas Neues und Spannendes.

Meistens bin ich der einzige Gast bei dem Festmahl der Woche. Aber heute nicht. Ich beschloss, Arbeit und Vergnügen zu verbinden.

Audur war zuerst etwas skeptisch. Meinte, dass sie mich nicht gut genug kennen würde, um eine solche Einladung anzunehmen. Außerdem sei sie am späten Abend schon anderweitig verabredet.

Aber es gelang mir, sie umzustimmen.

Sie hat Schauspiel und Theaterwissenschaften in Paris studiert. Also habe ich mich in französische Gefilde begeben. Habe bei Alice und Gertrude um Inspiration gebeten. Lud ein zu dünnen, leicht angebratenen, frischen Dorschfilets in weißweinsaurem Obstpüree. Á la Mont-Bry. Mit unwiderstehlicher Teufelssauce. Und prickelndem Weißwein. Château de Rions. Vom Onkel in Frankreich.

Lecker, lecker!

Je später der Abend, desto gesprächiger wird Audur. Erzählt mir von ihren Studienjahren in Paris. Von ihren Abenteuern auf den heimischen und ausländischen Bühnen. Ihrer Arbeit bei der Selbstständigen Theatergemeinschaft.

Und von ihrer Jugendfreundin und ihrem Idol.

Snjófrídur.

Sie hatte Zeitarbeit & Consulting innerhalb von ein paar Jahren aufgebaut, nachdem ihr Mann durch einen Unfall im Ausland starb. Er hatte ein Großhandels- und Im- und Exportunternehmen von seinem Vater geerbt. Snjófrídur war der Annahme, dass der Betrieb reibungslos lief. Aber als der Ehemann abtrat, stellte sich schnell heraus, dass sich das Familienunternehmen am Rande des Ruins befand.

»Du kannst dir wohl vorstellen, was für ein Schock das für Snjófrídur war«, sagt Audur. »Manche Frauen hätten gleich aufgegeben, aber sie wurde durch den Gegenwind stärker und nahm sich vor, die Finanzen der Familie zu retten. Mit den Geschäften hatte sie nie etwas zu tun, sich aber schon immer für soziale Hilfsprojekte eingesetzt. Unter anderem für Flüchtlinge und andere Ausländer, die nach Island kommen wollten, um hier zu arbeiten. Aus ihrem Hobby entstand dann innerhalb von ein paar Jahren die Riesenfirma Zeitarbeit & Consulting, mit der es ihr auch gelang, das Familienunternehmen zu retten. Snjófrídur ist wirklich eine Frau, die Wunder wirken kann.«

Ich gehe in die Küche, um uns einen Jackie-Kaffee als Nachspeise zuzubereiten. Bringe dann zwei Gläser gefüllt mit köstlichem Supertrank ins Wohnzimmer. Tiefschwarzer Espresso mit einem Schuss amerikanischen Feuerwassers aus Tennessee, einer Prise Zucker und einem großzügigen Sahnehäubchen.

Setze mich dann in meinen tiefen Sessel. Proste Audur zu. Und lasse mir von ihr über die Selbstständige Theatergemeinschaft erzählen.

»Die Theatergemeinschaft entstand zuerst aus Eigeninitiative junger Schauspieler, die in den großen Theatern nicht genug zu tun bekamen«, beginnt sie. »Als ich vor drei Jahren die Intendantin der Gruppe wurde, hatte sie keine festen Örtlichkeiten. Aber es war reiner Zufall, dass Snjófrídur kurz vorher das Gebäude dieser alten Fischfabrik gekauft hatte, und es von Grund auf sanieren ließ. Unter anderem gab es einen großen Tagungssaal. Sie war sofort bereit, uns das Haus zur Verfügung zu stellen, und wurde unser Schutzengel. Sie gründete eine GmbH für den Betrieb, besorgte uns Teilhaber und schließlich Zuschüsse vom Staat und der Stadt. Außerdem tat sie auch private Sponsoren auf. Snjófrídur hat so tolle Beziehungen.«

Sie erzählt weiter über das Theaterleben, bis ich mich in den Monolog einmische und sie über Sjöfn ausfrage.

»Hoffentlich habe ich dich neulich nicht zu sehr geschockt«, antwortet Audur und nimmt einen kräftigen Schluck aus dem Glas. »Es war mir wirklich unmöglich, meine Gefühle zu verbergen, obwohl du vielleicht entsetzt darüber warst.«

»Überhaupt nicht. Genau das ist es doch, was ich hören will: die Wahrheit.«

»Sjöfn hatte vor etwas mehr als einem Jahr ihre Fallstricke für Matti ausgelegt. Daraufhin bekam sie im letzten Jahr eine Hauptrolle und sollte im nächsten Stück die Desdemona spielen, obwohl sie dafür nicht geeignet war.«

»Waren sie zusammen?«

»Was hast du denn gedacht? Egozentrik war ihr Spezialgebiet!«, antwortet Audur und beginnt aus heiterem Himmel über ihren eigenen Witz zu lachen.

Ihr Gelächter hört allerdings genauso abrupt wieder auf, wie es angefangen hat.

»Matti ist übrigens ganz schlimm vom Casanova-Syndrom befallen«, fügt sie hinzu. »Wie du vielleicht weißt, zeigt es sich bei Männern so, dass sie alle Frauen, die sie treffen, erobern müssen. Die Folge davon ist allerdings, dass sie normalerweise sofort ihr Interesse verlieren, sobald das Ziel erreicht ist.«

»Du scheinst ihn ja besonders gut zu kennen.«

»Das sollte ich wohl, denn wir haben zwei Jahre zusammengewohnt.«

Audur trinkt noch einen Schluck vom Jackie-Kaffee. Zum ersten Mal kann man Heiterkeit in ihren Augen ausmachen.

»Ich sehe, dass du dich darüber wunderst«, fährt sie fort. »Aber es war vor allen Dingen unser glühendes Interesse für die Schauspielerei, das Matti und mich zusammenbrachte. Ich wusste auch immer, woran ich war, was seine Bettgeschichten anging.«

»Warum habt ihr euch dann getrennt?«

»Matti konnte, im Unterschied zu anderen Mädchen, von Sjöfn nicht genug bekommen. Er war ein paar Monate lang von ihr völlig besessen, so dass ich keine andere Wahl hatte, als unsere Beziehung zu beenden.«

»Hat sich nichts geändert, als Sjöfn mit Adalgrímur zusammenkam?«

»Es kam einfach nie in Frage, dass Matti und ich uns wieder zusammentun würden. Außerdem ging Sjöfn weiterhin ab und zu mit ihm ins Bett, weil sie immer mehrere Eisen im Feuer haben wollte.«

»War es dann für euch drei nicht schwierig, zusammenzuarbeiten?«

»Das Theater ist für mich wichtiger als alles andere. Ich wollte auch Snjófrídur nicht enttäuschen, das wäre wohl die allerletzte Tat meines Lebens. Solange sie mir zutraut, dass ich in der Lage bin, die Gesellschaft in Gang zu halten, werde ich meinen Arbeitsplatz nicht verlassen, weder aus Liebesdingen, noch aus anderen persönlichen Gründen. Nie.«

Der Jackie-Kaffee hat meinen ganzen Körper erwärmt. Ich fühle mich richtig wohl.

»Diese Dísa ist auch irgendwie merkwürdig.«

»Findest du?«, fragt Audur.

»Sie sprach über Mord, als wäre es eine spannende Erfahrung und nicht ein schweres Verbrechen.«

»Dísa geht darin auf, so zu reden, als wäre sie weiß Gott wie lebenserfahren und abgebrüht, aber das liegt vor allem daran, weil Matti sie immerzu anstachelt, aufs Ganze zu gehen. Es ist dir erwartungsgemäß nicht entgangen, dass Dísa Matti für ihren Helden hält?«

»Und was ist mit Harpa?«

»Dísa ist total auf Matti fixiert, Harpa hingegen ist wie hypnotisiert von Dísa. Das Leben kann manchmal schon gemein sein.«

Audur erlaubt sich ein Lächeln.

»Sie wohnen sogar zusammen«, fährt sie fort. »Dísas Eltern haben ihrer Tochter eine nette Wohnung im Souterrain ihres Hauses zur Verfügung gestellt, und Harpa bewohnt dort ein Zimmer.«

Als ihr Glas leer ist, koche ich eine neue Ration duftenden Jackie-Kaffees. Audur nimmt das Getränk gerne an.

Da finde ich, dass die Zeit gekommen ist, zum Kern der Sache vorzustoßen.

»Hat Sjöfn wohlhabende Liebhaber erpresst?«

Audur stellt das Glas vorsichtig wieder auf den Tisch. Aus ihrem Blick lässt sich nichts schließen.

»Wie soll sie das gemacht haben?«, fragt sie zurück.

»Hat sie zum Beispiel heimlich Videos von sich und den reichen Typen aufgenommen und ihnen dann die Aufnahmen verkauft?«

»Hast du auch davon gehört?«

Ich nicke.

»Das sähe ihr ähnlich.«

»Weißt du, wo ich Beweise finden könnte?«

Audur nimmt wieder einen Schluck. Hält dann das Glas mit beiden Händen auf ihrem Schoß fest.

»Das ist die große Frage!«, antwortet sie schließlich lächelnd.

»Meinst du nicht, dass jemand ihr dabei geholfen haben muss?«

»Du suchst also auch einen Komplizen?«

»Weißt du, wer das sein könnte?«

»Bist du schon darauf gekommen, dass Sjöfn möglicherweise einen Regisseur gebraucht hat?«, fragt sie, nachdem sie eine Weile geschwiegen hat.

»Ja, wenn du Matti meinst?«

Audur antwortet nicht. Aber lächelt nach wie vor. Hat offensichtlich Spaß an diesem Fragespielchen.

»Das ist wirklich ein toller Kaffee«, sagt sie kurz darauf. »Und das Essen war ebenfalls allererste Sahne.«

»Ich brauche deine Hilfe.«

»Man weiß nie, wann der Weihnachtsmann zu Besuch kommt«, antwortet sie und steht auf. Sie ist größer als ich. »Aber jetzt muss ich mich verabschieden.«

Hinterher lege ich mich mit meinem Glas in der Hand aufs Sofa und versuche, den Abend auszuwerten. Plus und Minus gegeneinander aufzurechnen.

Stand Matti hinter Sjöfn? Waren ihre dubiosen Geheimnisse auch seine Geheimnisse?

Vielleicht sollte ich mein Interesse eher auf ihn richten? Mal ein bisschen in seiner Vergangenheit graben? Und mal gucken, was sich in seinem Mist findet?

Mit diesem Weihnachtsmanngerede wollte Audur wahrscheinlich andeuten, dass sie bereit ist, mir zu helfen, dem Geheimnis von Sjöfn auf die Spur zu kommen. Und von Matti.

Oder etwa nicht?

Aber nur auf ihre Weise. Unter ihren Bedingungen.

Deshalb darf ich nicht zu forsch vorgehen. Damit sie nicht vor mir zurückschreckt.

Ein Schritt nach dem anderen. Das ist manchmal der sicherste Weg zum Ziel.

»Geduld ist die beste Waffe des Jägers.«

Sagt Mama.

13. KAPITEL

Samstag

Sjöfns Großmutter ist noch am Leben.

Sie heißt Sigurlína und ist schon weit über siebzig. Wohnt trotzdem noch alleine. Sorgt für sich selber.

Ich habe ihre Adresse im Nationalregister gefunden.

Sigurlína reagiert freundlich auf meinen Anruf. Sie ist gerne bereit, mit mir über ihre Enkelin zu reden. Lädt mich ein, sie auf der Snaefellsnes-Halbinsel in Stykkishólmur zu besuchen. Ich sage sofort zu, obwohl noch Winter ist. Ergreife die Gelegenheit, Näheres über Sjöfn zu erfahren. Hatte vorher versucht, mit ihrer Mutter zu reden, erntete aber nur Geschrei und Verwünschungen.

Das ganze Westland ist schneebedeckt. Die glänzend weiße Decke wird tiefer, je weiter man Richtung Norden fährt. An manchen Stellen haben sich hohe Schneewände links und rechts der Straße aufgebaut. Dort, wo sich kräftige Räumfahrzeuge durch die Schneewehen gearbeitet haben. Besonders auf der Straße über die tief verschneite Bergkette auf dem Snaefellsnes.

Mein Silberpfeil nimmt die kleinen Hindernisse, die die Schneegebläse auf dem spiegelglatten Asphalt zurückgelassen haben, mit Leichtigkeit. Außerdem rollt mein Benz auf nagelneuen Winterreifen mit Spikes.

Sigurlína wohnt in einem zweigeschossigen Holzhaus nahe beim Hafen.

Im ersten Stock.

Sie öffnet die Tür unmittelbar, nachdem ich geklingelt habe. Erwartet mich oberhalb einer engen Treppe, die bei jedem Schritt altersschwach knarrt. Bittet mich direkt ins Wohnzimmer.

Ich bleibe eine Weile am Fenster stehen und betrachte die Felsen am Hafen und die Inseln, die im dunkelblauen Fjord wie weiße Muscheln liegen. Nehme dann auf dem dunkelroten Sofa Platz.

Sigurlína hat schon den Couchtisch mit blauweißen Tassen gedeckt. Neben einem abgegriffenen Kartenspiel steht ein großer Teller mit Plätzchen und Tortenstücken.

Während sie den Kaffee holt, gucke ich mich im kleinen Wohnzimmer um.

Hier sieht es eigentlich aus wie in einem kleinen Museum. Voll gepackt mit alten Möbeln, Malereien, Porzellanfiguren und Fotos. Eine alte, geschnitzte Uhr und eine Waage mit zwei Schalen gibt es hier auch.

»Du hast ja eine richtig antike Sammlung«, sage ich, als Sigurlína mit der Kaffeekanne wiederkommt und in die Tassen einschenkt. Sie ist klein, schlank und zart gebaut. Mit dunklem Haar und braunen, stillen Augen.

»Oh, wenn ich's nur lassen könnte«, antwortet sie, stellt die Kanne ab und setzt sich in den Sessel mir gegenüber. »Das, was du hier drinnen siehst, ist das Einzige, was mir von meinem 77-jährigen Leben geblieben ist, abgesehen von den Erinnerungen, die auch langsam verblassen. Alles andere ist schon von mir gegangen.«

»Meinst du Sjöfn?«

»Nicht nur sie. Mein Mann starb vor vielen Jahren. Wir hatten einen Sohn, aber haben ihn durch ein Unglück auf See verloren. Die beiden starben ungefähr zur gleichen Zeit, als mein einziges Enkelkind, die kleine Sjöfn, gerade mal sieben Jahre alt war. Und jetzt ist sie auch schon fort.«

»Erzähl mir etwas über sie.«

»Nimm dir doch ein Stück Kuchen.«

Sigurlína schiebt den Teller näher zu mir hin.

Als ich mir ein Stück genommen habe, steht sie auf, geht zu einem dunklen Schrank, holt von dort ein Foto in einem breiten Silberrahmen und reicht es mir.

»Das ist ihr Konfirmationsfoto«, sagt Sigurlína und setzt sich wieder in ihren Sessel. »Sie war so ein hübsches Kind.«

Sjöfn hat ein weißes Kleid an. Mit weißen Blumen der Unschuld in ihrem hochgesteckten Haar.

Sie ist wirklich hübsch auf diesem Foto.

Aber mit einem ernsten Gesichtsausdruck.

Und der Blick freudlos. Widerspenstig.

»Was ist passiert?«

»Sie hing sehr an ihrem Vater und wollte immer bei ihm sein, wenn er an Land war. Das war manchmal schwierig, weil sie nicht verheiratet waren, er und Saeunn, aber sie wohnten ab und zu zusammen.«

Sie schüttelt den Kopf.

»Du kannst dir daher sicher vorstellen, wie Sjöfn der Tod ihres Vaters traf. Aber richtige Probleme gab es zu Hause erst ein paar Jahre später, als Saeunn geheiratet hat. Sjöfn hat sich mit ihrem Stiefvater nie verstanden.«

»Warum nicht?«

»Sie fing an, von zu Hause wegzulaufen«, fährt Sigurlína fort, als ob sie meine Frage nicht gehört hätte. »Zum ersten Mal, als sie vierzehn Jahre alt war. Am nächsten Tag haben sie eine Suchmeldung im Radio verlesen lassen, aber noch nachmittags am selben Tag klopfte sie hier bei mir an die Tür, denn sie hatte den Bus nach Westen genommen. Sie durfte ein paar Wochen bei mir bleiben, aber dann wollte sie wieder in den Süden nach Reykjavík.«

»Warum ist sie weggelaufen?«

»Sjöfn beschimpfte ihren Stiefvater mit vielen schlimmen Worten, manche davon hatte ich vorher noch nie gehört, aber sie hat mir nie direkt erzählt, was vorgefallen war. Aber ich hatte so meinen Verdacht.«

»Was denn?«

Sigurlína zögert die Antwort heraus.

»Früher sprach man nicht über solche Dinge, aber die Zeiten haben sich geändert. Heutzutage werden Privatangelegenheiten so großzügig unter die Leute gebracht wie früher Dung auf die Felder«, sagt sie schließlich. »Aber Sjöfn war sehr hübsch und frühreif, und man kann sich daher leicht vorstellen, was ihr Stiefvater vorhatte, zumal er schon immer ein Mann war, der gerne zur Flasche griff und auch sonst nichts als Probleme bereitete.«

»Lief sie noch öfter weg?«

»Ja, aber es war nur bei diesem ersten Mal, dass Sjöfn zu mir floh. Andererseits kam sie in jenen Jahren jeden Sommer hierher zu Besuch und blieb zwei bis drei Wochen bei mir. Aber sie war oft recht ruhelos und hielt es nicht lange hier aus, wo nichts los ist. Immer wenn Sjöfn sich zu beschweren begann, dass sie vor Langeweile sterben würde, war das für mich das Zeichen, dass sie bald wieder in den Süden fahren würde.«

»Was hat sie denn gelernt?«

»Sjöfn hatte kein Interesse an der Schule. Sie sagte, dass sie Model oder Schauspielerin werden wollte und war von der Idee ganz eingenommen.«

»Wusstest du, dass sie in Strip-Bars getanzt hat?«

»Sjöfn hatte manchmal finanzielle Engpässe, wie das so ist, und hat mir gesagt, dass das eine gute Geldquelle wäre, um schnell an Geld zu kommen«, antwortet Sigurlína. »Aber ich finde es ganz schön unanständig vom Fernsehen, jetzt alle diese Bilder von ihr zu zeigen, wo sie tot ist. Die kleine Sjöfn hat das gleiche Recht wie jeder andere, in Frieden zu ruhen.«

»Wann hast du zuletzt etwas von ihr gehört?«

»Ich glaube, es war vor drei oder vier Wochen. Sjöfn hat erstaunlich oft hier im Westen angerufen; sie hat sich meistens zwei bis drei Mal pro Monat bei mir gemeldet.«

»In welcher Stimmung war sie denn?«

»Sie hat mir von einer großen Rolle erzählt, die man ihr versprochen hatte, und sie klang sehr zufrieden. Ich fragte sie wie schon so oft, ob sie mich nicht zur Uroma machen wollte, bevor ich sterben würde, und sie antwortete lachend, dass man das ja nie wissen könne.«

Sigurlína beugt sich in ihrem Sessel nach vorn.

»Diese Antwort kam für mich sehr überraschend«, fügt sie hinzu, »weil Sjöfn mir immer gesagt hat, dass ich mich damit abfinden müsste, dass ihr nicht der Sinn danach stünde, Hausfrau und Mutter zu werden.«

»Hat sie näher erklärt, was genau sie damit gemeint hat?«

»Nein, das hat sie nicht, und ich habe auch nicht weiter nachgefragt, denn sie sagte, sie sei auf dem Weg ins Theater.«

Sigurlína erzählt mir noch ein paar Geschichten aus den Jahren, als Sjöfn ein kleines Mädchen war. Dabei versucht sie, mich zum Kaffeetrinken zu bewegen und mehr Plätzchen in mich hineinzustopfen. Aber ich kann mich immer galant herausreden.

Auf dem Weg zur Tür ergreift sie meinen Arm. Vorsichtig.

»Da war noch was, was ich gerne wissen würde«, sagt sie und schaut mir direkt in die Augen. »Glaubst du, dass die kleine Sjöfn sehr gelitten hat?«

Mir ist sofort klar, dass sie über den Zeitpunkt des Todes spricht.

Habe natürlich keine Ahnung, welches die richtige Antwort auf die Frage ist.

Versichere ihr aber trotzdem, dass Sjöfn bestimmt auf der Stelle tot war. Wahrscheinlich habe sie erst verstanden, was passiert ist, als alles schon vorbei war. Das könnte sogar stimmen.

»Eine weiße Lüge ist manchmal wie die verkleidete Wahrheit.«

Sagt Mama.

14. KAPITEL

Heute gebe ich der Vernunft Vorfahrt.

Meistens marschiere ich ziemlich leicht bekleidet ins Nachtleben. Aber heute Abend will ich kein Risiko eingehen. Nicht in dieser Scheißkälte.

Dann könnte ich mir auch gleich eine Lungenentzündung bestellen.

Daher durchsuche ich meinen Kleiderschrank im Schlafzimmer genauer. Ziehe dunkelrote Hosen aus feinstem Leder heraus. Und den warmen, kuschelweichen Kaschmirpullover. Und meine neueste Lederjacke.

Unten in der Diele bleibe ich vor einem großen Spiegel stehen. Er hängt an der Wand direkt gegenüber von meiner Bürotür. In einem geschnitzten Holzrahmen.

Ich schaue kritisch auf mein Spiegelbild. Sehe wenig Bewundernswertes. Außer natürlich meinem blonden Haar, das weich über meine Schultern fällt.

Es war schon immer mein Prachtstück.

Bevor ich mich ins Nachtleben stürze, setze ich mich noch mal vor den Computer, um nach meiner Post zu sehen. Will heute Abend nichts beantworten. Nur mal gucken. Zur Sicherheit.

Die vorletzte Mail hat keinen Absender. Und auch kein Stichwort. Sie ist völlig namenlos.

Vielleicht ein Virus?

Nach kurzem Zögern öffne ich sie doch. Lese die ersten Zeilen.

Uff!

Das ist ein Brief von diesem Typen, der vorgibt, Geirfinnur Einarsson zu sein. Der gibt wohl nicht auf!

Ich überfliege schnell die Nachricht.

du hast gesagt, dass ich eine mail schreiben soll, um dir zu beweisen, dass ich es ernst meine. heute morgen bin ich ins cybercafe an einen computer gegangen und habe im internet nach »geirfinnsfall« gesucht. ich habe einiges dazu gefunden und bin total geschockt ueber das, was ich gelesen habe. ich verstehe nicht, wie jemand denken koennte, dass ich umgebracht wurde. ich hatte einfach die nase voll und wollte noch mal von vorne anfangen. hatte guten kontakt zu einem ami auf dem stuetzpunkt, der mir anbot, mir eine fahrt auf einem frachter nach amerika zu besorgen; die chance habe ich sofort ergriffen. seitdem bin ich hier und da gewesen. habe nur einmal einen islaender getroffen, den ich wiedererkannt habe, aber der hat nichts zu dem thema gesagt. hatte keinen kontakt nach island ausser mit der botschaft und mit dir, nachdem der arzt sein urteil verkuendet hat. jetzt stehe ich doppelt unter schock und weiss nicht, was ich machen soll. ruf dich vielleicht in ein paar tagen wieder an.

geirfinnur

Wäre es denkbar, dass er nicht blufft?

Dass das Unglaubliche wahr ist?

Das weiß der Teufel.

Ich habe momentan etwas ganz anderes vor, als mir über die Sache den Kopf zu zerbrechen.

Da draußen wartet die Nacht auf mich. Und sie wird ungeduldig. Ist so unbeständig und launisch. Wie das Glück.

Ich gönne mir eine große Ration Jackie pur. Bestelle ein Taxi. Mache mich auf die Socken in die kalte Innenstadt.

Bunte Lichter locken mich in die Wärme.

Ich konzentriere mich auf die besten Bars und Nachtclubs der Stadt, um dort zu trinken und zu tanzen. In jedem neuen Lokal lasse ich meinen Alkoholpegel steigen. Und halte Ausschau nach einem viel versprechenden Einmal-Vergnügen.

Manchmal kann man brauchbare Typen aus den Strip-Schuppen abschleppen.

Besonders im Eldóradó. Der Schaltzentrale von Porno-Valdi. Des Königs der Unterwelt, von dem behauptet wird, dass er seine Finger in den meisten Delikten hat, die Ganoven in den zwielichtigen Toreinfahrten der Hauptstadt planen und dann mit unterschiedlichem Erfolg in der Stadt und auf dem Land durchführen.

Die gedopten Muskelmänner im Eldóradó werfen mir warnende Blicke zu. Benehmen sich wie herrschsüchtige Eunuchen im Harem.

Ist mir aber egal. Tue so, als sähe ich sie nicht.

Manche Frauen sind toll in Form. Gelenkig und gut aussehend. Und genießen es zu zeigen, wie begehrenswert sie sind.

Andere würden ganz eindeutig lieber etwas anderes tun, als den Kunden von Porno-Valdi zu gefallen. Ihr abwesender Blick spricht Bände über ihre Langeweile und Hoffnungslosigkeit.

Das Männersortiment ist in dieser Nacht eher traurig anzusehen.

Vor allen Dingen verrückte Aktienjungs und Kerle mittleren Alters, die sich auf Kosten ihrer Kreditkarten die Augen aus dem Kopf glotzen.

Einige schleppen sich mit glasigem Blick und steif aus den Séparées.

Die meisten davon sind abstoßende Grobiane. Aufgeputscht, als hätten sie eine Überdosis Viagra geschluckt. Langeweiler, die weder willens noch in der Lage sind, erfüllende Dienste zu leisten.

Ich ziehe schnell weiter in die nächste Bar.

Suche weiter. Versuche, einen jungen, energiegeladenen Hengst zu finden, der mal an etwas anderes als WAP und Aktienkurse denkt. Der sich führen lässt. Und sich damit abfinden kann, dass ich das Steuer in der Hand habe. So in etwa.

Aber ohne Erfolg.

In einer relativ ruhigen Bar treffe ich zufällig auf Harpa.

Sie sitzt allein an einem Tisch mit drei Stühlen unter einer vergoldeten Spiegelwand hinter der Tanzfläche. Im warmen Schummerlicht bewegen sich einige Paare im Takt zu alten Schlagern, die ein weißhaariger Typ auf einem schwarzen Flügel spielt.

Harpa ist betrunken. Und traurig.

Ich setze mich mit einem Jackie in der Hand zu ihr.

»Ist das ein guter Ort, um den Liebeskummer zu ertränken?«

Sie lächelt schüchtern, ohne mir zu antworten.

»Wolltest du alleine sein oder bist du sitzen gelassen worden?«

»Was meinst du denn?«

Sie starrt ins leere Glas.

»Hat deine Freundin Ärger gemacht?«

Sie wirft mir einen schnellen Blick zu. Und errötet.

»Warum glaubst du, dass ich eine von denen bin?«, fragt sie.

»Das war doch im Theater leicht zu erkennen, dass du diese Blonde anbetest. Ich habe nur zwei und zwei zusammengezählt.«

Harpa lässt ihren Blick wieder sinken. Umfasst ihr Glas mit beiden Händen.

Ihre Fingergelenke werden weiß.

»Dísa ist nicht meine Freundin«, sagt sie leise.

»Aber du wünschst, sie wäre es, nicht wahr?«

»Was geht dich das denn an?«

»Du interessierst mich. Und Dísa. Und Matti. Und natürlich eure Freundin Sjöfn.«

»Sie war keine Freundin.«

»Nicht?«

»Jedenfalls nicht meine.«

»Aber war sie nicht wenigstens eine enge Freundin von Matti?«

»Das kann schon sein.«

Harpa ist nicht nur traurig, sondern auch wütend. Unter der Oberfläche. Versucht aber, es nicht so deutlich zu zeigen.

»Wo ist Dísa eigentlich?«

»Sie ist vorhin mit Matti ausgegangen.«

»Ist es immer noch so angesagt, mit dem Regisseur zu schlafen?«

»Ich habe kein Interesse daran.«

»Aber Dísa ist jetzt bei ihm, oder? So, wie früher Sjöfn?«

»Mir ist total egal, was sie machen.«

»So siehst du aber nicht aus!«

Sie versucht, mein Lächeln zu erwidern.

»Das ist schon besser«, sage ich und lehne mich über den Tisch. Bis ich ihrem Gesicht ganz nahe bin. Fahre mit meinen Fingern durch ihr schönes rotes Haar.

Es ist weich und knistert elektrostatisch.

Packe mir eine Hand voll Haare im Nacken. Ziehe ihren Kopf nach hinten, bis sie nicht mehr vermeiden kann, mir in die Augen zu sehen.

Harpa löst sich aus ihrer Erstarrung. Ihre Augen fangen an zu glänzen.

Da lasse ich los.

Spiele eine Weile mit der silbrig glänzenden Perle im hübschen Ohrläppchen.

Fahre mit den Fingerspitzen ganz leicht über die geröteten Wangen und das schmale Kinn.

Sie öffnet ganz instinktiv den Mund.

Mein Ziel ist erreicht.

»Willst du nicht noch etwas trinken?«, frage ich lächelnd.

Ihre Stimmung hebt sich langsam, aber sicher. Sie erzählt mir, was sie gerne macht. Zum Beispiel Theater zu spielen. Oder ins Kino zu gehen. Aber auch auf dem Motorrad durch die Gegend zu fahren. Und auf dem Snowboard die Bláfjöll herunterzurauschen.

Harpa lacht sogar ab und zu. Vergisst ihren Liebeskummer. Jedenfalls vorerst.

»Willst du mit mir tanzen?«, fragt sie plötzlich.

Ich zögere. Unwillkürlich. War auf die Frage nicht eingestellt.

Sie fasst mein Zögern als Ablehnung auf. Guckt wieder weg. Erbleicht.

Als ich mich vor zwei oder drei Stunden ins Nachtleben gestürzt habe, hatte ich etwas völlig anderes im Sinn.

Aber was hat Mama nicht immer gesagt?

»Nimm das, was sich in Reichweite befindet …?«

Ich fasse Harpa an beiden Händen:

»Komm!«

Am Anfang sieht unser gemeinsames Tanzen eher ungeschickt aus.

Bis wir uns gefühlsmäßig auf die Musik eingelassen haben.

Und auf unsere Tanzpartnerin.

Da kuschelt sie sich im Zwielicht dicht an mich.

Demütig und unterwürfig.

Zweite Woche

15. KAPITEL

Sonntagabend

Der Weißbärtige hat mir einen Besuch abgestattet.

Jemand, der mir weiterhelfen und mir die richtige Richtung weisen will.

Ich lasse mich in meinen schwarzen Chefsessel mit der hohen Lehne sinken, der an meinem Schreibtisch im Büro steht. Betrachte nachdenklich den Inhalt des weißen Umschlages, der heute irgendwann im Laufe des Tages in meinen roten Briefkasten eingeworfen wurde.

Der Umschlag sieht völlig unschuldig aus. Alltäglich.

Darin befindet sich zweierlei: Ein gefaltetes Blatt Papier, ganz eindeutig eine Kopie. Und ein Schlüssel.

Auf der Kopie ist der Kellergrundriss des Gebäudes gezeichnet, in dem die Selbstständige Theatergemeinschaft ihren Hauptsitz hat.

Es scheint dort einige große Lagerräume zu geben.

Einer davon fesselt meine Aufmerksamkeit, da der Absender des Briefes diesen Raum besonders kennzeichnen wollte. Am Rand der Zeichnung befindet sich der Buchstabe X, mit einem roten Edding geschrieben.

In diesem Lagerraum muss etwas verborgen sein, von dem der Absender weiß, dass ich daran Interesse habe. Da bin ich ganz sicher. Vielleicht etwas, das neues Licht auf Mattis Machenschaften wirft. Oder sogar auf den Mord im Obersten Gericht?

Ich drehe den Schlüssel zwischen den Fingern.

Marke: ASSA. Schwedische Schlüsselfirma.

Der Zusammenhang ist offensichtlich. Der Schlüssel gehört mit Sicherheit zu irgendeinem Schloss in der alten Fischfabrik.

Audur muss mir also den Brief geschickt haben. Ich bin ganz sicher.

Sie hat mir doch am Freitagabend eindeutig zu verstehen gegeben, dass sie mir helfen will. Sagte, dass man nie wüsste, wann der Weihnachtsmann zu Besuch käme.

Er ist jedenfalls schon da gewesen. Klare Sache.

Ich stehe auf. Gehe die Treppe hinauf. Ins Bad.

Harpa war schon gegangen, als ich gegen Mittag aufgewacht bin.

Als wir schließlich von der Bar zu mir fuhren, war es schon früher Morgen. Sie bemühte sich, erfahren zu erscheinen. Als ob sie sich jeden Abend in einer Bar abschleppen lassen würde.

Es ist aber nichts weiter passiert. Ich habe mich selber überzeugt, dass sie viel zu betrunken wäre.

Deshalb habe ich Harpa im Gästezimmer ins Bett gebracht. Deckte sie sorgfältig zu. Als ob sie ein kleines Kind wäre.

Und wünschte ihr Gute Nacht.

Als ich aufstand, ergriff sie meine Hand.

Zog mich wieder zu sich hin.

Da legte ich meine Hände auf ihre Wangen. Und küsste sie. Erst auf die Lippen, aber dann auf die Stirn. Bevor ich ihr wieder Gute Nacht wünschte.

Ich schließe die Augen. Spüre, wie die Hitze des Kusses meinen Körper wieder durchfährt.

Na, na, Stella!

Ich stöhne. Öffne die Augen. Und fasse plötzlich einen Entschluss.

Wer wagt, gewinnt!

Immer!

Am besten, ich lasse es so aussehen, als würde ich joggen. Etwas, das ich schon lange nicht mehr getan habe. Rede mir normalerweise ein, dass ich vom Stürmen durch die Stadt genug Training bekomme. Und vom nächtlichen Tanzen.

Ziehe mir einen Vliesanzug und Turnschuhe an. Stecke den Grundriss und den Schlüssel in die eine Hosentasche. Werfe mich in meinen wunderbaren Silberpfeil. Brause in die Innenstadt.

Am Hafen finde ich einen Parkplatz. Westlich von der alten, heruntergekommenen Werft.

Gehe mit strammen Schritten zum Haus der Selbstständigen Theatergemeinschaft. Tue so, als wäre ich ein harmloser Fitnessfanatiker.

Hier sieht alles ziemlich verlassen aus. Kein Lebenszeichen am Hafen, wo unbemannte Boote in der elektrisch beleuchteten Dämmerung ruhig hin- und herschaukeln.

Nur ganz wenige sind auf den Straßen unterwegs. Und alle im Auto. Nur ich nicht.

Im ersten Stock des Gebäudes sind zwei Fenster erleuchtet. Aber im Erdgeschoss ist alles dunkel. Außer im Windfang.

Der Keller scheint völlig fensterlos zu sein. An manchen Stellen wurden die Öffnungen sogar zugemauert, wo früher mal Fenster oder Türen waren.

Kinder haben die Wand mit unlesbaren Graffiti beschmiert.

Die Eingangstüren sind verschlossen.

Ich werfe schnell einen Blick nach links und rechts. Schaue hinter mich. Aber sehe niemanden in nächster Nähe.

Da angele ich den Schlüssel aus der Tasche. Stecke ihn ins Schloss. Drehe nach rechts.

Scheiße!

Der Schlüssel ließ sich ins Schloss schieben – aber nicht umdrehen.

Passt nicht.

Ich ziehe ihn wieder heraus. Schmuggele den Schlüssel so unauffällig wie möglich wieder in die Tasche.

Gucke mich wieder um. Sehe niemanden.

Was jetzt?

Ich überdenke die Sache für einen Moment. Vielleicht war es nur ein blöder Scherz?

Moment, Stella!

Vielleicht gibt es ja noch andere Türen zum Keller.

Das muss wohl so sein.

Es gibt nur eine Möglichkeit, um das herauszufinden.

Ich beginne, um das Haus herumzujoggen. Laufe zuerst an der westlichen Seite entlang.

Da, wo die Häuserwand zum Meer liegt, befindet sich ein geteerter Parkplatz.

Aha!

Dort ist auch ein gesonderter Kellereingang, allerdings mit zwei Türen. Eine davon ist wesentlich größer. Wahrscheinlich für Warenanlieferungen gedacht.

Aber daneben ist eine gewöhnliche Türe.

Beide sind mit bunten Graffiti beschmiert. Einiges ist pornografisch. Anderes nur blöd.

Auf einem Fleck steht auf Englisch:

The End.

Ach was!

Ich probiere den Schlüssel wieder aus. Drehe ihn im Schloss der kleineren Tür herum. Jetzt klappt es besser als beim letzten Mal.

Bingo!

Hinter der Tür ist es stockduster.

Ich taste an der Wand herum, bis ich den Lichtschalter finde.

Als die vielen Neonröhren an der Decke angegangen sind, springe ich schnell ins Haus. Knalle die Tür hinter mir zu.

Ich kann nicht erkennen, ob sich in diesem Moment noch jemand im Keller befindet.

Ein elektrisches Surren ist das einzige Geräusch, das man hört.

Wahrscheinlich ist die Belüftungsanlage im vollen Gange.

Der Keller scheint ein riesiger betonierter Raum zu sein, der mit ollem Krempel voll gestopft ist.

An einer Wand stehen ein paar kleinere Container.

Mitten im Raum ein Lastwagen. Und zwei Personenwagen.

Es gibt hier auch einen Haufen Autoreifen. Und jede Menge Ersatzteile aller Art. Für große Autos. Kommt mir so vor.

Nicht trödeln, Stella!

Ich eile zu den großen Lagerräumen, die sich am anderen Ende des Kellers befinden sollen. Jedenfalls laut Karte.

Was sich als richtig erweist.

Die Türen sind breit und aus Stahl.

Ich muss ins Lager ganz rechts. Lagerraum X.

Hoffentlich ist er nicht abgeschlossen.

Ich ergreife die mächtige Klinke mit beiden Händen. Drücke sie hinunter. Mit aller Kraft.

Sie gibt nach. Die Tür geht auf.

Aber es kostet ganz schön Kraft, die Tür weit genug aufzuziehen, um in den Raum gucken zu können.

Im Lager leuchten helle Lampen von der Decke.

Hier scheint eine ganze Haushaltseinrichtung abgestellt worden zu sein. Es sei denn, es sind Möbel, die der Theatergemeinschaft gehören?

Es gibt hier alle Sorten von Stühlen, Tischen, Schränken und Kommoden.

Aber auch Türme aus Umzugskartons. Und aller möglicher andere Mist. Wie eine Garage, die dreißig Jahre lang nur mit allem möglichen Krempel zugemüllt wurde.

Nach was suche ich eigentlich?

Nach Filmen? Nicht wahr? Oder Videos?

Fang schon an!

Ich mache mich umgehend ans Werk. Wühle zuerst in zwei Kommoden, die an der Wand gegenüber der Tür stehen. Tief im Raum.

Die Schubladen sind mit den unglaublichsten Sachen gefüllt. Diverses Spielzeug. Erinnerungsstücke. Postkarten. Fotos.

Ich sehe den Fotostapel schnell durch.

Sie scheinen alle irgendwo im Ausland geknipst worden zu sein. Mit Leuten drauf, die ich nicht kenne.

Bumm!

Ich zucke zusammen. Werfe blitzschnell einen Blick über meine Schulter auf die große Tür.

Die Tür ist zugefallen.

Diese schwere Tür?

Ich eile zurück Richtung Eingang des Lagers. Bin schon fast bei der Tür, als ich ein neues Geräusch höre.

Teufel noch mal!

Der Weihnachtsmann schließt mich ein!

16. KAPITEL

Nicht abschließen!«, rufe ich, so laut ich kann.

Gleichzeitig ergreife ich mit beiden Händen die große Klinke. Drücke sie mit voller Kraft herunter. Und werfe mich gegen die Stahltür. Feste.

»Verdaaammmt!«

Die Tür bewegt sich keinen Millimeter. Ich selber werde vom kräftigen Aufprall zurückgeworfen.

Er steht sicher siegesgewiss hinter der Tür. Verdammtes Biest, das mich hier in dieser ehemaligen Gefrierkammer eingesperrt hat.

Ich habe das im Gefühl.

»Mach sofort auf!«, rufe ich. Aufgebracht und wütend.

Massiere mir dabei die Schulter. Weiß, dass ich morgen an dieser Stelle einen violetten Bluterguss haben werde.

Niemand antwortet mir.

Ich schlage ein paar Mal mit geballten Fäusten an die Tür. Bis mir die Hände zu sehr wehtun.

»Sofort! Hörst du nicht!«, rufe ich zwischen den Schlägen.

Sie haben aber keinen Einfluss auf den kalten Stahl.

Und ich bekomme keine Antwort.

Schließlich höre ich mit dem Trommeln auf. Mir wird klar, dass das Trommeln mit ungeschützten Händen idiotisch ist. Sinnlose Selbstkasteiung.

Stattdessen nehme ich erneut die Klinke in die Hand. Versuche immer wieder, die Tür zu öffnen.

Aber ohne Erfolg.

Die Tür ist fest verriegelt. Sie bewegt sich nicht.

Ich merke, wie eine ungeheure Wut in mir hochkommt. Trete instinktiv gegen die Tür.

»Mach auf, du verdammtes Schwein!«, schreie ich.

Aber das bringt natürlich auch nichts. Niemand hört mich, nur das Arschloch, das mich eingeschlossen hat. Und dieser Ganove hinter dem starken Stahl schweigt wie ein Grab.

Beruhige dich, Stella! Beruhige dich!

Langsam, aber sicher gelingt es mir, meine Wut wieder in den Griff zu kriegen.

Ich setze mich auf den Fußboden. Lehne mich gegen die Stahltür. Versuche, systematisch zu denken. Meine Gehirnzellen sinnvoll zu nutzen.

Was kann ich tun, um hier herauszukommen?

Ich muss mich nicht einmal umgucken, um mir darüber klar zu sein, dass man aus diesen mächtigen Mauern nur durch diese eine Tür hinauskommt.

Hier sind alle Wände betoniert. Nirgendwo ein Fenster.

Nur an einer Wand befindet sich eine kleine Öffnung. Hinter dem Eisenrost oben rechts in der Ecke meines Gefängnisses.

Dort kann man ein Rohr für die Belüftungsanlage des Hauses entdecken. Um saubere Luft in den Lagerraum zu blasen.

Niemand entkommt durch ein Loch, das gerade mal zehn Zentimeter Durchmesser hat. Noch nicht mal der Meister Houdini selbst.

Also ist diese kleine Öffnung mehr als nutzlos.

Der alte Gefrierraum wurde im Handumdrehen zu einer ausbruchsicheren Gefängniszelle. So einfach ist das.

Ich muss mich mit der Tatsache abfinden, dass ich hier erst herauskomme, wenn der Gefängniswärter selber die Tür wieder aufschließt.

Aus eigener Initiative.

Es sei denn, jemand muss im Keller etwas erledigen und hört den Lärm, den ich veranstalte.

Vielleicht könnte ich einen derartigen Höllenlärm erzeugen, dass ich damit die Aufmerksamkeit der Fußgänger vor dem Haus errege? Oder den man bis in die oberste Etage hört? Da war ja Licht in einem Fenster.

Aber wie?

Mit einem schnellen Rundumblick überfliege ich den Krempel in der Abstellkammer.

Voilà!

Auf einer Kommode liegt eine Tischlampe aus Metall. Die sollte reichen, um Krawall zu machen.

Ich eile quer durch den Raum. Ergreife die Lampe, nehme den Schirm ab und schraube die Birne aus. Laufe wieder zur Tür. Packe den Arm der Lampe wie einen Hammer und dresche mit voller Kraft auf die Stahltür ein.

Der Lärm in der Abstellkammer ist fast unerträglich.

Trotzdem mache ich weiter. Schlage immer wieder auf die Tür, in der Hoffnung, dass mich jemand hört. Irgendwo.

Nach ein paar Minuten muss ich eine Pause einlegen. Ich bin von der Anstrengung total verschwitzt.

Ich lege ein Ohr an den Stahl. Versuche, die geringste Bewegung außerhalb dieses erbärmlichen Gefängnisses zu hören. Nur irgendein Geräusch, was zu erkennen gäbe, dass jemand da draußen unterwegs ist.

Aber: nichts.

Schließlich setze ich mich wieder auf den Boden. An die Stahltür. Halte die Lampe mit beiden Händen fest. Und mache mir Vorwürfe.

Warum bin ich immer so verdammt voreilig?

Natürlich hatte ich keine Beweise, dass der Umschlag wirklich von Audur war. Das war nur ein dummer Wunsch.

Ich hätte wenigstens so schlau sein sollen, grundlegende Sicherheitsvorkehrungen zu treffen. Hätte etwas zwischen Tür und Rahmen legen sollen, bevor ich angefangen habe, im Kram zu wühlen. Und daran denken sollen, das Handy mitzunehmen. Dann könnte ich jetzt Hilfe rufen.

Ich Idiotin!

Versuche dann, die Sache logisch zu durchdenken. Besonnen.

Wenn also der unschuldige Brief mit dem Grundriss und dem Schlüssel wirklich nicht von Audur war, vom wem dann?

Vielleicht von Matti? Oder seiner durchgeknallten Amazone Dísa?

Matti wusste, dass ich begonnen hatte, in seinen und Sjöfns Geheimnissen herumzuschnüffeln. Versuchte er mich zu erschrecken, um mich von tiefer gehenden Nachforschungen abzuhalten? Um mir zu zeigen, was für ein gefährlicher Gegner er ist?

Vielleicht.

Aber natürlich konnte es auch ein kranker Witz von seiner Seite sein. Eines dieser Happenings, die er das »Theater des Lebens« nennt.

Es gibt natürlich auch eine andere und weitaus bedenklichere Möglichkeit.

Dass mich jemand derartig hasst, um mich in dieser mächtigen Gruft lebendig zu begraben.

Nee. Glaube ich nicht.

Ich stehe auf. Beginne wieder, die Lampe gegen die Stahltür zu donnern. Immer wieder.

Plötzlich wird alles um mich herum schwarz wie die finsterste Nacht.

Zuerst stehe ich regungslos in der Dunkelheit. Wie gelähmt. Warte an der Tür darauf, dass das Licht wieder angeht.

Aber das geschieht nicht.

Da beginne ich, mit der rechten Hand die Wand abzutasten. Suche den Schalter an der Wand neben der Tür.

Finde ihn recht schnell.

Drücke den Schalter hoch und runter. Immer wieder.

Kein Licht.

Ich presse meinen Rücken an die Stahltür. Lasse mich nach unten sinken, bis ich auf dem Boden sitze.

Lege dann die Lampe neben mich. Ziehe die Beine an. Umschlinge mit beiden Armen meine Knie. Starre in die Dunkelheit.

Verdammter Widerling!

Eine tiefschwarze Dunkelheit umgibt mich. Kommt aus allen Richtungen auf mich zu. Wie ein lebendiges Ungeheuer.

Ich schließe die Augen. Lege meine Stirn auf die Knie.

Kämpfe mit allen meinen seelischen Kräften darum, nicht den Verstand zu verlieren.

Darf dieser grauenhaften Dunkelheit nicht erlauben, die alten Schlangengruben zu öffnen. Die widerlichen Erinnerungen, die ich die ganzen Jahre in die tiefsten Verliese meines Gedächtnisses eingesperrt habe.

Ich darf vor dieser schrecklichen Dunkelheit keine Angst haben.

Nie wieder.

Plötzlich nehme ich die Stille wahr.

Hebe den Kopf. Lausche.

Das tiefe, elektrische Surren ist verstummt.

Es gibt nur eine Erklärung für diese unheimliche Stille. Dieser Scheißkerl hat auch die Belüftung ausgeschaltet. Die Maschine, die frische Luft zu mir in die Abstellkammer blasen soll.

Wie lange reicht wohl der Sauerstoff in diesem Raum?

Schwärzeste Dunkelheit.

Todesstille.

Genauso wie im Keller des alten Sommerhotels. Als Papa wütend war und mich in der lebendigen Dunkelheit eingesperrt hat.

Das schwarze Grauen kommt aus allen Richtungen auf mich zu.

Ich presse meinen Kopf zwischen die Knie. Schaukele mich vor und zurück.

Versuche, so gut ich kann, den Zugang zum Gehirn abzuschotten wie mit einer dicken Burgmauer in den Märchen.

Ab ins Verlies und hinter Gitter!

Aber auf die Dauer taugt das nicht. Die Ungeheuer brechen eins nach dem anderen durch die Mauern, bis mich die Bewusstlosigkeit gnädig in ihren Treibsand zieht.

17. KAPITEL

Montag

Plötzlich bin ich hellwach.

Aber total durcheinander.

Habe nicht die geringste Ahnung, wo ich mich befinde.

Oder warum ich auf einem harten Steinfußboden zwischen allem möglichen hässlichen Krempel liege.

Bäng!

Plötzlich fällt mir alles wieder ein.

Der Furcht erregende Albtraum nimmt aufs Neue mit Gewalt mein Denken ein. In Sekundenschnelle.

Ruhig, Stella!

Ich kämpfe damit, die Furcht in meine Gewalt zu bringen, die mich in ihren unheilvollen Griff bekommen will.

Es klappt besser, als ich erkenne, dass die Lichter unter der weiß gestrichenen Decke wieder leuchten.

Und als ich das leise Surren der Belüftungsanlage bemerke.

Also hat er den Strom wieder eingeschaltet. Während ich bewusstlos war. Oder geschlafen habe. Oder wie auch immer ich diese instinktive Flucht des Bewusstseins aus der schrecklichen Realität nennen soll.

Verdammte Ratte.

Ich spüre, wie steif mein Körper ist. Er schmerzt überall, ausgelaugt nach dem langen Aufenthalt auf dem knallharten Fußboden.

Zuerst richte ich mich vorsichtig auf meinen Knien auf.

Ich habe das Gefühl, unglaublich kraftlos und wehleidig zu sein. Wie eine gebrechliche Alte.

Danach versuche ich, aufzustehen.

Das geht erst, als ich mich an etwas festhalte. Greife nach etwas, das sich in Reichweite befindet. Eine große Klinke.

Der Türgriff.

Während ich versuche, auf die Füße zu kommen, gibt die Tür unter meinem Gewicht nach. Sie öffnet sich ein klein wenig.

Also hat er auch wieder aufgeschlossen. Das Arschloch.

Aber wer zum Henker ist dieses Schwein?

Ich starre lange auf die stahlgraue Tür. In ärgerlicher Verwunderung.

Löse dann das weiße Stofftaschentuch, das von außen an die Klinke gebunden wurde.

In jede Ecke ist eine rote Rose gestickt.

Soll das etwa lustig sein?

Ich ertrage es nicht länger, an diesem entsetzlichen Ort zu sein.

Raus!

Ich muss hier sofort raus. So schnell wie möglich.

Raus an die frische Luft.

Mir fällt noch nicht mal ein, das Gerümpel im Lagerraum genauer zu durchsuchen. Bin ganz sicher, dass hier nichts zu finden ist, was mir in irgendeiner Weise hilfreich sein kann.

Der Brief mit der Zeichnung und dem Schlüssel war mit Sicherheit von Anfang an ein kaltblütiger Scherz. Ein brutaler Versuch, mich für meine gefährliche Neugier zu bestrafen, die ich gegenüber den kriminellen Aktionen von Matti und Konsorten zeige.

Da bin ich ganz sicher.

Jetzt.

Die Wut kommt zurück. Gibt mir Kraft.

Matti kennt mich schlecht, wenn er glaubt, er könnte sich seinen Frieden erkaufen, indem er mich erschreckt und mir Angst macht. Indem er mich in diese furchtbare Falle lockt.

Warte nur, du Schuft!

Ich werde ihm dieses unsportliche Benehmen auf angemessene Weise heimzahlen. Ich bin entschlossen, ihn Tag und Nacht heimzusuchen. Ihn bis zum Untergang der Welt zu verfolgen wie die aufbrausende und gnadenlose Rachegöttin persönlich, die unermüdlich ist. Oder so.

Ich versuche, aus dem Kellerraum zu staksen.

Gehe langsam am Lastwagen vorbei, der mitten im großen Lager steht.

Spüre, wie meine Körperkräfte langsam wiederkommen.

Nähere mich stetig der Tür. Und der Freiheit.

Draußen ist es hell. Aber kalt.

Ich ziehe die Tür knallend hinter mir ins Schloss.

Lehne mich gegen die unebene Hauswand. Atme immer wieder tief ein. Genieße es wie nie zuvor, die Lungen mit kühler, klarer Seeluft zu füllen, die mit einer frischen Brise ins Land geweht wird.

Es wird bald zwölf Uhr. Mittags.

Ich habe also da drinnen mehr als zwölf Stunden gelegen.

Verdammtes Schwein!

Im Angesicht von Freiheit und Wut fasse ich wieder Mut.

Bald marschiere ich Richtung Parkplatz am Hafen los, wo ich gestern Abend meinen Silberpfeil geparkt habe.

Plötzlich bleibe ich stehen. Direkt oberhalb des Meeres.

Lausche, wie die Wellen fröhlich die aufgeschütteten Felsen umspülen.

Gucke über den Faxaflói. Auf die vielfältigen Formen der Berge nördlich und östlich der Stadt. Auf die schneebedeckten Gipfel. Auf die glänzende Kuppe des Snaefellsjökull, die in der Mittagssonne glänzt. Und auf die steilen Hänge der Esja. Sie erscheinen so unglaublich nahe in ihrer grauweißen Nacktheit.

Wunderbar!

Und merkwürdig.

Es kommt mir vor, als hätte ich diese mächtige Bergkette noch nie vorher gesehen. Nicht richtig jedenfalls.

Obwohl diese Wunder der Natur natürlich schon immer da gewesen sind. Ich habe mir einfach nie die Zeit genommen, um sie in der täglichen Geschäftigkeit wahrzunehmen.

Als ich nach Hause komme, springe ich schnell unter die heiße Dusche.

Lasse den harten Strahl ununterbrochen auf meinen Kopf und meine Schultern donnern.

Als ob dieses kochend heiße Wasser Körper und Seele von den Bedrohungen der Nacht reinigen könnte. Als ob sie damit in den Abfluss gespült werden könnten, um nie mehr wiederzukommen.

Aber natürlich klappt das so nicht.

Später lege ich mich nackt ins Bett. Mache mich ganz klein und kuschele mit dem Kopfkissen im Arm. Ziehe mir die weiche Decke über den Kopf.

Ganz langsam erlaube ich meinem Gehirn, sich in die Unterwelt der Erinnerungen zu begeben. Weiß, dass ich den Monstern der Dunkelheit noch einmal begegnen muss, bevor es mir gelingt, sie wieder in die abgrundtiefen Schlangengruben zurückzudrängen.

»Furcht ist die Hebamme der Weisheit.«

Sagt Mama.

18. KAPITEL

Dienstag

Ich nähere mich wieder dem Haus der Selbstständigen Theatergemeinschaft.

Die Wut treibt mich an.

Nicht diese aufbrausende, rasende Wut, die plötzlich ausbricht und den Verstand ausschaltet.

Nein, überhaupt nicht.

Meine Wut ist eiskalt und ruhig.

Sie hat auch ein klares Ziel.

Gleiches mit Gleichem zu vergelten. Nach der Manier vom alten Jahve.

Auge um Auge. Zahn um Zahn.

Zuerst will ich Matti einen Schrecken einjagen. Ihn wissen lassen, dass er wegen der Ereignisse des Wochenendes zur Zielscheibe geworden ist.

Lasse dann die Ungewissheit ein paar Tage an seiner Seele nagen.

Der Saal liegt im Halbdunkel. Aber ein Scheinwerfer ist auf die Bühne gerichtet, wo Matti mit Dísa, Baldur und anderen Schauspielern, die ich noch nie gesehen habe, Szenen aus Othello probt.

Er selber hat die Rolle des Lügners, des verräterischen Jago.

Steht ihm gut.

»... dann gibt es andre, die, ausstaffiert mit Blick und

Form der Demut, ein Herz bewahren, das nur sich bedenkt; die nur Scheindienste liefern ihren Obern. Ich bin nicht, was ich bin«, sagt Matti in der Rolle des Verräters und grinst hinterhältig.

Ich warte eine Weile hinten im dunklen Saal und höre den Schauspielern zu, die weitere Abschnitte aus Othello deklamieren. Bis Jago sagt:

»Zwei Dinge sind zu tun. Nun helfe mir der Trug! So muss es gehen: fort Lauheit und Verzug!«

Der Trug.

Dieses Wort passt wohl noch zu anderen als zu Jago dem Verschlagenen.

Matti verheddert sich im Text, als er mich entdeckt, die ich plötzlich direkt vor ihm stehe. Er versucht, seine Fahrigkeit mit Lächeln und Gestikulieren zu überspielen.

»Wir machen eine Pause«, sagt er und scheucht die Schauspieler weg. »In einer halben Stunde geht's weiter.«

Sie verschwinden einer nach dem anderen aus dem Saal.

Außer Dísa. Sie setzt sich an den Rand der Bühne und starrt mich an. In ihrer Miene spiegelt sich eine unsympathische Mischung aus Überheblichkeit und Ironie.

»Vielen Dank für die Leihgabe«, sage ich und werfe Matti das Taschentuch zu. Das Taschentuch aus dem Keller.

Er schafft nicht, es aufzufangen.

Guckt zu Dísa.

Sie springt auf, holt das Taschentuch und reicht es ihm.

Matti löst den Knoten, den ich gebunden habe.

Findet den Schlüssel zur Kellertür.

»Wahrlich, in dem Gewebe steckt Magie«, sagt er breit lächelnd, »genauso wie in dem, das Desdemonas Schicksal besiegelte. Schon wieder ein Beispiel, wie viel das Schauspiel und das Leben gemeinsam haben. Sie sind eins.«

»Wenn da Magie drinsteckt, wird sie sich in Zukunft gegen ihren Eigentümer wenden«, antworte ich kalt.

»Habe ich dir nicht neulich erst dieses alte Rosentaschentuch geschenkt, Liebes?«, fragt Matti Dísa.

»Oh, das Taschentuch«, sagt sie gekünstelt. »Ein wahres Unglück, dass ich es verlor.«

»Seht, die neue Desdemona, wie schüchtern sie ist, von Geist so still und sanft, dass jede Regung errötend schweigt!«, fährt Matti fort und schickt Dísa einen Fingerkuss.

»Bekommt ihr eigentlich nie genug von dieser Schauspielerei?«, frage ich verächtlich.

»Du bist zu spät dran, um die Rolle zu bekommen«, sagt Matti und dreht den Schlüssel zur Kellertür zwischen seinen Fingern hin und her. »Dísa hat die Rolle der Desdemona von Sjöfn übernommen.«

»Und wahrscheinlich auch eine wesentlich persönlichere Rolle im Leben des Regisseurs, denke ich.«

Matti hebt den Schlüssel hoch in die Luft.

»Ein Schlüssel zur Lösung des Rätsels – Sein oder nicht Sein!«, sagt er mit philosophischer Miene. »Oder nur ein ASSA-Schlüsselbart aus dem Einkaufszentrum?«

Dísa lacht. Guckt mich mit arrogantem Blick an. Wie eine anmaßende Königin, die glaubt, unantastbar zu sein.

Ich beschließe, sie keines Blickes zu würdigen. Konzentriere mich stattdessen auf Matti. Warte darauf, dass das Lächeln verschwindet.

»Du hast den Fehdehandschuh geworfen«, sage ich ruhig. »Ich nehme die Herausforderung natürlich an. Ich wollte dich nur wissen lassen, dass ich nie aufgebe, bevor ich gesiegt habe. Nie.«

»Wie dramatisch«, sagt Dísa lachend.

»Ja, wirklich, wie eine Wagner'sche Walküre«, antwortet Matti ohne zu lächeln. »Aber was heißt schon Sieg?«

»Ein Mann in deiner Position sollte sich lieber fragen: Was heißt Niederlage?«

»Sieg oder Niederlage«, sagt er und tritt näher an die Bühnenkante heran, »ist das nicht meistens eine Frage der Interpretation?«

»Es könnte auch die Frage sein, ob man ins Gefängnis wandert oder nicht.«

»Ins Gefängnis?«

»Ja, wer weiß, vielleicht wird eine Haftstrafe hinter Gittern und Stacheldraht deine nächste Übung im Theater des Lebens?«

»Für was?«

»Das wird sich noch herausstellen«, antworte ich und lächele kalt. »Alles hat seine Zeit.«

»Warum gehst du eigentlich auf Matti los?«, fragt Dísa frech. »Er hat dir doch nichts getan.«

»Nicht?«

»Es ist doch nicht seine Schuld, wenn du wie ein blindes Katzenjunges in die dunkle Nacht tappst«, fährt sie fort.

»Willst du dir vielleicht die Ehre daran zuschreiben?«

»Ich habe keine Angst vor dir«, sagt Dísa, »obwohl du dich wohl für heiliger als uns alle hältst.«

»A propos Heiligkeit, euer Wortwechsel erinnert mich an den Schwiegersohn«, mischt Matti sich ein. »Der Held der Scheinheiligkeit.«

»Was für ein Schwiegersohn?«

»Glaubst du etwa, dass Adalgrímur der Einzige dieser Vorzeigefamilie war, der in Sjöfns Schlafzimmer verkehren durfte?«

»Meinst du Pfarrer Gudleifur?«

»Auch Pfarrer spüren das Gelüst des Bluts und die Nachgiebigkeit des Willens«, antwortet Matti. Sein Gesichtsausdruck wird plötzlich ernst. »Aber du bist auf dem Holzweg, Stella. Ich habe nichts gegen dich unternommen.«

»Nicht?«

»Nein«, antwortet er und springt von der Bühne, »ganz im Gegenteil: Ich habe großes Interesse daran, dich viel näher kennen zu lernen.«

»Bist du ganz sicher?«

»Ja«, sagt er und ergreift meine Hände. »Du bist unwiderstehlich.«

Ich werfe Dísa einen schnellen Blick zu, die immer noch auf der Bühne steht. Genieße es, ihre beleidigte Miene zu sehen, bevor ich mich wieder Matti zuwende.

»Ich kann das Gleiche von dir nicht behaupten«, sage ich.

»Das kommt nur davon, weil du mich nicht gut genug kennst«, antwortet er einschmeichelnd. »Wir müssen uns besser kennen lernen. Viel besser.«

»Ist das der Trug?«, frage ich und reiße mich los.

»Aha! Du hast also auch die Worte des Meisters vernommen.« Matti lächelt. »Ich kann dir versichern, dass ihnen immer ein tieferer Sinn zu Grunde liegt. Soll ich dich nicht in diese wunderschöne Welt der Weisheit einführen?«

»Wie meinst du das?«

»Ich lade dich hier und jetzt am Freitag zu einem Abendessen auf meinem Landsitz ein«, sagt er feierlich. »Da werde ich versuchen, dir die ganze Wahrheit zu erschließen.«

Ich sehe, dass Dísa vor Wut rot anläuft. Sie ist im Begriff, etwas zu sagen. Aber lässt es bleiben, als Matti ihr einen schnellen Blick auf die Bühne zuwirft.

Diese unerwartete Einladung passt Dísa ganz und gar nicht.

Was natürlich Grund genug ist, sie anzunehmen.

19. KAPITEL

Máki lässt mir keine Ruhe.

Er will sich einschleimen, keine Frage. Gibt vor, mir einen Gefallen zu tun. Mir Neuigkeiten zu überbringen.

»Da ist irgendwas Merkwürdiges mit dem Steinbjörn im Gange«, sagt er. »Jedes Mal, wenn ich frage, welches Verhältnis er zu Sjöfn hatte, machen die bei der Polizei einen Rückzieher.«

Sein eigentliches Anliegen ist ein ganz anderes. Er versucht, im alten, trüben Wasser des Geirfinnsfalles nach einer neuen Schlagzeile zu fischen.

»Du kannst mir doch wenigstens sagen, für wen du an diesem Fall arbeitest, oder?«

»Lieber Máki, nur wegen deines Gesülzes über deine ganzen damaligen Super-Scoops habe ich dir ein paar einfache Fragen über Geirfinn gestellt. Aber dass ich an diesem Fall arbeite, entspringt deiner eigenen Fantasie.«

»Sei doch nicht so fies zu mir!«

Er bequatscht mich scheinbar endlos weiter. Behauptet, dass er schon alle angerufen hat, die bisher an der Wiederaufnahme des Geirfinnsfalles gearbeitet haben, aber niemand von ihnen scheint zu wissen, warum ich mich in den Fall eingeklinkt habe.

»Die einfachste Erklärung, dass ich nämlich gar nichts unternommen habe, ist dir natürlich nicht eingefallen.«

»Natürlich nicht.«

Ich habe die Nase voll von diesem Gelaber.

»Lass mich in Ruhe«, sage ich. »Du solltest lieber denen in Washington aufs Dach steigen.«

»Wem in Washington?«

»Na, denen in der Botschaft.«

»Wieso das denn?«

»Wer weiß, vielleicht haben die ja mit einem gewissen Geirfinnur gesprochen.«

Máki jubiliert am Telefon.

Scheiße!

Habe ich zu viel gesagt?

Ich versuche sofort, mich so gut wie möglich abzusichern.

»Wenn du meinen Namen in dem Zusammenhang irgendjemandem gegenüber erwähnst, lass ich dich kastrieren!«, sage ich nachdrücklich.

Máki lacht.

Bei den Radiosendern kommen Polizeinachrichten immer noch an erster Stelle. Es wird von zwei schweren Fällen mit Körperverletzungen berichtet, die sich am Wochenende zugetragen haben.

Auch von der Hauptverhandlung des »Großen Landsbanki-Raubes«, die heute Morgen im Obersten Gericht begann. Nachdem andere Richter alle Fälle übernommen hatten, die Adalgrímur bearbeitete, bevor er verhaftet wurde.

Und die Goldjungs verkünden, wie zufrieden sie mit den Reaktionen der Öffentlichkeit sind; auf die Sendung des Notrufes haben sie an die zweihundert Telefonate bekommen und wollen jeden einzelnen Hinweis sorgfältig überprüfen.

Ich halte es für notwendig, umgehend zu klären, ob etwas an Mattis Anschuldigung dran ist, dass Pfarrer Gudleifur mit Sjöfn ebenfalls gut bekannt war. Deshalb rufe ich in den Osten ins Pfarrhaus an.

Er geht total in die Defensive. Stottert und stöhnt eine ganze Weile.

Sagt dann, dass er sowieso am Spätnachmittag in die Stadt müsse. Dann würde er mit mir unter vier Augen reden.

Am Nachmittag fahre ich bei der Kripo vorbei.

Raggi ist ungewöhnlich entspannt. Versucht sogar, ein paar Witzchen zu reißen.

Aber das geht natürlich schief. Witze sind nicht gerade sein Spezialgebiet.

Der ausländische Spezialist ist in Island angekommen und hat schon begonnen, die Überwachungskamera aus dem Obersten Gericht und ihre Aufnahmen gründlich zu untersuchen.

»Er hat versprochen, dass er uns die vorläufigen Ergebnisse morgen oder übermorgen wissen lässt«, sagt Raggi, »aber die endgültige Version schickt er uns in zwei bis drei Wochen zu.«

»Wie lange wollt ihr Steinbjörn eigentlich noch verstecken?«, frage ich aus heiterem Himmel.

»Er versteckt sich doch nicht.«

»Ich habe schon den ganzen Tag versucht, ihn zu erreichen, habe aber nur alle möglichen Entschuldigungen und Ausreden bekommen.«

»Das tut mir aber leid.«

»Warum darf ich mit dem Kerl nicht reden?«

»Soweit ich weiß, ist Steinbjörn in Rente gegangen und damit nicht mehr länger im Dienst.«

»Wann ist er gegangen?«

»Da musst du den Personalchef fragen.«

»Also war die Geschichte von Steinbjörn und Sjöfn wahr?«

»Was für eine Geschichte?«

»Tu doch nicht so, als hättest du von Tuten und Blasen keine Ahnung!«

Raggi scheint sich königlich zu amüsieren.

»Steinbjörn hat vor kurzem gemäß der 95-Jahre-Regel* das richtige Alter erreicht«, sagt er grinsend. »Jemand hat mir heute Morgen in der Kantine erzählt, dass er in die Sonne gefahren sei.«

»Also habt ihr ihn verschwinden lassen.«

»Das ist eine völlig aus der Luft gegriffene Unterstellung.«

Natürlich sollte mich das nicht weiter überraschen. Die Goldjungs waren nur wesentlich schneller gewesen, ihre Verteidigungsstrategie durchzuführen, als ich gedacht hatte.

»So einfach kommt er aber nicht davon«, fahre ich fort.

»Womit kommt er nicht davon?«

»Ich werde ihn als Zeuge vor Gericht vorladen. Auch wenn ich ihn aus Timbuktu herholen lassen muss.«

»Und zu was soll der alte Steinbjörn aussagen?«

»Über seine Bekanntschaft mit Sjöfn in den Tagen vor dem Mord. Und über seinen normwidrigen Einfluss auf den Fortschritt der polizeilichen Ermittlungen.«

Raggi schüttelt den Kopf.

»Du weißt doch genauso gut wie ich, dass da nichts zu holen ist«, sagt er. »Aber natürlich soll es dir gegönnt sein, dich an unbedeutende Strohhalme zu klammern, wenn du schon nichts anderes in der Hand hast, um Adalgrímur zu verteidigen.«

Sein Macho-Gegrinse geht mir tierisch auf den Geist.

Aber es hat wenig Sinn, sich mit Raggi zu streiten.

* 95-Jahre-Regel: Sonderregelung für lang gediente Beamte, die damit früher in den Ruhestand gehen dürfen. Man muss mindestens 60 Jahre alt sein und 35 Jahre Dienst hinter sich haben.

Jedenfalls jetzt nicht.

Zumal er natürlich im Großen und Ganzen Recht hat. Ich habe bisher noch kein schlagkräftiges Argument gefunden, das wirklich greift.

Pfarrer Gudleifur kommt zur Abendessenszeit gegen 18 Uhr in mein Büro. Er will sofort wissen, wer mir gesagt hat, dass er Sjöfn getroffen hat.

»Das geht dich nichts an«, schneide ich ihm das Wort ab. »Sag mir einfach nur die Wahrheit, und zwar ohne Ausflüchte.«

Er setzt sich auf den Besucherstuhl an den Schreibtisch, ohne sich die Jacke auszuziehen. Will eindeutig nicht lange bleiben.

»Es war ganz bestimmt nicht in meinem Sinne, dir etwas zu verheimlichen«, antwortet er lahm. »Mir wäre nie in den Sinn gekommen, dass mein, ähem, Besuch irgendeine Bedeutung für Adalgrímurs Fall hat.«

»Das einzuschätzen überlässt du lieber mir.«

Pfarrer Gudleifur nickt.

»Ich habe nur versucht, die Lösung für ein Problem zu finden, von dem ich zu der Zeit schon überzeugt war, dass es meine Sólveig in, ähem, helle Aufregung versetzen würde«, sagt er.

»Hast also nur an den Familienfrieden gedacht?«, frage ich höhnisch.

»Ja, denn die Familie ist in meinen Augen das Wichtigste. Als mir vor ungefähr zwei Wochen von Adalgrímurs Misstritt berichtet wurde, habe ich schnell festgestellt, dass die Beziehung der beiden bereits viel Gerede und Empörung in der Stadt ausgelöst hatte. Sogar gute Bekannte von uns hatten begonnen, peinliche, ähem, Possenstücke durchzukauen. Deshalb beschloss ich, die Sache mit Adalgrímur direkt zu besprechen.«

»Wann?«

»Exakt eine Woche vor diesem schrecklichen Geschehen, denn an diesem Samstag kam er wie immer zu uns in den Osten.«

»Und?«

»Unangenehmerweise bestand er darauf, dass mich sein, ähem, Privatleben überhaupt nichts anginge. Mir war augenblicklich klar, dass Adalgrímur überhaupt nicht daran dachte, seine Treffen mit diesem Mädchen einzustellen.«

»Und dann?«

»Ich hielt die ganze Sache für ein sehr ernstes Problem der ganzen Familie und wollte einen letzten Versuch starten, es zu lösen, bevor alles den Bach herunterginge. Deshalb habe ich das Mädchen angerufen und mein, ähem, Kommen angekündigt.«

Ich warte ungeduldig darauf, dass Pfarrer Gudleifur zum Kern der Sache vorstößt.

»Als ich eintraf, war sie gerade dabei, in diesem heruntergekommenen Theater zu arbeiten. Sie bat mich, ihr auf ihr Zimmer im ersten Stock zu folgen. Nun, um es kurz zu machen, lachte sie mir einfach nur direkt ins Gesicht, als ich ihr mein Anliegen vortrug.«

»Und das war?«

»Ich habe das Mädchen eindringlich gebeten, Rücksicht auf die Interessen der Familie zu nehmen und Adalgrímur in Ruhe zu lassen. Sie begann lauthals zu lachen. Sagte, dass ich so schrecklich altmodisch denken würde. Dann hielt sie mir eine Rede dahin gehend, dass sie Adalgrímur liebte und er auch in sie verliebt sei. Damit sei die Sache von ihrer Seite her ausdiskutiert.«

»Wie hast du reagiert?«

»Um die Wahrheit zu sagen, war ich völlig ratlos«, antwortet Pfarrer Gudleifur. »Ich erkannte, dass meine einfachen Worte keinen Einfluss auf diese, ähem, verstockte Isebel hatten, und ging, ohne mich zu verabschieden.«

»Und du hattest keinen sonstigen Verkehr mit Sjöfn, weder vorher noch danach?«

»Nein.«

Der Gottesmann begegnet ohne zu zögern meinem Blick. Er sagt mir wahrscheinlich die Wahrheit.

»Weiß Sólveig von deinem christlichen Einmischungsversuch?«

Er schüttelt den Kopf.

»Findest du nicht, dass du ihr das alles selber berichten solltest, bevor sie davon als saftigen Klatsch aus dritter Hand erfährt?«

Pfarrer Gudleifur nickt.

Als er gegangen war, überdenke ich seinen Bericht.

Wäre es möglich, dass Sjöfn sich in Adalgrímur verliebt hatte?

Damit könnte man die Theorie der Goldjungs, dass sie nämlich den Richter am obersten Gericht erpressen wollte und er sie deshalb ermordet hat, ins Gegenteil verkehren.

Sie hätte den Pfarrer natürlich belügen können. Versuchen können, ihre Taten vor den Augen des Gottesmannes zu rechtfertigen.

Aber auch Sigurlína hatte das Gefühl, dass Sjöfn sich verändert hatte. Vielleicht hat sie zum ersten Mal daran gedacht, ein Kind zu bekommen.

»Die Liebe interessiert sich nicht für Vorschriften.«

Sagt Mama.

20. KAPITEL

Mittwoch

Alle lassen Papa im Stich!«

Eine aufgebrachte Sólveig ist am Telefon. Ihre Stimme zittert vor Gefühlswallungen. Sie ist enttäuscht. Und wütend.

»Die Ministerin hatte noch nicht einmal den Mut, es mir selber zu sagen«, fährt sie fort, »sondern hat irgendeinen Angestellten aus dem Ministerium vorgeschickt, um mich anzurufen.«

»Wie lautete die Botschaft genau?«

»Er sagte mir geradeheraus, dass die Ministerin beschlossen hätte, Papa aus dem Amt des Richters am Obersten Gericht zu entheben und es heute im Laufe des Tages öffentlich bekannt zu geben.«

»Ist es eine Suspendierung auf Zeit?«

»Ich kann mich nicht erinnern, ob er das gesondert erwähnt hat, ich war einfach so wütend. Stell dir mal diese Undankbarkeit und Hinterhältigkeit vor, Papa so in den Rücken zu fallen, nach all dem, was er für die Partei getan hat«, fährt sie fort. »Ich habe vorhin schon versucht, den Premierminister anzurufen, aber wurde nicht zu ihm durchgestellt. Ich habe es im Gefühl, dass sie uns alle auf Eis legen wollen.«

Sie lässt sich noch eine Weile über das Thema aus.

Als sie sich langsam beruhigt, rede ich ihr Mut zu, nicht

aufzugeben. Sie soll die familiären Verbindungen bis aufs Äußerste ausreizen. Solle auf jeden Fall den Versuch unternehmen zu erreichen, dass die Entscheidung ausgesetzt wird.

Andererseits glaube ich kaum, dass Sólveig an der Lage etwas ändern kann. Ich meine aus früherer Erfahrung mit Politikern zu wissen, dass diese Entscheidung an höchster Stelle getroffen wurde. Von einflussreichen Obermackern, die es sich zugute halten, andere erbarmungslos abzuschlachten. Sie betrachten es wahrscheinlich als dringende politische Notwendigkeit, Adalgrímur Sunndal so schnell wie möglich loszuwerden. Am besten noch, bevor der Fall im Parlament debattiert wird. Auf die Art können sie der Opposition umgehend den Wind aus den Segeln nehmen.

Ein Telefonat ins Sekretariat des Althings bestätigt meinen Verdacht, dass der Zeitpunkt der Suspendierung ein eiskalter politischer Schachzug ist. Eine außerordentliche Debatte über die Belange des Obersten Gerichts war für den frühen Nachmittag anberaumt worden.

Adalgrímurs fette Jahre als Richter am Obersten Gericht gehen zu Ende. Jedenfalls für eine Weile. Das ist glasklar.

Irgendwann nach elf Uhr fällt mir ein, dass es das Beste wäre, die Debatte zu verfolgen.

Also mache ich mich auf die Socken zum Austurvöllur.

Quetsche mich hastig durch die wuchtige Doppeltür des Althings. Werfe dem älteren Türsteher ein reizendes Lächeln zu. Gebe ihm keine Gelegenheit, mich aufzuhalten.

Stürme an der großen Pinselei von Präsident Jón und anderen toten Helden und Schurken des Selbstständigkeitskampfes vorbei, eine Treppe nach der anderen hoch und rein auf die enge Zuschauertribüne, wo schon viele andere Platz genommen haben. Bahne mir langsam, aber bestimmt einen Weg durch die Menschenmenge bis zur Balustrade. Schaue ins Plenum herunter.

Die Debatte hat schon angefangen.

Ein Abgeordneter der Opposition eröffnet die Diskussion mit dem ersten Beitrag zum Thema. Darin betont er ganz besonders, dass das Oberste Gericht jederzeit über den kleinsten Verdacht erhaben sein müsse, Machtmissbrauch zu verschleiern. Selbstverständlich sei es richtig und notwendig, die Menschenrechte einzelner Richter zu wahren, aber das dürfe nie auf Kosten des Gerichts als Institution gehen. Deshalb erteile er der Regierung einen Tadel dafür, dass sie bisher die unumgänglichen Konsequenzen nicht gezogen hätte, damit die Allgemeinheit der höchsten richterlichen Instanz des Landes weiterhin trauen könne. Wenn schon der Richter, der jetzt in Untersuchungshaft sitzt, nicht selber den Anstand hat, von seinem Amt zurückzutreten, solle die Regierung ihn von seinem Amt entheben.

Der Abgeordnete hebt gegen Ende seiner Rede die Stimme. Guckt strafend die Minister an, die sich nebeneinander in den gemütlichen Sesseln der Macht räkeln.

»Ich frage deshalb die geschätzte Justizministerin, warum ist das noch nicht geschehen?«, ereifert er sich mit schriller Stimme. »Welche unlauteren Interessen verfolgt die Ministerin mit ihrer unverständlichen Tatenlosigkeit?«

Der Abgeordnete weiß ganz eindeutig noch nichts von der Suspendierung. Und legt deshalb seinen feisten Nacken auf die politische Guillotine. Schutzlos. Nackt.

Und die Ministerin lässt nicht lange auf sich warten, um das Messer fallen zu lassen.

Sie rügt den Abgeordneten dafür, diese menschliche Tragödie unnötigerweise ins Plenum des Althings zu ziehen. Selbstverständlich habe die Regierung genauestens den Gang dieses tragischen Falles verfolgt und zu jeder Zeit die notwendigen Konsequenzen gezogen. Deshalb wurde besagter Richter bereits des Amtes enthoben.

Die Ministerin lächelt vor selbstzufriedener Genugtuung, die Opposition so gründlich gegen die Wand gespielt zu haben. Diese wiederum fühlt sich genötigt, die Suspendierung gutzuheißen, kritisiert aber zaghaft, dass die Entscheidung nicht früher verkündet wurde. Auf diese Weise fallen sich Herodes und Pilatus aus politischer Motivation wieder einmal in die Arme.

Uff!

Als die Diskussion zu einem anderen Thema übergeht, gehe ich schnurstracks zu meinem Silberpfeil und brause zur Kripo-Festung, um Adalgrímur zu treffen.

Die Untersuchungshaft ist um Mitternacht zu Ende. Aber die Goldjungs haben schon beantragt, dass sie um einen ganzen Monat verlängert wird.

Adalgrímur sieht schlecht aus. Er hat dunkle Ringe unter den geschwollenen Augen. Das Gesicht ist bleicher als sonst. Und müder.

Ich berichte ihm zuerst von der Entscheidung der Justizministerin und der Debatte im Parlament.

Das Ergebnis scheint ihn nicht zu überraschen.

»Um ehrlich zu sein, habe ich fast schon damit gerechnet, dass es so kommen würde«, sagt er und stapft mit schweren Schritten im Besprechungszimmer auf und ab. »Es ist einerseits natürlich völlig ungerechtfertigt, weil ich unschuldig bin, aber andererseits verständlich, vom Blickwinkel der Regierung aus gesehen.«

»Ich dachte, du würdest die Fassung verlieren.«

»Zum Glück habe ich mich noch ganz gut im Griff«, antwortet er. »Mir fehlen die Worte zu beschreiben, wie schwer erträglich es ist, sein Lebenswerk zusammenbrechen zu sehen, aber es wird auch nicht besser, wenn man sich völlig vergisst. Ich habe ja auch einige Zeit gehabt, mich auf dieses Ereignis vorzubereiten.«

Schließlich gibt er sein Herumtigern auf. Setzt sich zu mir an den Tisch.

»Du musst natürlich als mein Vertreter förmlich gegen meine Suspendierung Einspruch erheben«, fährt er fort. »Ich behalte mir das Recht auf Schadensersatz vor, wenn dieser Albtraum vorbei ist.«

»Leider habe ich keine guten Nachrichten für dich«, sage ich nach längerem Schweigen. »Ich habe versucht, etwas über Sjöfn, Matti und diese ganze merkwürdige Bande herauszubekommen.«

»Was ist mit Sjöfn?«

»Hat sie ganz bestimmt nicht versucht, dich zu erpressen?«

Er schüttelt den Kopf.

»Hast du gewusst, dass sie andere Männer trifft?«

»Wir haben darüber nie gesprochen, aber wahrscheinlich wollte ich es auch nicht wissen.«

»War sie wirklich in dich verliebt?«

Er schaut auf.

»Was spielt das für eine Rolle?«

»Ich versuche, ein Motiv für diesen Mord zu finden. Warum er begangen wurde. Da ist Sjöfn selber der Schlüssel.«

»Sie schien sehr zufrieden zu sein, verständnisvoll und warmherzig«, antwortet er nach längerer Überlegung. »Aber wann weiß man wirklich, was der andere denkt?«

Adalgrímur stöhnt schwer.

»Ich weiß, dass Sólveig die Suspendierung sehr schlecht aufnehmen wird«, fügt er hinzu. »Du musst ihr sagen, dass ich trotz allem immer noch optimistisch bin, dass die Wahrheit ans Licht kommt.«

»Bist du das wirklich?«

»Ich muss optimistisch sein. Ich kann und will nicht glauben, dass isländische Gerichte einen Unschuldigen zu Gefängnishaft verurteilen.«

Ach nein?

Als wir am Nachmittag im Bezirksgericht erscheinen, erfahren wir, dass die Goldjungs einen neuen Trumpf in die Hand bekommen haben.

Der ausländische Videospezialist hat ihnen eine Erklärung seiner vorläufigen Untersuchungsergebnisse zukommen lassen. Die Essenz daraus ist, dass das Video an dem Tag aufgenommen wurde und zu der Zeit, die auf dem Filmmaterial eingeblendet ist.

Scheiße!

Die Goldjungs betrachten diese Aussage als endgültige Bestätigung dafür, dass Adalgrímur an Ort und Stelle war, als der Mord begangen wurde. Daran würde kein Zweifel mehr bestehen.

Ich fluche innerlich vor mich hin.

Hat mich Adalgrímur dann die ganze Zeit belogen?

Der Bezirksrichter scheint der Ansicht zu sein. Dieses Mal nimmt er sich keine Bedenkzeit. Verurteilt Adalgrímur ohne zu zögern zu vier Wochen Untersuchungshaft.

Vielleicht muss ich mich am Ende mit dem Ergebnis abfinden, dass Adalgrímur ein Lügner ist. Und dass er auch mich angelogen hat.

Denn was hat der einzig wahre Sherlock Holmes doch seinerzeit noch gesagt: Wenn du das Unmögliche ausgeschlossen hast, muss das, was übrig bleibt – wie unwahrscheinlich es auch immer ist – die Wahrheit sein.

Der ausländische Spezialist hat die Möglichkeit, dass das Überwachungsvideo eine alte Aufnahme von Sjöfn und Adalgrímur mit geändertem Datum ist, ein für alle Mal ausgeschlossen.

Das Video wurde also nur ein paar Minuten vor dem Mord gefilmt. Das ist eine unumgängliche Tatsache.

21. KAPITEL

Dieser verfluchte Máki!

Ich bin völlig damit beschäftigt, eine Begründung für den Einspruch beim Obersten Gericht zu formulieren, als ich den ersten Anruf bekomme. Und dann einen nach dem anderen.

Die Gesprächspartner lassen durchblicken, dass Máki einen Klatschartikel ins Netz gesetzt hat, in dem behauptet wird, dass Geirfinnur Einarsson irgendwo in den Staaten lebt. Ein Mann dieses Namens habe sich neulich mit der Botschaft in Washington in Verbindung gesetzt und ebenfalls mit einer Anwältin, die in der letzten Zeit viel in den Nachrichten war.

Die Quintessenz davon ist, dass jetzt alle Journalisten bei mir anrufen und die Neuigkeit bestätigt haben wollen.

Was für ein Idiot!

Ich schüre meine Rachegelüste Máki gegenüber, während ich mir überlege, auf welche Weise man auf diese trampelige Steilvorlage am besten reagiert.

Beginne dann selber zu telefonieren.

Bei ihm ist besetzt. Schuft! Es dauert zwanzig Minuten, bis ich endlich zu ihm durchkomme.

Die ganze Zeit werde ich immer wütender auf Máki. Meine Rage lädt sich auf wie Druck in einem geschlossenen Raum, der darauf wartet, in die Luft zu fliegen.

»Weißt du eigentlich, was du mir da antust?«, keife ich, als ich ihn endlich an der Strippe habe.

»Mach mal halblang«, sagt er nur. »Merkst du denn nicht, was für eine tolle, kostenlose Werbung das für dich ist?«

»Ich brauche keine verdammte Werbung!«

»Das wird garantiert die Nachricht des Jahres, wenn nicht des Jahrhunderts«, fährt Máki fort. »Dein Name wird in den Geschichtsbüchern stehen!«

»Hör auf mit dem Blödsinn!«

»Ich habe mit jeder Menge Leuten in der Botschaft in Washington gesprochen und fand schließlich dieses Mädchen, das sich an das Telefonat erinnern konnte, das du mir gesteckt hast«, antwortet er. »Die Sache ist wasserdicht.«

»Was für ein Mädchen?«

»Ich verrate meine Informanten nicht.«

»Schwachsinn. Du hast mich verraten.«

»Das war keine Absicht.«

»Du hast alle Geier direkt auf mich verwiesen.«

»Sorry. Daran habe ich nicht gedacht.«

»Ich vertraue dir nie wieder etwas an.«

»Sei doch nicht so fies zu mir!«

»Nie wieder!«

Ich beende das Gespräch. Lehne mich in meinem Chefsessel zurück. Atme immer wieder tief ein. Brauche ein paar Minuten, bis ich mich wieder beruhigt habe.

Das Telefon klingelt schon wieder.

Ich muss die gleichen Worte so oft wiederholen wie noch nie zuvor:

»Ich habe nichts zur Sache zu sagen.«

Die Aufdringlichsten geben erst auf, nachdem sie alle Möglichkeiten ausgereizt haben. Stellen unzählige Fragen.

Aber bekommen immer die gleiche Antwort.

Aber es sind nicht nur die Pressegeier der Massenmedien, die anrufen. Alle möglichen Leute sind der Meinung, dass sie ein Recht darauf haben zu wissen, ob ich mit Geirfinnur Einarsson in Kontakt stehe.

Ich reiße den Hörer erneut vom Telefon.

»Ich sage kein Wort!«, zetere ich gleich los, ohne eine Frage abzuwarten.

»Wie bitte?«, fragt die Stimme am Telefon.

Uff!

Das ist der Beknackte aus Amerika. Der Held des Tages.

»Hast du meine E-Mail gekriegt?«, fragt er.

»Das muss aufhören«, sage ich barsch, ohne auf die Frage einzugehen.

»Wie, aufhören?«

Ich berichte ihm von Mákis Klatsch im Internet.

»In den nächsten Tagen wird wegen dieser Nachricht in den Medien mit Sicherheit alles drunter und drüber gehen«, füge ich hinzu. »Aber du kannst die ganze Sache im Handumdrehen abwürgen, indem du dich stellst und den Goldjungs die Wahrheit sagst.«

»Was für Goldjungs?«

»Der Polizei.«

Im Telefon ist es eine Weile still.

»Wenn ich das mache, was machen sie dann für mich?«

»Sie werden dich zweifellos eingehend verhören, um offiziell bestätigt zu bekommen, dass du nicht Geirfinnur Einarsson bist, sondern irgendein Krimineller, der die Psycho-Schiene fährt. Das wird ihr einziges Interesse sein.«

»Aber ich bin doch kein Verbrecher.«

»Nicht? Wohnst du vielleicht legal in den Staaten? Wenn du da überhaupt bist?«

»Okay, aber ich habe in Island kein Verbrechen begangen.«

Wieder Stille.

»*Christ!*«, sagt er schließlich aufgebracht, »ich wollte

einfach nur meine Ruhe, für die Zeit, die ich noch habe, *you see,* die paar Wochen, und keinen Aufstand!«

»Du hast doch ganz sicher bei der Botschaft angerufen?«, frage ich. »Oder?«

»*Yes, but* jetzt ich bin *sorry.* Wäre wohl besser gewesen, wenn ich einfach weitergemacht hätte wie bisher, *right*?«

»So ist das Leben.«

»*Hopeless*«, sagt er. Bittere Resignation schwingt in der Stimme mit.

»Ich könnte vielleicht vermitteln«, schlage ich vor, nachdem ich einen Moment nachgedacht habe. »Wenn du mir irgendeine Art von Beweis zukommen lässt, wer du in Wirklichkeit bist, kann ich diesen Blödsinn in null Komma nichts ersticken.«

Er seufzt am Telefon.

»Ansonsten rede ich nie wieder mit dir«, füge ich hinzu.

»Aber ich habe *no proof*«, antwortet er. »Nur Erinnerungen.«

»Vielleicht ist genau das die Erklärung? Dass du dein Gedächtnis verloren hast? Und deshalb diesen Quatsch erdichtet hast?«

»*No, no,* das ist kein Gedächtnisschwund!«, ruft er ins Telefon. »Ich weiß, dass ich Geirfinnur Einarsson heiße, geboren am 7. September 1942 auf Dalaland in Vopnafjördur, habe in der Brekkubraut 15 in Keflavík gewohnt, und von dort aus bin ich im November 1974 nach Amerika gefahren. Ich weiß das alles noch. *No problem.*«

Unglaublich, wie der sich in die fixe Idee hineinlebt.

Was zum Teufel soll ich bloß tun?

Ich durchdenke die Möglichkeiten.

Es sind zwei.

Entweder aufgeben und den Kerl abweisen. Endgültig.

Oder noch einmal versuchen, ihn zur Vernunft zu bringen.

Die zweite Möglichkeit behält die Oberhand.

»Wie du vielleicht weißt, gibt es eine Möglichkeit, diese Sache ein für alle Mal ins Reine zu bringen.«

»Welche?«

»Indem man eine DNA-Analyse deines Erbgutes erstellt und sie mit dem der Verwandten von Geirfinnur Einarsson vergleicht. Damit ist die Sache aus der Welt.«

»Ich habe keine Ahnung von so was.«

»Das ist ganz einfach. Ein Labor benötigt nur eine kleine Probe von dir. Speichel, Haare oder Blut. Nichts anderes.«

Er räuspert sich ständig.

»Aber du traust dich natürlich nicht, an so einer Untersuchung teilzunehmen«, füge ich hinzu. Höhnisch. »Denn das würde ja deine Lüge sofort aufdecken, und dann würde die Sache ja keinen Spaß mehr machen.«

Er überrascht mich. Schluckt den Köder.

»Kannst du das für mich erledigen?«, fragt er.

»Wenn du mir eine Probe schickst, kann ich das für dich untersuchen lassen.«

»Würdest du sie auch holen kommen?«

»Holen kommen? In Amerika?«

»*Yes.*«

»Ich habe jetzt keine Zeit, mich im Ausland herumzutreiben.«

»Geld ist *no problem*. Ich zahle.«

Ich finde die Idee total abwegig.

»Okay«, sagt er bestimmt, »ich bin *ready,* so einen Test zu machen, wenn du zu mir kommst und wir zusammen reden können, nur wir beide. Ich möchte dich treffen, bevor alles aus ist.«

Während ich mir die Sache überlege, rufe ich seine Mail auf und öffne sie. Habe das Gefühl, dass irgendwas im Text meine Gehirnzellen nervt.

Aber was?

Ich lese den Text noch mal genau durch.

Da ist es:

habe nur einmal einen islaender getroffen, an den ich mich erinnern konnte, aber der hat nichts zu dem thema gesagt.

»Dieser alte Bekannte, den du angeblich in Amerika getroffen hast«, frage ich ihn streng. »Wann war das?«

Der Kerl zögert die Antwort hinaus.

»Wenn ich mich richtig erinnere, habe ich ihn vor '90 getroffen«, antwortet er schließlich. »Aber du weißt, damals, in den sechziger Jahren, habe ich am Wasserkraftwerk Búrfellsvirkjun gearbeitet, und da war er oft im Büro. Taffer Typ. Ich hab ihm Selbstgebrauten besorgt.«

»Als ihr euch wieder traft – hast du ihm gesagt, wie du heißt?«

»*No, no,* aber wir haben uns auf Isländisch unterhalten und ich war *sure,* dass er mich auch wiedererkannt hat.«

»Wie heißt er?«

»Er nannte sich Alli. Sein Papa hatte einen Auftrag da in den Bergen, *you see,* und hatte so einen ... wie heißt das noch ... einen Nachnamen. Ich weiß es nicht genau, Nordal *maybe,* oder Sunndal ... oder Hraundal, irgendwas mit – dal jedenfalls.«

Alli Sunndal?

Mein Hals ist plötzlich ausgetrocknet.

»Wie sah er aus?«, frage ich heiser. »Als du ihn da in Amerika getroffen hast?«

Seine Beschreibung untermauert meinen furchtbaren Verdacht.

»Ruf mich am Sonntag wieder an«, sage ich kurz angebunden. »Dann bekommst du eine Antwort.«

Was zum Kuckuck ist eigentlich los?

Ich schalte den Anrufbeantworter ein. Schließe das Büro ab. Gehe hoch in den ersten Stock. Schmeiße mich unter die knallheiße Dusche. Grabsche mir auf dem Weg ins Wohnzimmer im Vorbeigehen die schwarze Jackie-Flasche aus dem Weinschrank. Lege mich aufs Sofa. Kippe mir einen.

Geirfinnur Einarsson und Adalgrímur Sunndal?

Ausgeschlossen!

Ich versuche, so gut ich kann, mich selber davon zu überzeugen, dass das alles verdammter Schwachsinn ist.

Erstens ist Geirfinnur Einarsson nicht am Leben.

Zweitens ist es undenkbar, dass ein Richter am Obersten Gericht, der zufällig dahinter käme, dass Geirfinnur Einarsson noch lebt, solches Wissen geheim halten würde.

Auch nicht Adalgrímur Sunndal.

Ein solches Schweigen wäre ein wissentliches Vertuschen. Teilnahme an vielfachem Gerichtsmord.

Die Fernsehnachrichten haben angefangen. Alles dreht sich um Geirfinnur.

Wie ich erwartet habe.

Máki sonnt sich im Scheinwerferlicht. Allerdings ohne etwas Neues mitteilen zu können.

Dem Botschafter in Washington hingegen ist nicht bekannt, dass jemand, der sich Geirfinnur Einarsson nennt, angerufen haben soll, und sagt, dass auch niemand anderes in der Botschaft davon weiß – es müsse sich um einen verfrühten Aprilscherz handeln.

Trotzdem wird die Gelegenheit genutzt, um wieder einmal an die damaligen Ermittlungen zum Geirfinnsfall zu erinnern und eine mögliche Wiederaufnahme des Falles zu erörtern.

Durch den Klatsch im Internet sind alle anderen Neuigkeiten in den Medien auf die hinteren Ränge verbannt worden. Zum ersten Mal seit vielen Tagen wird der Mord am Obersten Gericht nicht erwähnt.

Jackie breitet sich im ganzen Körper aus.

Aber ich fühle mich trotzdem nicht wohl.

Ich mache den Fernseher aus. Nehme meinen kuscheligsten Liebhaber mit mir ins Bett. Meinen Hausfreund, der mich nie im Stich lässt. Lege mich unter die Decke.

Ist Adalgrímur wirklich so ein verdammter Trampel und Idiot, der es vollkommen verdient hat, ein paar Jahre im Gefängnis zu sitzen?

Ich darf so nicht denken. Jedenfalls nicht, solange er mein Klient ist.

Aber vielleicht wandert er sowieso ins Gefängnis?

Jedenfalls scheint die Aufnahme der Überwachungskamera ein unwiderlegbares Beweisstück zu sein, an dem man einfach nicht vorbeikommt.

Oder doch?

22. KAPITEL

Donnerstag

Natürlich!

Die Idee hat wahrscheinlich die ganze Nacht schon im Unterbewusstsein gegoren.

Jedenfalls erscheint sie vollkommen und anschaulich in meinem Kopf, als ich wach werde. Zieht wie ein Film an meinem inneren Auge vorbei.

Ja!

Genau so könnte es passiert sein.

Ich fahre in meine weichen Hausschlappen und den warmen Bademantel. Tippele hinunter ins Büro.

Öffne den einen Aktenschrank.

Hole mir die Kopie der Aufnahmen von der Überwachungskamera im Obersten Gericht. Schiebe die Kassette ins Videogerät.

Grabsche nach der Fernbedienung und betrachte mir die Bilder genau. Diese knappe Minute, in der man Sjöfn und Adalgrímur zusammen durch den Nordeingang die kupferverkleidete Burg der Gerechtigkeit betreten sieht. Und die zwanzig Sekunden, in denen man Adalgrímur von hinten sieht, als er das Haus wieder verlässt.

Studiere jedes noch so kleine Detail. Immer wieder.

Adalgrímur hat einen dicken Wintermantel an. Und einen Hut mit breiter Krempe auf dem Kopf. Tief in die Stirn gezogen.

Die Kamera filmt daher nur einen Teil seines Gesichts. Und auch das nur für ein paar Sekunden.

Der Mann auf dem Video schaut nie hoch. Er guckt die ganze Zeit auf seine Füße.

Deshalb sieht man nie seine Augen. Nicht für eine einzige Sekunde.

Für einen Moment kann man den unteren Rand der Lider erkennen.

Allerdings hält die Linse die Nase fest, die Wangen, Lippen und das Kinn.

Alles andere ist unter Kleidung verborgen.

Auf dem Weg nach draußen sieht man Adalgrímur nur von hinten. Die ganze Zeit.

Aber ist er es wirklich?

Diese Gestalt könnte genauso gut jemand anderes sein. Irgendwer, der sich genial als jemand anderes verkleiden kann.

Wie Matti.

Der Gedanke ist wahnsinnig. Aber ist er auch realistisch?

Zuerst brauche ich genauere Informationen. Das ist die Aufgabe Nummer eins.

Audur!

Sie weiß mehr über Matti und seine Verkleidungen als irgendjemand sonst.

Sie muss mir helfen.

Ich nehme das Telefon. Erreiche Audur. Überrede sie dazu, mich zum Mittagessen in einem Restaurant zu treffen. Ohne ihr mein Anliegen zu verraten.

Flitze wieder die Treppe hoch. Pinsele mir ein bisschen Farbe ins Gesicht. Ziehe mich schnell an. Schaufele herrlich süße, südliche Ananas in mich hinein. Bringe meine Gehirnzellen mit zwei Tassen kohlrabenschwarzem Espresso auf Trab.

Versuche dabei, im Geiste Begründungen für diese neue Lösung des Mordes am Obersten Gericht zu finden.

Sie ist wahrscheinlich. Wenn die Voraussetzungen stimmen.

Meine These lautet, dass Matti und Sjöfn zusammen Erpressung betrieben haben. Aber als Sjöfn sich in Adalgrímur verliebt hat, hat sie aufgehört, ihm Geld unter Zwang abzunehmen.

Matti muss einen derartigen Sinneswandel ihrerseits schlecht aufgenommen haben.

Nicht nur, weil ihm dadurch viel Geld durch die Lappen ging.

Sjöfn konnte in dieser neuen und unerwarteten Rolle, die sie sich ausgesucht hatte, eine Bedrohung für ihn sein. Sie wusste sicher genug über seinen kriminellen Werdegang, um ihn ins Unglück zu stürzen.

Matti hatte daher ein eindeutiges Mordmotiv.

Wenn …

Ich setze mich an den Computer. Checke Nachrichten auf dem Anrufbeantworter ab. Höre mir alles an, was seit gestern Abend auf Band gesprochen wurde. Sehe keinen Grund, warum ich die meisten von ihnen sofort beantworten sollte.

Versuche dann, mich um andere Aufgaben zu kümmern, die zu bearbeiten sind.

Aber ich kann mich auf nichts richtig konzentrieren. Ich denke die ganze Zeit über den Mord am Obersten Gericht nach. Sjöfn und Matti.

Schließlich mache ich mich auf in die Innenstadt. Um Audur zu treffen.

Sie versteht sich in der Kunst, zuzuhören. Wie ein Psychologe im Kino.

Oder eine verständnisvolle Mutter.

Deshalb ist es mit unserem Mittagessen schon weit gediehen, als mir bewusst wird, dass sie kaum ein Wort aus eigenem Antrieb gesagt hat. Hat nur mit sichtbarem Interesse meinen Ausführungen über Dísas Niederträchtigkeit zugehört, die mich bestimmt auf Mattis Geheiß im dunklen Keller eingeschlossen hat.

»Was glaubst du?«, frage ich schließlich.

Sie guckt mich mit diesen wachen Augen an.

»Dir eine Falle dieser Art zu stellen, ist sowohl kindisch als auch dramatisch, und könnte daher zu Matti passen«, antwortet sie ruhig. »Und wenn Dísa auch noch gestanden hat, wenn auch indirekt, gibt es dann noch einen Grund, zu zweifeln?«

»Ich habe es jedenfalls als Geständnis aufgefasst.«

»Eben.«

Sie lächelt aufmunternd. Aber betrachtet mich dabei möglichst unauffällig eingehend.

Da komme ich zum Thema.

»Ist Matti wirklich so ein toller Imitator, wie behauptet wird?«

»Früher hat er das oft gemacht«, antwortet Audur. »Matti hat ein paar Jahre davon gelebt, auf Betriebsfesten und anderen Veranstaltungen als Unterhalter aufzutreten.«

»Und da hat er sich als bekannte Persönlichkeiten verkleidet?«

»Ja, er hat meistens Politiker und andere, die alle aus dem Fernsehen kennen, nachgemacht, manche davon wirklich brillant.«

»Hat er Perücken und Ähnliches benutzt?«

»Aber natürlich. Ein guter Imitator muss nicht nur wie das Original reden und sich bewegen, sondern auch das Aussehen so perfekt wie möglich kopieren. Den Zuschauern müssen die Stimme und das Äußere bekannt vorkommen.«

»Und Matti ist einer der Besten in dieser Kunst?«

»Ich denke, dass die meisten in der Schauspielszene dem zustimmen, egal, was sie sonst von ihm halten.«

Der tiefschwarze Kaffee wird langsam kalt.

Ich lasse die Stille eine Weile sprechen. Stelle die Tasse wieder auf den Tisch. Schaue ihr dann direkt in die Augen.

»Ihm ist es besonders gut gelungen, Adalgrímur darzustellen, nicht wahr?«

Die Frage kommt für Audur völlig überraschend. Das lässt sich nicht verbergen.

»Hat dir jemand davon erzählt?«, fragt sie.

»Stimmt es denn nicht?«

Sie starrt mich an. Als ob sie versuchen würde, herauszufinden, was hinter dieser Frage steckt.

Schließlich nickt sie.

»Doch, ja, Adalgrímur war einer von diesen öffentlichen Personen, die Matti sehr treffend nachahmen konnte.«

»Gibt es Bilder von ihm in dieser Rolle?«

»Du kannst dir wohl vorstellen, dass Matti von Kameras genauso begeistert ist wie von Spiegeln«, antwortet sie lächelnd.

»Wo kann ich mir diese Filme angucken?«

»Wahrscheinlich musst du Matti selber danach fragen.«

»Hast du keine Fotos?«

»Nicht von ihm als Adalgrímur verkleidet.«

»Also Matti ist der Einzige, der solche Bilder besitzt?«

»Mir fällt niemand anderes auf die Schnelle ein«, antwortet Audur. »Lass dir von ihm morgen die Videos zeigen.«

Ich schaue sie fragend an.

»Es ist hoffnungslos, in einem Schauspielhaus ein Geheimnis wahren zu wollen«, fährt sie fort und lächelt schwach. »Außerdem hat Matti mit dieser Einladung geprahlt, als ob sie eine fantastische Premiere wäre.«

»Vielleicht hat er ja auch Eintrittskarten verkauft?«

Audurs Lachen ist sympathisch. Aber ihre Heiterkeit reicht nicht bis in die Augen.

»Das wäre ihm zuzutrauen«, antwortet sie, »oder zumindest ein Video für danach.«

»Er hat doch wohl kaum eine versteckte Kamera in seinem Ferienhaus?«

»An deiner Stelle würde ich mit dieser Möglichkeit rechnen.«

Audur ist auf ihre Art nett.

Ich gucke sie eine Weile schweigend an. Überlege, ob es nicht gut sei, meine neue Idee erst mal an ihr zu überprüfen. Mal sehen, wie sie reagiert.

»Ich habe eine Theorie«, sage ich schließlich.

»Ja?«

»Die Goldjungs sind der Ansicht, dass Adalgrímur mit Sjöfn ins Gebäude des Obersten Gerichts gegangen ist und sie dort ermordet hat. Ich hingegen neige zur Annahme, dass Matti an diesem Tag Sjöfns Begleiter war, der sich als Adalgrímur verkleidet hat.«

Sie starrt mich eine geraume Weile an. Schweigend.

»Aber in den Nachrichten wurde doch gesagt, dass auf einer Überwachungskamera festgehalten wurde, wie sie zusammen ins Haus gingen«, sagt sie schließlich. »Stimmt es denn nicht?«

»Die Aufnahme ist vorhanden, aber ich bin überzeugt davon, dass der Mann auf dem Film nicht Adalgrímur ist.«

Audur zerbricht sich einen Moment den Kopf.

»Behauptest du wirklich, dass Matti der Mörder ist?«, fragt sie.

»Ja.«

»Ist die Polizei der gleichen Meinung?«

»Noch nicht.«

»Aber wir haben doch alle geglaubt, dass der Fall als gelöst gilt, weil alle Beweise so eindeutig auf Adalgrímur deuten?«

»Ich bin anderer Ansicht. Findest du es undenkbar, dass Matti ein Mörder sein könnte?«

Sie zögert die Antwort heraus.

»Du musst dir im Klaren sein, dass deine Theorie mich völlig überrumpelt«, sagt sie schließlich. »Ich brauche ein bisschen Zeit, um diese unglaubliche Sache zu verarbeiten.«

»Verständlicherweise.«

Sie schaut mir direkt in die Augen:

»Andererseits habe ich im Leben die Erfahrung gemacht, dass nichts undenkbar ist«, sagt sie leise. »Selbst Leute, die du sehr gut zu kennen glaubst, können plötzlich etwas anstellen, von dem du nie gedacht hättest, dass sie dazu in der Lage wären. Etwas Schreckliches.«

»Und das betrifft auch Matti?«

Audur nickt.

23. KAPITEL

Kurz nach Mitternacht schrecke ich auf.

Liege auf dem Rücken im Bett. Mit Harpa im Arm. Die Decke ist auf den Boden gerutscht.

Ich finde es heiß im Schlafzimmer. Obwohl ich nackt bin.

Alle Lampen sind an. Wir müssen wohl eingeschlafen sein, ohne sie ausgemacht zu haben.

Ich bleibe noch eine Weile bewegungslos mit ihrem Kopf auf meinen nackten Brüsten liegen. Lausche ihren ruhigen Atemzügen in der nächtlichen Stille. Spüre auch, wie ihr Herz schlägt.

Merkwürdig. Ihr Herzschlag scheint irgendwie nicht im Takt mit meinem zu sein.

Mindestens fünf Stunden sind vergangen, seit Harpa auf ihrem Motorrad vorgefahren ist und es vor meiner Eingangstür abgestellt hat.

Ich habe noch mit Volldampf im Büro gewütet. Ließ sie eine Weile mir gegenüber am Schreibtisch warten. Mit dem glänzenden schwarzen Helm in den Händen.

»Du bist gegangen, ohne dich zu verabschieden«, sagte ich schließlich.

Sie errötete sofort.

»Ich wollte dich nicht wecken«, murmelte sie.

»Das war schon okay.«

»Dísa hat mir erzählt, was dir am letzten Wochenende

im Keller passiert ist«, fuhr sie fort. »Hast du dich von dem Schock wieder erholt?«

»Sie hat mich eine ganze Nacht lang eingesperrt. Weißt du davon?«

Harpa nickte.

»Dísa hat auch gesagt, dass Matti dich morgen in sein Ferienhaus eingeladen hat«, fügte sie hinzu. »Willst du hingehen?«

»Ich denke schon.«

»Du bist doch vorsichtig, nicht?«

»Wie meinst du das?«

»Nur so.«

»Wie, nur so?«

Sie atmete einmal tief ein. Nahm ihren Mut zusammen.

»Es ist bekannt, dass er schon so manche im Ferienhaus schlecht behandelt hat.«

»Inwiefern schlecht?«

»Normalerweise schüttet er etwas in den Wein, so dass du dich erst viel später an alles erinnerst. Manche sagen, dass er Buttersäurepillen benutzt oder irgendwas in der Art, und dann macht er Fotos von einem und so weiter.«

»Sprichst du aus eigener Erfahrung?«

Harpa errötete schon wieder.

»Ich wollte dich nur warnen«, sagte sie schüchtern.

Wir guckten uns eine Weile in die Augen.

Dann stand ich auf. Ging langsam zu ihr hin. Fuhr mit meinen Fingern durch ihr seidenweiches tiefrotes Haar.

»Danke«, flüsterte ich in ihr Ohr.

Die Berührung ließ sie erschauern.

Schloss dann die Augen. Wendete mir ihr Gesicht ganz automatisch entgegen.

Wartete auf den Kuss.

Es dauerte nicht lange, bis ich ihre kindische Schüchternheit vertrieben hatte. Meine fordernden Lippen und geübten Finger weckten schnell eine ungestüme Leidenschaft, über die Harpa jegliche Kontrolle verlor.

Ich genoss es, auf ihrem Körper wie auf einem lebendigen Instrument zu spielen. Zu fühlen, wie hemmungslos sie auf jede neue Berührung reagierte. Und zu hören, wie ihr instinktives, wollüstiges Stöhnen ständig lauter wurde. Ungehemmter.

Danach schlief sie in meinen Armen ein.

Ich möchte sie nicht wecken. Aber ich muss noch mal aufstehen.

Schließlich schiebe ich meine Hand vorsichtig in ihren Nacken. Rolle sie behutsam von mir herunter. Es gelingt mir, ohne sie aufzuwecken.

Ich betrachte sie eine Weile im Schlaf.

Sie hat einen tollen Körper. Wie eine römische Liebesgöttin.

Ich setze mich an Harpas Seite. Beuge mich über sie. Kämme ihren leuchtend roten Schatz mit meinen Fingern. Ganz sanft.

Erlaube dem weichen Haar, ihre auffällig großen Brüste zu umschmeicheln.

Sie scheint die Berührung im Schlaf wahrzunehmen. Streckt ihre Beine aus. Spannt sich an. Hebt mir ihren Unterbauch entgegen.

Aber entspannt sich danach wieder. Öffnet ihre Oberschenkel ein wenig. Bleibt so ruhig liegen. Als ob sie darauf warten würde, dass ich sie berühre.

Versuchungen! Versuchungen!

Es wäre jetzt wirklich schön, sie wieder mit den Lippen zu wecken.

Aber ich nötige mich, es sein zu lassen.

Stehe stattdessen auf. Hebe die Decke auf, die wir im Eifer des Gefechts auf den Boden geworfen haben. Decke den nackten Körper vorsichtig zu.

Kurze Zeit später sitze ich in meinem schwarzen Chefsessel im Büro und mache den Computer an. Warte darauf, dass das Gerät die Programme von der Festplatte lädt.

Währenddessen strecke ich mich nach meiner Flasche in der untersten Schublade. Schenke mir ein halbes Glas ein.

Genehmige mir einen anständigen Schluck Jackie pur.

Und noch einen.

Natürlich soll Harpa nicht Ludmilla ersetzen. Das ist völlig klar.

Das jetzt ist nur ein Spiel. Begierde. Nichts anderes oder mehr.

Früher hatte ich so was immer völlig im Griff. Habe immer genau darauf geachtet, mich nicht zu fest an jemanden zu binden. Die Beziehung sollte sich jederzeit ohne Aufstand beenden lassen. Trank auf ex und schmiss den Becher achtlos auf die Seite.

Natürlich möchte ich weiterhin das Leben genießen. Die Möglichkeiten ergreifen, die sich bieten. Spaß an dem haben, was mich jedes Mal begeistert. An allem, was ich gerne haben möchte. Aber nur für einen Moment.

Ich muss aufpassen, dass ich die Initiative immer selbst ergreife.

Und zur richtigen Zeit aufhöre. Bevor es zu spät ist.

Keine unlösbaren Beziehungen. Das ist der Dreh.

Ich genehmige mir noch einen Schluck, bevor ich die E-Mail öffne.

Habe schon auf die Antwort auf eine Anfrage gewartet, die ich heute Morgen losgeschickt hatte. Eine Liste über alle Bauunternehmer, die in den sechziger Jahren am Bau des Búrfell-Wasserkraftwerkes auf die eine oder andere Weise beteiligt waren.

Die Liste ist gekommen.

Ich brauche nicht lange, um das zu finden, was ich gesucht habe.

Adalgrímur arbeitete einen Sommer lang für die Firma seines Vaters beim Bau dieser Wasserkraftanlage. Zur gleichen Zeit, als Geirfinnur auf der Baustelle war.

Also stimmt doch etwas von dem, was er sich so ausdenkt. Der Kerl aus Amerika.

Wenigstens dieses eine kleine Körnchen Wahrheit.

Aber das bedeutet noch nicht endgültig, dass sie sich auch gekannt haben. Den Listen zufolge haben Hunderte von Leuten in diesem Sommer im Hochland gearbeitet.

Trotzdem bin ich nicht beruhigt.

So wie es jetzt aussieht, werde ich wohl intensiver nachforschen müssen, wer dieser Mann im Wilden Westen ist. Ehrensache.

Ich muss seine Behauptungen eine nach der anderen auf ihren Wahrheitsgehalt abklopfen. Muss im Anschluss daran abwägen, ob ich etwas Wasserdichtes in den Händen halte.

Vielleicht sollte ich doch mal kurz nach Amerika fliegen? Wie der Typ vorgeschlagen hat?

Ich mache den Computer aus. Trinke den restlichen Jackie im Glas auf ex.

Gehe dann langsam die Treppe hoch. Ins Schlafzimmer.

Harpa schläft immer noch.

Die Bettdecke ist heruntergerutscht, so dass ihre Brüste frei liegen.

Sie strecken sich mir entgegen. Als ob sie mich herausfordern würden.

Zum Kuckuck noch mal!

Ich lasse meinen Bademantel auf den Fußboden fallen. Ziehe Harpa ganz langsam die Bettdecke weg.

Beuge mich dann über sie. Und versuche, mich in den verführerischsten Wecker der Welt zu verwandeln.

24. KAPITEL

Freitag

Heute mache ich das Büro früh zu.

Stelle den Anrufbeantworter an. Schalte das Handy aus. Schließe die Haustüre ab.

Lasse dann ein duftendes Schaumbad in die Wanne einlaufen.

Es kommt natürlich nicht in Frage, die Einladung auszuschlagen, trotz der warnenden Worte von Audur und Harpa.

Das ist nicht mein Stil.

Außerdem kann man ja nie wissen, ob dieser Nahkampf mit dem Feind mir nicht wichtige Informationen über Sjöfn und Matti bringt. Vielleicht bekomme ich sogar Hinweise auf Material, das die Goldjungs dazu nötigen könnte, die Möglichkeit in Betracht zu ziehen, dass jemand anderes als Adalgrímur schuldig am Mord im Obersten Gericht ist.

Ich habe auch vor Matti, dem finsteren Schurken, keine Angst. Ich habe mich trotzdem auf das Schlimmste vorbereitet. Sicherheitsvorkehrungen getroffen.

»Aaah!«

Wie angenehm es doch ist, sich langsam in ein heißes Schaumbad sinken zu lassen.

Ich dämmere in der Badewanne vor mich hin, als die Goldjungs kommen, um mich zu ärgern. Klingeln und klopfen an der Tür.

Schließlich sehe ich mich gezwungen, hinunterzugehen.

Wickele mir ein Handtuch um mein feuchtes Haar. Ziehe meinen rosa Bademantel und die weichen Hausschlappen an. Und tippele die Treppe herunter.

Gucke erst durch den Spion, bevor ich aufmache.

Die Obermacker haben Raggi geschickt. Wahrscheinlich nur deshalb, weil er manchmal mein Freund ist. Und Dagfinnur. Das junge, ernste Bürschlein, das die Computer und Monitore des Sonderkommandos überwacht hat. Beim Hinterhalt an der Kiesgrube, der mit einer Katastrophe endete. Kurz vor Weihnachten im letzten Jahr. In meinem Fall mit dem falschen Zeugen.

Der Kerl sieht durchtrainiert aus. Dunkelblond. Mit Igelschnitt.

Aber spricht mich nicht an.

Zuerst habe ich nicht übel Lust, sie rauszuschmeißen. Aber etwas in Raggis düsterem Gesichtsausdruck veranlasst mich dazu, sie ins Büro zu bitten.

Das Bürschlein schließt die Tür und stellt sich von innen davor, während Raggi sich stöhnend auf den Stuhl mir gegenüber setzt.

»Gehst du nicht mehr ans Telefon?«, fragt er und versucht, seinen dicken Körper auf dem engen Sitz einigermaßen angenehm unterzubringen.

»Wer weiß, vielleicht bin ich ja auch in die Ferien gefahren, wie euer läufiger Lustgreis«, antworte ich umgehend und ziehe den feuchten Bademantel enger vor mir zu.

»Entschuldige die Störung«, sagt er, »aber das hier eilt.«

»Immer dabei, die Welt zu retten, was?«

Raggi findet das gar nicht lustig. Er starrt mich schweigend eine gute Weile an.

»Du hast doch immer den richtigen Riecher, wenn es darum geht, alles auf den Kopf zu stellen«, fährt er dann fort. »Was hat dieser unerhörte Geirfinnswahnsinn eigentlich zu bedeuten?«

»Warum fragst du mich eigentlich danach?«

»Es sind zwei Quellen für dieses blödsinnige Gerücht genannt worden: zum einen ein Angestellter der Botschaft in Washington, zum anderen du. Der Botschafter hat jeden einzelnen Mitarbeiter da drüben verhört, und keiner weiß etwas von einem Anruf eines gewissen ›Geirfinnur‹, der in der Presse zitiert wird. Deshalb komme ich zu dir.«

»Hat jemand mich als seinen Informanten bezeichnet?«

»Wir wissen, dass Máki mit dir gesprochen hat, bevor er den Artikel veröffentlicht hat.«

»Wer behauptet das?«

»Ich weiß es einfach.«

Uff!

»Ist das hier ein Verhör oder was?«

»Es ist keine offizielle Ermittlung im Gange«, antwortet Raggi und unternimmt einen misslungenen Versuch, zu lächeln, »aber wenn diese Geschichte weiterhin durch die Presse spukt, kann es schon sein, dass der Fall von uns untersucht wird. Es ist ein übler Scherz, solche Gerüchte zu verbreiten, und deshalb ist es für alle am besten, wenn dieses Gerede umgehend im Keim erstickt wird.«

»Wie wollt ihr das erreichen?«

»Wie du weißt, hat die Botschaft in Washington bereits erklärt, dass kein Angestellter dieses vermeintliche Telefonat angenommen hat. Wenn du eine gleichartige Erklärung abgeben würdest, wäre die Sache aus der Welt.«

»So einfach ist das, wie?«

»Ja, so einfach ist das.«

»Ist die Behauptung der Botschaft richtig?«

»Hast du einen Grund, das zu bezweifeln?«, fragt Raggi scharf.

»Was ist denn mit Mákis Informanten in Amerika?«

»Máki hat mit ein paar Botschaftsangestellten gesprochen, aber keiner von ihnen hat zugegeben, ein Telefonat dieser Art angenommen zu haben. Wenn Máki etwas anderes behauptet, dann ist das ganz einfach falsch.«

Ich durchdenke den aktuellen Stand der Dinge eine Weile. Bemerke, wie der musternde Blick von beiden auf mir ruht.

Wer lügt, was dieses Gespräch angeht? Der Botschafter und das System? Oder Máki? Und damit auch dieser Typ im Wilden Westen?

Vor ein paar Tagen hätte ich ohne zu zögern auf Máki und diesen Dussel gewettet.

Aber jetzt nicht mehr.

Natürlich lasse ich mich nicht dazu verleiten, diese beiden Störenfriede anzulügen. Kann ja nicht Anrufe abstreiten, die ich tatsächlich bekommen habe.

Aber ich bin auch nicht bereit, meine Hände in Unschuld zu waschen, was den Knaben in Amerika angeht, und ihn auszuliefern.

Hätte das vielleicht noch vor einer Woche gemacht.

Aber jetzt nicht mehr. Es steht zu viel auf dem Spiel.

»Hier ist ein Entwurf für eine Erklärung«, sagt Raggi und angelt ein weißes Blatt aus seiner Brusttasche. »Aber du kannst natürlich schreiben, was du willst.«

»Ich unterschreibe nichts«, antworte ich, ohne den Text auch nur eines Blickes zu würdigen.

Er ist überrascht. Seine fetten Backen erbleichen.

»Du willst doch wohl nicht andeuten, dass du tatsächlich einen Anruf von einem Mann bekommen hast, der schon seit Jahrzehnten tot ist?«, fragt er nach langer Stille. Seine Stimme klingt heiser vor unterdrückter Aufregung und Wut.

»Zum jetzigen Zeitpunkt gebe ich zu dem Fall keinen Kommentar ab.«

»Kein Kommentar?«

Raggi hält sich mit festem Griff am Gestänge des Stuhles fest. Beugt sich vor. So weit, wie es sein Bauchspeck erlaubt. Und errötet.

»Kein Kommentar?«, wiederholt er mit lauter Stimme. »Willst du etwa diese blödsinnige Farce am Leben erhalten?«

»Momentan habe ich zu dem Fall nichts zu sagen«, wiederhole ich widerborstig. »Das ist eben so.«

Raggi starrt mich an. Mit seinen Gehirnzellen auf vollen Touren.

»Es gibt nur zwei Möglichkeiten«, sagt er schließlich. »Entweder hast du diese Geschichte erfunden, was mir bisher jedenfalls unwahrscheinlich vorkommt, oder du hast Kontakt zu jemandem, der mit falschen Karten spielt. Welche Möglichkeit ist zutreffend?«

Ich lächele. Aber antworte nicht.

»Wenn jemand dich auf diese Weise hinters Licht führt, hast du ihm gegenüber als Anwältin keine Verpflichtungen. Das wirst du doch wohl verstehen?«

»Ich möchte viel lieber über das Wetter reden.«

»Wir könnten den nächsten Anruf zurückverfolgen lassen und damit den Betrüger im Handumdrehen entlarven. Bist du dazu bereit?«

»Die Kälte macht mich total fertig.«

»Um Himmels willen, Stella, sei doch wenigstens einmal im Leben vernünftig und kooperativ!«

»Aber es sieht momentan nicht danach aus, als würde es in Bälde tauen.«

Raggi erhebt sich langsam. Bleibt eine Weile vor mir stehen. Mit herausgestrecktem Schmerbauch.

»Du spielst mit dem Feuer«, sagt er schwer. »Pass gut auf, dass die Flammen nicht außer Kontrolle geraten.«

Dagfinnur öffnet für Raggi die Tür. Sie verschwinden, ohne sich zu verabschieden.

Uff!

25. KAPITEL

»Der Gast trete ein, es soll ihm an nichts fehlen!«, sagt Matti strahlend, während er die Tür seines Ferienhauses mit theatralischer Gestik sperrangelweit aufreißt.

Der Kerl macht heute Abend auf Pinguin. Hat einen schwarzen Frack mit einem weißen Hemd angezogen. Als ob das hier ein offizielles Snob-Bankett wäre und nicht ein gemütliches Tête-à-Tête.

Er nimmt seinen Zylinder ab. Bittet mich ins Haus, indem er sich fast bis hinunter auf den Boden verbeugt.

Verdammter Schmierenkomödiant!

»War das deine eigene kreative Ader oder schon wieder ein Zitat?«, frage ich.

»Ich lieh die Worte des Meisters«, antwortet Matti.

»Ach du liebe Zeit!«

Ich bin immer noch schlecht gelaunt. Kann das nicht verbergen.

Und lasse Vorsicht walten.

Der Taxifahrer konnte das Ferienhaus schnell in der Abenddämmerung finden. Es war jedenfalls das einzige Sommerhaus direkt beim Hafravatn, einem See direkt oberhalb der Hauptstadt, wo man in den Fenstern Licht sah. Das Holzhaus ist außen aufwendig renoviert und innen luxuriös ausgestattet.

An einer Querseite befindet sich ein Wintergarten, in

dem es ziemlich dschungelähnlich aussieht. Das Wohnzimmer liegt in der Mitte des Hauses. Von dort aus kommt man in die Küche, aber die Schlafzimmer sind wahrscheinlich an der anderen Querseite.

Ich marschiere ins Wohnzimmer.

Matti hat den Tisch für zwei gedeckt.

Geschmackvolle Tischdecke. Flackerndes Kerzenlicht. Und große Gläser, die bis zum Rand voll mit dunkelrotem Rotwein gefüllt sind.

»Das ist mein Feuerwasser«, sage ich, nehme die Jackie-Flasche aus dem Beutel und stelle sie mitten auf den Tisch.

»Jack Daniels«, sagt Matti und verzieht das Gesicht. »Direkt aus dem Wilden Westen von Amerika importiert. Das wird ein Spaß!«

»Die Party ist erst beendet, wenn die Flasche leer ist.«

»Es wird dir nie gelingen, mich unter den Tisch zu trinken«, sagt Matti und lacht überheblich. »Ich gehe niemals unter.«

»Wie der Riese?«

»Was für ein Riese? Der, der Weihnachten gestohlen hat?«

»Nein, der, der gesunken ist.«

»Ach so! Die Titanic.«

Er nimmt die Fernbedienung in die Hand und drückt auf eine Taste.

Lebhafte Musik kommt aus zwei starken Lautsprechern, die jeweils in einem anderen Ende des Wohnzimmers stehen. Das Stück kommt mir bekannt vor.

»Ich fand Bizet zum Anfang sehr gelungen«, erklärt Matti und legt die Fernbedienung wieder ab, »weil du manchmal so carmenesk bist. Das macht das Ungestüme in dir, verstehst du. Aber sollen wir nicht einen Aperitif zu uns nehmen?«

Ich ergreife meinen Jackie.

»Dann hol uns mal Gläser«, sage ich und beginne, die Flasche zu öffnen.

»Ich hatte allerdings eher an etwas anderes, Kultivierteres gedacht.«

»Du hast doch wohl keine Angst vor dem Wilden Westen?«

»Nein, nein, aber in diesem Fall werde ich mich deinem Willen beugen.«

Matti holt zwei Whiskeygläser aus einer Vitrine im Wohnzimmer.

»Möge dieser Abend unvergesslich werden!«, sagt er lächelnd und hebt sein Glas in meine Richtung.

Wir stoßen an.

»Die Vorspeise ist jeden Moment fertig«, fährt er fort und verschwindet wieder in die Küche.

Eine Sache macht mir gleich Sorgen: Warum hat er den Rotwein schon in die Gläser eingeschenkt, bevor ich gekommen bin?

Die warnenden Worte schießen mir durch den Kopf. Dass Matti berühmt-berüchtigt dafür sei, Sedativmittel oder dergleichen in den Wein zu tun.

Ich checke mein Handy ab, das in meiner Jackentasche steckt.

Es hat ein Signal gefunden.

Harpa und ich hatten vereinbart, dass ich mich ab neun Uhr abends jede Stunde bei ihr melde. Also zum ersten Mal in zwei Stunden.

Wenn ich nicht zur vereinbarten Zeit bei ihr anrufe, meldet sie sich bei mir.

Und wenn ich nicht antworte, ruft sie den Rettungsdienst.

Total sicheres System.

Matti kommt mit der dampfend heißen Vorspeise wieder: überbackene Schnecken in Kräuterbutter. Stellt die Schüssel mitten auf den Tisch.

»Nimm doch bitte hier Platz«, sagt er und rückt den einen Stuhl vom Tisch ab.

»Warum nicht auf dem anderen Platz?«

»Ich fühle mich nicht wohl, wenn ich mit dem Rücken zu einem Fenster sitze«, antwortet er. »Frag mich nicht, warum – vielleicht wurde ich in einem früheren Leben von einem eifersüchtigen Ehemann ermordet, der sich durch ein offenes Fenster angeschlichen hat.«

Er lacht über seinen eigenen Witz.

Ich setze mich. Nehme das Besteck. Drehe die Gabel zwischen meinen Fingern hin und her, bis sie auf den Boden fällt.

»Hast du nicht eine andere?«, frage ich und hebe die Gabel auf.

»Wenn etwas herunterfällt, bringt das Glück«, antwortet Matti und eilt wieder in die Küche.

Ich mache mich schnell ans Werk, solange er nicht da ist. Tausche in Windeseile die Rotweingläser. Meins und seins.

Sich hinterher absichern ist zu spät.

Das Essen schmeckt unglaublich gut.

Matti bemüht sich, ein unterhaltsamer Gastgeber zu sein. Erzählt eine lustige Begebenheit nach der anderen. Macht die schrägsten Leute nach.

Er hat zu jedem einzelnen Thema, das er anschneidet, eine dezidierte Meinung.

Und zitiert endlos Shakespeare.

Schnell fragt er auch besorgt nach meinem Rotwein. Bemerkt, dass ich so wenig davon trinke.

Ich habe keine Lust, eine Entschuldigung zu erfinden. Mache einfach weiter wie bisher: Nippe ab und zu mal am Wein. Obwohl ich sein Glas habe.

Vorsicht ist die Mutter der Porzellankiste.

Er leert sein Rotweinglas schnell. Und das nächste auch. Ohne dass ich eine anormale Veränderung an ihm feststellen kann.

Vielleicht hat Harpa sich alles nur eingebildet?

Nach dem Essen lasse ich mich auf dem Sofa nieder, während Matti den Kaffee holt. Habe Jackie bei mir. Weigere mich, ihn gegen Cognac einzutauschen.

»Die Flasche ist immer noch fast voll«, sage ich. »Du musst die Hälfte trinken, sonst bist du bei der Prüfung durchgefallen.«

Er gibt nach. Schenkt sich Jackie ein, um mir Gesellschaft zu leisten.

»Wohnst du das ganze Jahr über in dieser Hütte?«, frage ich und schaue mich im Wohnzimmer um.

»Ja, seit Audur mich aus unserem gemeinsamen Bett im Thingholt* vertrieben hat.«

»Hattest du das nicht verdient?«

»Nein, nein, überhaupt nicht, es war doch eigentlich von Anfang an klar, dass Audurs und meine Beziehung über so etwas Lächerliches wie Eifersucht erhaben war«, antwortet Matti. »Ich war jedenfalls der Meinung, dass sie die seelische Reife hätte, um sich damit abzufinden, dass es in unserer Beziehung nicht darum ging, ständig das gleiche Müsli zu essen.«

»Hältst du Frauen für Müsli?«

»Auch wenn du in einer Partnerschaft lebst, musst du nicht immer Choco Krispies essen«, sagt er und lacht über seinen eigenen Witz.

»Interessant, dass Audur angeblich nicht die nötige Reife hat, um diese Philosophie zu verstehen!«, antworte ich höhnisch.

»Ich dachte lange Zeit, dass sie ein Herz aus Gold hätte«, fährt er fort, »aber als es darauf ankam, stellte sich heraus, dass es aus rostfreiem Stahl war.«

Und lacht schon wieder.

* Thingholt: Stadtteil in der Innenstadt von Reykjavík. (Anm. d. Ü.)

»Also hast du diesen Schuppen hier als Trostpflaster bekommen, als sie dich rausgeschmissen hat?«

»Es überrascht mich, dass du meinem Sommerschloss so wenig Achtung entgegenbringst«, sagt Matti. »Aber draußen auf dem Land habe ich auch noch einen wunderbaren Rückzugsort ganz für mich alleine und die wilden Kräfte der Natur.«

»Wie meinst du das? Ist da für Geliebte der Eintritt verboten?«

»Der Turm des Künstlers ist nicht für Frauen.«

Uff! Ich werfe einen Blick auf die Uhr. Es ist bald neun.

Nehme mein Glas mit auf die Toilette. Rufe Harpa an, die auch sofort ans Telefon geht. Versichere ihr, dass alles in Ordnung ist.

Matti macht ein ernstes Gesicht, als ich zurückkomme. Hat aufgehört, zu scherzen.

»Es ist ein großes Missverständnis, dass ich dir etwas Übles will«, sagt er, als ich mich wieder aufs Sofa gesetzt habe. »Ich verstehe nicht, warum du das glaubst.«

»Genügt es nicht, an meine armselige Übernachtung im dunklen Keller zu erinnern?«

»Das war ein unschuldiger Spaß, der aus dem Ruder lief«, antwortet Matti, »und das war ganz und gar nicht meine Schuld.«

»Wessen dann?«

»Manchmal geht der Übermut mit diesen jungen Leuten durch.«

»Du bist trotz allem der Strippenzieher der Truppe, nicht wahr?«

»Ja, ja, und ich bin bestimmt ein glatter, geschmeidiger Spitzbub«, antwortet er, »aber dir gegenüber habe ich nichts Schlimmes im Sinn.«

»Lass Worten Taten folgen, indem du mir die Wahrheit sagst«, sage ich und gieße ihm mehr Jackie in sein Glas.

Matti trinkt stilvollendet. Legt mir gegenüber eine Demut an den Tag, von der mir klar ist, dass sie falsch ist.

Diese Schauspielerei geht mir auf den Geist. Also finde ich, dass die Zeit gekommen ist, sich dem Kern der Sache zu nähern.

»Wie hast du reagiert, als Sjöfn dir gesagt hat, dass sie sich in Adalgrímur verliebt hat?«, frage ich plötzlich.

Die Frage kommt für Matti völlig überraschend.

Er braucht eine Weile, um sich wieder zu fangen. Und die Verwunderung im Gesicht unter Kontrolle zu bekommen.

»Du hältst dich wohl für wahnsinnig schlau, was?«, sagt er und versucht zu lächeln.

»Ich bin nur neugierig.«

»Junge Frauen lieben alte Männer nicht auf die Dauer.«

»Nicht?«

Er steht mit dem Glas in der Hand auf. Steht schwankend auf den Beinen.

»Sie muss Abwechslung haben, das muss sie, denn sie ist jung«, nuschelt er undeutlich. »Sie muss sich einem Jüngeren zuwenden; und hat sie ihn erst satt, so wird sie den Irrtum ihrer Wahl einsehen. Sie muss Abwechslung haben, sie muss!«

»Ist das von dir oder von Shakespeare?«

»Der Meister hat für jede Situation des menschlichen Lebens die richtigen Worte«, antwortet Matti. Er muss sich plötzlich sehr bemühen, auf den Beinen zu bleiben.

»Aber dann stellte sich heraus, dass Sjöfn kein Interesse hatte, wieder zu dir zurückzukommen. Sie wollte Adalgrímur nicht aufgeben. Was hast du dann gemacht?«

Er antwortet nicht direkt. Kämpft deutlich sichtbar damit, das Gleichgewicht zu halten.

Hebt dann langsam das Glas. Als ob er mir zuprosten wollte.

»Ihre Brüste haben mich trunken gemacht.«

Matti wirkt plötzlich ungeheuer betrunken. Gemessen an der Alkoholmenge, die er intus hat.

War im Endeffekt vielleicht doch irgendein Medikament im Rotwein?

Vielleicht Schlafmittel? Oder lähmende Buttersäure?

Matti murmelt etwas.

»Wirk fort, mein Gift, wirk fort!«, meine ich ihn sagen zu hören. Bevor er langsam rückwärts aufs Sofa fällt.

Für einen Moment sitzt er mir gegenüber wie eine schlecht gearbeitete Statue. Mit erhobenem Glas. In der ausgestreckten Hand.

Die Augen sind noch geöffnet.

Sie starren mich an.

Trotzdem scheint es so, als ob er mich nicht sähe.

Plötzlich fällt sein Arm aufs Sofa.

Der Alkohol spritzt aus dem Glas. Er landet auf dem Fußboden.

Matti sinkt sitzend zur Seite.

Er scheint sich in einer anderen Welt zu befinden. Ist eingeschlafen. Oder bewusstlos.

Der Riese ist gesunken.

26. KAPITEL

Die Party scheint zu Ende zu sein.
Oder etwa nicht?
Der Gastgeber hat sich unübersehbar zur Ruhe begeben. Aber ist damit auch gesagt, dass sich der Gast verabschieden muss?
Nicht unbedingt.
Ich stelle das Glas auf dem Tisch ab. Hebe Mattis Beine aufs Sofa. Stopfe ein Kissen unter seinen Kopf.
Trete dann ein paar Schritte zurück. Betrachte ihn.
Der Typ sieht ja direkt lächerlich aus. Erinnert am ehesten an ein Schwein im Ausgehanzug.
Wenigstens hat er die Augen zugemacht. Zum Glück.
Ich nehme mein Glas wieder an mich. Erfrische mich ein wenig am lieblichen Feuerwasser aus Tennessee.
Aaah!
Was jetzt?
Ist es nicht sinnvoll, die Gelegenheit zu nutzen? So zu tun, als ob Stella alleine auf der großen, weiten Welt sei?
Na klar!
Ich erforsche das Ferienhaus.
Gucke zuerst in die Schränke im Wohnzimmer.
Gehe dann in den Gang hinter der Küche.
Dort gibt es drei Türen.
Die erste führt zu einem Schlafzimmer.

Dort steht ein ordentlich gemachtes, breites Doppelbett, mit hellblauer Tagesdecke. Es gibt auch Nachttische mit kleinen Lampen. Und ein Buch. »Sein eigener Herr« von Laxness. Einen Kleiderschrank, der mit ganz normaler Garderobe gefüllt ist. Und einen Toilettentisch mit dem üblichen Zeug.

Nichts, das einen überraschen könnte.

Im nächsten Zimmer ist auch ein Schlafplatz. Nur viel kleiner. Hier liegen auch Decke und Kopfkissen auf dem Bett. Aber der Kleiderschrank ist leer.

Die dritte Tür ist abgeschlossen.

Okay, Matti Schätzchen, wo sind die Schlüssel?

Ich gehe wieder ins Wohnzimmer zurück.

Durchsuche seinen feinen Anzug, ohne dass er etwas davon merkt.

Keine Schlüssel.

Suche weiter. Finde einen kleinen Schlüsselschrank in der Küche an der Wand. Zwei Bünde hängen dort nebeneinander. An beiden der gleiche Schlüsselsatz. Der Kerl hat ein doppeltes System.

Ich nehme den einen Bund heraus.

Schenke mir noch mal nach. Nehme das Glas mit mir zurück.

Mein treuer Freund und so.

Einer der Schlüssel passt zum verschlossenen Zimmer. Ich stecke den Schlüsselbund in die Tasche und öffne die Tür.

Es ist ein Arbeitszimmer. Ein großer, alter Eichentisch steht unter dem Fenster.

Ein heller, flauschiger Teppich liegt über einem Drittel des Parkettbodens.

Regale bedecken fast vollständig zwei Wände.

Direkt gegenüber der Tür hängt ein buntes Plakat. Ein Werbeposter der Selbstständigen Theatergemeinschaft.

Auf dem Schreibtisch herrscht völlige Unordnung.

Zeitungen und Bücher. Mappen mit Manuskripten. Briefe und Rechnungen. Zwischen all diesen Papierstapeln liegt alles Mögliche herum.

Manches ist für die tägliche Büroarbeit: Stifte, Aschenbecher, Kaffeetasse, Schere, Klebeband.

Aber es gibt auch ein paar Souvenirs. Unter anderem eine versilberte Skulptur aus Paris. Der wunderbare Eiffelturm.

Die Regale sind aufgeräumter.

Hier stehen Bücher, Akten und Pappschachteln aufgereiht nebeneinander.

Ich setze mich auf den alten, braunen Holzstuhl am Schreibtisch. In die Armlehnen sind Verzierungen eingeschnitzt. Und er steht auf Rollen.

Ein Drucker befindet sich auf dem Fußboden. Aber ein Computer ist nirgends zu sehen.

Vielleicht benutzt er nur den Laptop, den ich im Theater gesehen habe?

Das Zimmer scheint keine Geheimnisse zu bergen.

Trotzdem gucke ich in die Schubladen. Zur Sicherheit.

Aber auch in einige Pappkisten im Regal.

Ich finde nichts, das sich möglicherweise mit Sjöfn oder Adalgrímur in Verbindung bringen ließe.

Schließlich setze ich mich wieder auf den alten Stuhl. Gebe Jackie wieder die Gelegenheit, durch meine Adern zu rauschen. Denke nach.

Am besten rufe ich mir ein Taxi. Fahre nach Hause.

Ich stelle das Glas auf dem Tisch ab. Bin mit den Gedanken ganz woanders, als ich in den Taschen meiner Lederjacke nach dem Handy suche.

Peng!

Das Whiskeyglas ist auf den Boden gefallen. Der Alkohol verteilt sich schnell über dem Parkett. Erreicht den flauschigen Teppich. Und rinnt darunter.

Ich Trampel!

Der scharfe Whiskeygeruch hier drin wird mich verraten. Wenn Matti wieder zum Leben erwacht.

Es sei denn, ich wische alles schnell auf.

Ich haste zurück ins Wohnzimmer, wo der Kerl immer noch auf dem Sofa schläft.

Grabsche den ganzen Serviettenstapel vom Esstisch. Eile ins Arbeitszimmer, um mein Malheur zu beseitigen.

Hebe den Flusenlappen auf. Rubbele vorsichtig die Antirutschunterlage ab.

Mache mich dann über das Parkett her. Die Servietten saugen sich mit dem Alkohol voll, der durch den Teppich gesickert ist. Eine nach der anderen.

Plötzlich stocke ich mitten in der Bewegung.

Was ist das denn?

Eine Tür?

Als ich den Teppich weiter zur Seite schiebe, entdecke ich eine große Bodenklappe.

Sie ist ungefähr einen halben Meter breit. Aber bestimmt doppelt so lang.

Die Klappe wurde in das Parkett eingelassen. Wie eine Tür in den Rahmen.

Und an ihrem einen Ende ist ein Griff.

Ich zögere keinen Augenblick. Das ist eine Einladung, die man nicht ablehnen kann.

Die Klappe hat Scharniere. Unter ihr befindet sich eine Wendeltreppe.

Und Dunkelheit.

Wahrscheinlich ist es ein Abstellraum. Ein Sammelbecken für unbedeutenden Krempel.

Ich will der Sache trotzdem auf den Grund gehen.

Die Treppe ist ungefähr zweieinhalb Meter hoch. Im Lichtschein, der von oben durch die Fenster des Arbeitszimmers kommt, sieht man zwei Wände.

Als ich unten angekommen bin, fahre ich mit der Hand die rechte Wand entlang. Finde schnell einen Schalter.

An der Decke geht mildes Licht an.

Der fensterlose Keller ist größer, als ich vermutet hätte. Der Raum bietet fast so viel Platz wie das Wohnzimmer oben.

Hier gibt es auch tolle Möbel.

Sessel, Ledersofa, Kühlschrank und eine Minibar.

Einen Fernsehbildschirm mit mindestens einem Meter Durchmesser. Ein Videogerät. Keyboard.

Und Schränke, die die ganze kürzere Wand gegenüber der Treppe bedecken.

Gemütliches Versteck. Für jemanden, der lichtscheu ist.

Als Erstes untersuche ich die Minibar.

Der Inhalt ist enttäuschend.

Allerlei Gesöff. Aber keinen Jackie.

Scheiße!

Überlege einen Moment, ob ich nicht schnell nach oben flitzen und mir ein neues Glas von der Flüssigkeit des Lebens besorgen soll.

Nein. Das lohnt sich nicht. Ich habe keinen Grund, mich so lange in dieser Luxushöhle aufzuhalten.

Ich möchte trotzdem einen Blick in die Schränke werfen. Nur aus Neugier.

Im ersten Schrank werden Anziehsachen aufbewahrt.

Verkleidungen, bunte Kostüme, die man nur noch im Theater sieht. Oder in Kinofilmen.

Manche erinnern am ehesten an die Mode des Adels vor der französischen Revolution.

Andere an krankhafte Fantasien á la Marquis de Sade. Dem Grafen der Peitsche.

Aha!

So ein Versteck ist das also!

Der mittlere Schrank ist auch mit merkwürdigen Klamotten voll gestopft.

Aber hier findet sich auch eine breite Auswahl an Sexspielzeug. Verschiedenste Hilfsgeräte für die Liebe.

»Hmmm!«

Der letzte Schrank weckt trotzdem die meiste Neugier. Da hat Matti viele Videokassetten in Reih und Glied einsortiert.

Ich ziehe ein paar heraus. Drehe sie zwischen den Fingern.

Die Videos sind alle nummeriert. Aber nicht beschriftet. Die Kassette, die in der untersten Reihe am rechten Rand steht, hat die Nummer 234.

Ansehnliche Videosammlung.

Aber was ist darauf?

Ich ziehe auf gut Glück eine Kassette heraus. Nummer 52.

Mache dann die Geräte an. Finde die Fernbedienung neben dem Fernseher. Lege die Kassette ein. Drücke auf Play.

Es scheint eine Aufnahme einer Probe von irgendeinem Theaterstück zu sein. Ich erkenne Matti und Audur unter den Schauspielern. Sie hören nach ein paar Sätzen auf und proben die gleiche Stelle noch mal.

Langweilig.

Ich spule vorwärts. Halte das Band ab und zu an und gucke wieder rein. Sehe, dass die gleiche Probe immer noch im Gange ist.

Uff!

Schließlich nehme ich die Kassette aus dem Gerät. Stelle sie wieder an ihren Platz im Schrank. Ziehe ein anderes Video etwas weiter unten aus dem Regal. Nummer 152. Schiebe die Kassette ins Videogerät. Drücke auf die Fernbedienung.

Hier schminkt Matti sich.

Die Kamera zeigt sein Spiegelbild. Wie er langsam sein Aussehen verändert und damit die Verkleidung vervollkommnet.

Matti benutzt nicht nur Schminke, sondern auch andere Verkleidungstechniken. Steckt sich etwas in den Mund, damit die Backen voller wirken. Klebt sich einen Bart an. Setzt sich eine Perücke auf.

Zum Schluss ist er ein völlig anderer Mensch. Unkenntlich.

Auf diesem Video gibt es viele ähnliche Szenen. Wie Matti sich in unterschiedliche Figuren verwandelt. Und Audur auch. Sie scheint ihr Aussehen genauso gut an die Bedürfnisse des Theaters anpassen zu können.

Aber das Video bringt mir keine neuen Erkenntnisse.

Ich wusste vorher schon, dass Matti genial darin ist, andere im Aussehen und Verhalten nachzumachen. Ich brauche keine Aufnahme, um das nachzuweisen.

Oder doch?

Vielleicht gibt es hier Filme von ihm, wie er Adalgrímur nachmacht?

Das wäre eine Goldgrube.

Aber ich habe keine Zeit, alle diese Videos durchzugucken.

Moment!

Warum sind denn Nummern auf den Videos? Müssen die nicht zu irgendeinem Ordnungssystem gehören?

Bestimmt.

Die Nummern sind doch sinnlos, es sei denn, Matti hat sich eine Liste über alle seine Videos angelegt.

Irgendeine Art Inhaltsverzeichnis erstellt.

Sonst müsste er ja auch lange suchen, um eine bestimmte Aufnahme zu finden. Es sind einfach zu viele Videos.

Aber wo könnte sie denn sein? Die Liste?

Im Laptop, den ich bisher noch nicht gefunden habe?

Vermutlich.

Aber müsste denn nicht eine Kopie davon hier unten sein? Bei den Videos? Wo man sie gleich zur Hand hat?

Wird wohl.

Wo ist sie dann? Im Schrank?

Ich durchwühle die Regalböden noch einmal. Aber ich habe keinen Erfolg. Ich finde keine Liste.

Wo sonst noch?

Ich lasse meine Augen über die Einrichtungsgegenstände schweifen. Bis mein Blick an der schwarzen Bank vor dem Keyboard hängen bleibt.

So eine Bank habe ich schon mal gesehen. Unter dem Sitz gibt es einen Stauraum. Für Noten.

Ich gehe mit langen Schritten zur Bank hinüber. Hebe die Sitzfläche an.

Eine braune Ledermappe springt mir in die Augen.

Darin befindet sich ein Stapel mit ausgedruckten Blättern. Zusammengeheftet.

Die Videoliste ist gefunden.

27. KAPITEL

Drei unattraktive, dickliche Typen in mittlerem Alter unterhalten sich mit einem jungen Mädchen.

Einem Teenager.

Am Anfang betrachtet sie sich in einem großen Spiegel. Schminkt sich mit Hingabe ihre Lippen in hübschem Rosé.

Die Typen kippen sich mit Alkohol zu. Reißen Witze. So wie es scheint, gutmütige. Als ob sie alte Freunde wären, die zusammen einen draufmachen.

Schon bald beginnen zwei von den Typen, das Mädchen anzubaggern. Grabschen ihr an die Brust. Und zwischen die Oberschenkel.

Sie wehrt sich mit einem Lächeln. Schiebt ihre Hände weg. Lachend. Als ob es ihr Spaß machen würde, sie abzuwehren.

Aber das Lachen hält nicht lange an.

Sie packen das Mädchen hart an. Drücken sie hinunter auf den Fußboden. Legen sie auf den Rücken. Halten Arme und Beine fest.

Sie versucht, gegen die Männer anzukämpfen. Aber sie hat nicht genug Kraft, um gegen sie anzukommen.

Sie reißen ihr die Kleider vom Leib. Langsam und nach Plan. Bis sie völlig nackt ist.

Dann vergewaltigen sie das Mädchen. Einer nach dem anderen.

Alle drei.

Ich bekomme eine Gänsehaut.

Auf dem Video scheint eine echte Vergewaltigung aufgezeichnet zu sein.

Jedenfalls gibt es keine Zweifel, dass der Geschlechtsverkehr echt ist.

Und das Mädchen sich die ganze Zeit zu wehren versucht.

Der Kameramann ist ständig in Bewegung. Wahrscheinlich auf der Suche nach dem besten Winkel.

Plötzlich sieht man ihn selber in einem Spiegel vorbeihuschen. Für einen winzigen Moment.

Ich nehme die Fernbedienung zur Hand. Spule zurück. Spule wieder vor. Drücke auf die Pause-Taste, als sein Spiegelbild wieder auf der Mattscheibe erscheint.

Das gibt's doch nicht!

Es ist ganz eindeutig Matti, der die Kamera hält.

War das ein krankhaftes Spiel? Das Theater des Lebens á la Matti?

Oder schrecklicher Ernst?

In der Liste ist dieses Video nur mit einem Datum versehen.

Ich lege das Video zur Seite.

Natürlich kann ich nur Stichproben von Mattis Videosammlung nehmen. Aber das, was ich bisher gesehen habe, gibt mir einen guten Eindruck von der Hauptthematik. Und einen Hinweis auf Mattis Lieblingsbeschäftigungen.

Es scheint sich hier nur um zwei zu handeln: er selber. Und Sex.

Matti ist meistens in der Hauptrolle. Er tritt in vielen verschiedenen Verkleidungen auf. Stolziert in bunten Kostümen umher. Benutzt diverse Perücken. Und spart nicht mit der Schminke. Sieht manchmal aus wie ein etwas gebeutelter Casanova.

Die meisten seiner Schauspielkollegen habe ich noch nie gesehen.

Außer Audur. Und Sjöfn.

Man bekommt zu sehen, wie beide den Meister bedienen. Jede einzeln.

Matti hat die Kamera auch genutzt, um seine Rollen zu üben. Sowohl auf der Bühne als auch vor dem Spiegel.

Auf vielen Videos kann man verfolgen, wie er sein Aussehen verändert. Versteckt seine eigene Persönlichkeit unter Perücken, Schminke und anderen Hilfsmitteln eines Schauspielers, bis er bekannten Männern aus dem öffentlichen Leben bis hin zu Gesichtsausdruck und Bewegungen täuschend ähnlich sieht.

Manche Videos sind unglaublich langatmig. Ich spule dann schnell vor. Außerdem habe ich ja auch nur Interesse an einer einzigen Aufnahme aus dieser ganzen Bilderflut. Einem ganz anschaulichen Beweis, wie Matti aussieht, wenn er sich als Adalgrímur Sunndal verkleidet hat.

Mensch, wie lahm! Ich finde es unerträglich, länger ohne meinen Freund auf Matti zu glotzen.

Klettere deshalb die Wendeltreppe wieder hinauf. Schleiche mich ins Wohnzimmer, wo Matti immer noch im Frack liegt und schnarcht. Packe meine Flasche. Hole mir ein Glas aus der Vitrine. Nehme beides mit mir hinunter in den Keller. Schenke mir das Glas halb voll ein. Genehmige mir einen kräftigen Schluck der brennenden Flüssigkeit.

Aaah!

Nach zwei Rationen bin ich für den nächsten Anlauf bereit.

Die Videoliste hat nur geringen Auskunftswert. Neben vielen Nummern stehen nur Jahreszahlen. Manchmal auch noch Tag und Monat dazu. Aber keine weiteren Stichworte.

Matti reichen diese Angaben zweifellos, da er seine

Sammlung mit Sicherheit in- und auswendig kennt. Aber mir sagen sie so gut wie gar nichts.

Deshalb muss ich nach dem Trial-and-Error-System vorgehen. Ich spule schnell ein Video nach dem anderen durch. Überspringe lange Abschnitte.

Manchmal gehe ich aber auch langsamer vor. Vor allem, wenn Sjöfn zu sehen ist. Oder Audur. Es überrascht mich, wie gut ihr so eine schwarze Sado-Maso-Kostümierung steht.

Aber die Zeit vergeht viel zu schnell.

Wenn ich so weitermache, bin ich heute Nacht noch hier.

Und das kommt nicht in Frage. Matti kann ja jederzeit aufwachen.

Ich entschließe mich deshalb, ein paar Aufnahmen aus den letzten Monaten anzusehen. Bevor ich aufhöre.

Spule schnell noch mehr Proben der Selbstständigen Theatergemeinschaft durch. Und noch mehr bizarren Geschlechtsverkehr á la Matti und Konsorten.

Schließlich habe ich endgültig die Nase voll.

Das letzte Video, das ich mir ansehen möchte, ist mit einem kompletten Datum versehen. Die Aufnahme ist knapp zwei Monate alt.

Ich bin richtig geschockt.

Aber wer zum Henker ist das denn?

Ich drücke schnell auf den Pausenknopf. Friere das Gesicht auf dem Bildschirm ein.

Oder besser gesagt, das Bild mit der Verpackung, die das Gesicht bedeckt.

Es ist eine dicke Schlupfmütze.

Dunkle Augen gucken finster durch zwei kleine Löcher. Durch einen schmalen Schlitz der Mütze kann man Lippen glänzen sehen.

Der Maskenmann auf dem Bildschirm hat einen dunkelblauen Overall, Handschuhe und helle Sportschuhe an.

Wenn es denn ein Mann ist.

Ich lasse den Film wieder weiterlaufen.

Derjenige, der die Kamera hält, folgt dem Mützenmann in eine aufgeräumte, saubere Küche. Der Vermummte öffnet den Kühlschrank. Holt eine Zwei-Liter-Milchpackung heraus. Spritzt die Vollmilch über die Kücheneinrichtung und die Wände. Als die Packung leer ist, schmeißt er sie auf den Boden und nimmt eine neue. Schüttet den Inhalt über dem Tisch und dem Fußboden aus.

Kurz darauf packt sich der Vermummte ein paar Joghurt- und Skyrbecher* auf den Arm. Nimmt sie mit ins Wohnzimmer. Stellt die Becher auf einem kleinen Tisch ab. Leert sie dann über den Möbeln aus. Beschmiert das Sofa. Und die Sessel.

Den letzten Plastikbecher wirft er mit voller Kraft auf ein Gemälde, das an einer Wand hängt. Der Becher platzt beim Aufprall auf. Der Inhalt spritzt in alle Richtungen.

Der Vermummte fährt mit dem Zerstören der Möbel fort. Er holt sich ein scharfes Messer aus der Küche und zerfetzt damit die Polsterbezüge von der Sitzgarnitur. Einige Kissen werden auf gleiche Weise traktiert. Bilder an der Wand ebenfalls.

Als der Kameramann ins Bad geht, sieht man ihn eine Weile im Spiegel.

Er ist auch vermummt. Unkenntlich gemacht.

Zum Schluss geht er mit der Kamera ins Schlafzimmer. Hier liegt ein älterer Herr nackt im Bett. An Händen und Füßen sorgfältig gefesselt. Mit einem braunen Klebeband vor dem Mund.

Er ist bei vollem Bewusstsein. Seine Panik lässt sich nicht verbergen, als er den Kameramann mit flehendem Blick anschaut.

* Skyr: Quarkähnliches Milchprodukt (Anm. d. Ü.)

Ich stoppe das Video. Spule zurück. Und dann wieder vor.

Das ist nicht gestellt.

Klare Sache.

Der Vandalismus ist ebenfalls echt. Und die Angst in den Augen des Opfers auch.

Also ist das noch eine Aufnahme von einem widerlichen Verbrechen.

Ein Verbrechen, das bestimmt von Matti angezettelt wurde. Der wie bei einer Theateraufführung den Regisseur gespielt und gefilmt hat.

Das ist die einzige Erklärung für dieses Video.

Verdammte Unverfrorenheit!

Ich stehe auf. Bin fest entschlossen, sie an mich zu nehmen. Auch das Video mit der Vergewaltigung.

In meinem Glas ist immer noch ein ordentlicher Schluck Jackie übrig. Zum Glück. Und ungefähr ein Drittel in der Flasche.

Ich kann einen Doppelten gut gebrauchen, bevor ich mir ein Taxi rufe.

Mein geliebtes Lebenselixier putzt mir gerade den Rachen, als ich ein Geräusch von der Wendeltreppe höre.

Wer zum Teufel …?

Ich sehe die Beine.

Matti scheint dann wohl zu sich gekommen zu sein. Er ist auf dem Weg hinunter zu mir.

Er bleibt am unteren Ende der Treppe stehen. Mit wütendem Gesichtsausdruck.

Hat das Eiffelturm-Imitat in der geballten Faust. Und richtet das spitze Ende auf mich.

»Paris sehen und sterben.«

Sagt Mama.

28. KAPITEL

Oder war es Rom?

Egal.

Ich kann noch schnell das Videogerät ausschalten, während Matti benommen die Treppe heruntertappt. Aber die Zeit reicht nicht mehr, um auch das Fernsehgerät auszumachen.

Er watschelt auf mich zu. Noch ganz verschlafen.

Das Haar ist zerzaust. Der feine Frack zerknittert.

»Ich wurde verleitet und betrogen«, sagt er undeutlich. Schüttelt den Kopf, als ob er sein Gehirn vom Staub vieler Jahre befreien wollte. »Was machst du hier in meiner Höhle?«

»Da der Gastgeber mitten in der Party eingeschlafen ist, musste ich mir anderweitig die Zeit vertreiben.«

Er bemerkt den weißen Schnee auf dem Bildschirm. Glotzt das Gerät an.

Nach einigem Überlegen geht er ein paar Schritte auf mich zu. Immer mit der spitzen Skulptur in der rechten Hand.

Er reckt sich mit der Linken nach der Fernbedienung. Drückt auf Play.

Der alte Mann erscheint wieder auf dem Bildschirm. Völlig entsetzt. Gefesselt und geknebelt im Bett.

Matti seufzt tief. Macht das Gerät aus.

Steht vollkommen still. Sein Blick ist Furcht erregend.

»Du hast dir unerlaubterweise meine Geheimnisse angesehen«, sagt er und klopft den oberen Teil der Skulptur fest in die Handfläche seiner linken Hand. Ein paar Mal.

Angriff ist die einzige Verteidigung.

»Willst du mich etwa mit dieser Schwanzprothese bedrohen?«, frage ich barsch.

»Habe ich nicht volles Recht, mein Eigentum zu verteidigen?«

»Berichte mir lieber, in was für einen Schlamassel du verstrickt bist«, antworte ich. »Das könnte dir als Pluspunkt angerechnet werden.«

Er starrt mich schweigend an. Supersauer.

»Du bietest mir doch wohl nicht deine Hilfe an?«, fragt er schließlich.

»Meinst du nicht, du könntest sie gebrauchen?«

Matti dreht überheblich seinen Kopf zur Seite.

»Ich brauche keine Hilfe von einer gierigen Gans.«

»Wie du willst«, antworte ich und stehe auf.

»Setz dich!«

Matti hält mir den Eiffelturm drohend entgegen. Wie ein gefährliches Messer.

»Ich dachte, du wolltest mich loswerden?«

»Meine Party ist erst zu Ende, wenn ich es sage«, antwortet er.

Ich setze mich wieder hin. Starre Matti an. Überlege mir, wie ich den Kerl am besten entwaffnen könnte, ohne in einen gefährlichen Kampf verwickelt zu werden.

»Wie viele Videos hast du angesehen?«, fragt er.

»Ich habe gerade erst angefangen.«

»Was hast du gesehen?«

»Hauptsächlich, was für ein genialer Schauspieler du bist.«

»Bildest du dir etwa ein, Kunst beurteilen zu können?«

»Ich weiß jedenfalls genug, um zu erkennen, dass du ein Genie auf der Bühne bist.«

Bei dem Lob hellt sich Mattis Miene auf. Er kann die Gelegenheit, sich aufzuspielen, nicht ungenutzt lassen.

»Ja, ich bin doch wirklich ein Ehrenmann, nicht wahr?«, sagt er. »Aber es würde mich sehr überraschen, wenn du meine Talente zu schätzen wüsstest.«

»Aber natürlich kann ich das.«

»Es gibt wenige hier im Land, die das Verständnis für die dringenden Bedürfnisse eines Genies aufbringen: Er muss die gesellschaftlichen Bande sprengen, die nur Allerweltsleuten nützen.«

»Sprichst du über die Bedürfnisse des freien, kreativen Geistes?«

»Ganz genau.«

Matti setzt sich mir gegenüber in den Sessel. Er hat immer noch die Skulptur in der Hand. Die geballte Faust ruht in seinem Schoß.

»Ja, wo wären wir ohne die Genies?«, bemerke ich.

»Das kann ich dir sagen«, antwortet er umgehend. »Ohne uns würde unser Volk immer noch durch den Dreck kriechen.«

Ich greife nach der Flasche.

»Ich bin sicher, du wirst mir nicht glauben, wie vielen Isländern es schwer fällt, meinen revolutionären Beitrag zur Schauspielkunst zu honorieren.«

»Was du nicht sagst!«

»Aber natürlich betrete ich ebenso Neuland wie alle anderen Vordenker«, fährt er fort. »Aber diesen Bürohengsten der Kulturmafia ist es nicht gegeben zu verstehen, dass ein origineller Künstler, der wegen seiner Genialität hoch über der Mittelmäßigkeit der Gesellschaft erhaben ist, uneingeschränkte Freiheit braucht, um sich auszuleben. Wir Großen sind nicht in der Lage, unsere Talente vollkommen auszuschöpfen, es sei denn, wir bekommen völlige Freiheit, das zu tun, was wir tun müssen.«

Ich gieße mir Jackie ins Glas.

»Möchtest du auch, um mir Gesellschaft zu leisten?«

Er schüttelt den Kopf.

Ich stelle die Flasche in Reichweite ab. Nehme einen Schluck.

Überlege, wie lange ich mich wohl bei diesem Geisteskranken einschmeicheln muss, um heil und unbeschadet aus dem Sommerhaus zu entkommen.

Die Hauptsache ist, Matti davon zu überzeugen, dass ich keine Gefahr für ihn bin.

»Ich habe auch gesehen, dass du an einem Kinofilm arbeitest.«

»Kinofilm?«

»Ja, oder ist der Krimi vielleicht noch Berufsgeheimnis?«

Es dauert eine geraume Zeit, bis Verständnis in Mattis Augen flackert.

»Ach so, den Film meinst du.« Er fixiert mich eine Weile, als ob er sich davon überzeugen will, dass ich es ernst meine. »Und, wie fandest du ihn?«

»Ich habe nur einen winzigen Ausschnitt gesehen, aber das, was ich gesehen habe, schien spannend zu sein.«

Matti steht auf.

»Glauben oder nicht glauben, das ist hier die Frage«, sagt er.

»Wie meinst du das?«

»Ich neige dazu zu behaupten, dass du nicht gut genug lügen kannst.«

Scheiße!

»Deshalb muss ich etwas unternehmen«, fährt er fort. »Du weißt leider viel zu viel über mich und meine nette, kleine Videosammlung, als dass ich dir erlauben könnte, hier herauszuspazieren, als ob nichts gewesen wäre.«

Er hat sich also nicht täuschen lassen. Verdammter Schuft!

In Ordnung.

Dann werde ich also zu anderen Mitteln greifen müssen. Zu einer absoluten Verzweiflungstat.

Und zwar sofort.

29. KAPITEL

Ich stehe langsam auf.

»Du gehst nirgendwo hin«, sagt Matti.

Ich gucke ihm direkt in die Augen. Fahre mir mit der Zunge über die Lippen.

Ganz langsam.

Löse die Knöpfe an meiner Bluse. Einen, zwei, drei.

»Du hast doch so ein tolles Händchen für Frauen«, sage ich.

»Ja, findest du das auch?«

Oh Mann!

Da muss ich jetzt durch. Mit der linken Hand beginne ich, Mattis Wange zu streicheln. Presse mich an ihn.

Küsse ihn auf die Lippen.

Gierig. Und lange.

Blende meine Sinne aus. Als würde ich tauchen.

»Es ist wirklich selten, dass man einen richtigen Mann trifft«, flüstere ich.

Dieses Mal küsst Matti zurück.

Aber er umarmt mich nicht. Hat immer noch die Eiffelturm-Skulptur in der geballten Faust. Richtet die Spitze auf mich.

In Ordnung. Also weiter!

Ich lasse die rechte Hand langsam nach unten gleiten. Beginne, Matti von außen durch die Hosen zu befingern.

Merke, wie sein Prinz erwacht. Ganz langsam.

»Ein Mann, der es wagt, anders zu sein.«

Ich küsse Matti wieder.

Ziehe als Nächstes den Reißverschluss an seiner Hose herunter. Fahre mit den Fingern hinein. Halte den Prinz fest umschlossen.

»Oh! Schon so schnell so groß und hart«, säusele ich.

Da umarmt mich Matti endlich mit beiden Armen.

Aber er zögert immer noch. Ich spüre den Eiffelturm an meinem Rücken.

Weiter! Noch weiter!

Ich beginne, den Prinzen zu bearbeiten. Höre, wie Matti genießerisch stöhnt. Habe das Gefühl, dass ihn gleich die Lust überkommt.

»Mehr, mehr«, murmelt er zwischen den Küssen.

Jetzt ist der entscheidende Moment nicht mehr weit entfernt.

Ich lasse meine Finger noch weiter hinunterkrabbeln. Spiele mit seiner empfindlichen Samenfabrik.

Plötzlich greife ich fest zu. Umfasse sein Gehänge mit voller Kraft.

Matti jault. Mehr vor Schmerzen als vor Glücksgefühlen.

Er versucht auch, sich von mir wegzudrehen.

Aber er schafft es nicht. Ich halte seine Heiligkeit mit eiserner Hand fest.

Jetzt steht nur noch der Endspurt bevor.

Zuerst drücke ich noch kräftiger zu. Klemme sein Gehänge so fest zusammen, wie ich kann.

Matti schreit wieder auf. Dieses Mal nur vor Schmerzen.

Da lege ich ihm die linke Hand um den Hals. Mit der rechten behandele ich seine Kronjuwelen weiter wie gehabt. Mit aller Kraft.

Er ist völlig wehrlos.

Dann fange ich an, den Sack in meiner Hand zu drehen.

Langsam. Aber sicher.

Matti stößt Schmerzensschreie aus.

Da werfe ich ihn nieder.

Er knallt auf den Fußboden. Und brüllt wie ein Stier.

Im Fall verliert er die Skulptur.

Ich bin darauf bedacht, immer nahe an ihm dranzubleiben. Weiß, dass ich nicht loslassen darf. Was auch passiert.

»Beweg dich nicht!«, rufe ich.

Ich greife nach dem Eiffelturm. Halte Matti die Spitze unter die Nase.

Genieße es, die Angst in seinen Augen zu sehen.

Grinse unwillkürlich siegessicher.

»Ansonsten reiße ich dir dein Gehänge ab«, füge ich gelassen hinzu.

Matti antwortet mir nicht.

Sein Blick ist hasserfüllt. Vermischt mit Angst. Und sein Körper zittert. Zweifellos vor Schmerzen und Angst.

Aber er hört auf meinen Befehl. Liegt regungslos auf dem Rücken.

Bis mein Handy klingelt.

Wir erschrecken beide bei dieser unerwarteten Störung.

Ich weiß schnell, worum es geht.

Harpa! Ich habe vergessen, sie wieder anzurufen.

Muss drangehen. Ansonsten ruft sie gleich die Goldjungs an.

Aber wie? Wenn beide Hände im Einsatz sind?

Ich fasse eine Eilentscheidung. Durchbohre Matti mit meinem Blick.

»Mach's Maul auf!«, sage ich. Im Befehlston.

Er gehorcht.

Ich schiebe den spitzen Gipfel des Eiffelturms fast bis hinunter in seinen Rachen. Beuge mich über ihn. Sage mit drohender Stimme:

»Wenn du irgendwelche Tricks versuchst, ramme ich dir dieses Leckerli bis ins Gehirn!«

Matti erfasst die Botschaft. Die Angst kehrt in seine Augen zurück.

Ich löse meinen Griff von seinem Gehänge. Allerdings nur allmählich.

Höre, wie Matti erleichtert aufatmet.

Angele mein Handy aus der Jackentasche meiner Lederjacke. Drücke auf die Taste.

»Ist was passiert?«, fragt Harpa atemlos.

»Jetzt ist wieder alles in Ordnung.«

»Ich habe mir solche Sorgen gemacht ...«

Das macht nichts. Immer gut für die Gehirnzellen, sich Sorgen zu machen, wenn sie sich in angemessenem Rahmen halten. Und für das Herz auch.

»... und habe mir schon vorgestellt ...«

»Wo bist du?«, falle ich ihr ins Wort.

»In Mosfellsbaer.«

»Auf dem Motorrad?«

»Ja.«

»Ich habe momentan von Matti die Nase voll«, sage ich. »Kannst du mich nicht abholen?«

»Ist gut.«

»Ruf mich wieder an, sobald du hier am Haus bist.«

Ich lege das Handy auf dem Sofa ab. Denke über den nächsten Schritt nach.

»Auf den Bauch mit dir!«

Matti dreht sich anstandslos. Zuerst auf die Seite. Dann auf den Bauch. Schluckt immer wieder, sobald er die Skulptur aus dem Mund losgeworden ist.

»Arme zur Seite! Beine auseinander!«

Noch gehorcht er mir.

Ich setze mich rittlings auf seinen Rücken. Klemme die Beine zusammen.

»Denk dran, dass ich immer noch die Skulptur habe«, sage ich. »Wenn du dich bewegst, ramm ich sie dir ins Genick.«

»Ich bin auch nicht mehr tapfer«, murmelt er.

Ich recke mich nach der Fernbedienung. Hole die Kassette mit den vermummten Vandalen aus dem Videogerät. Nehme sie an mich. Hole mir ebenso das Vergewaltigungsvideo, das ich auch mitnehmen möchte.

Warte dann auf die Fortsetzung.

Man kann das Motorrad hören, als Harpa sich dem Ferienhaus nähert.

Kurz darauf ruft sie wieder an.

»Ich komme sofort!«, rufe ich ins Handy. Stecke es in die Tasche.

Wende mich dann wieder Matti zu.

»Bleibst du hier von selber ruhig liegen, bis ich weg bin? Oder muss ich dir eins über den Schädel ziehen?«

»Dieses Mal werde ich nicht gegen den Wind anpusten«, antwortet er.

Ich stehe auf. Mit den Videos in der einen Hand. Und der Skulptur in der anderen.

Gehe zügig rückwärts zur Wendeltreppe. Lasse Matti nicht einen Moment aus den Augen.

Er liegt bewegungslos auf dem Fußboden. Guckt mich mit hasserfülltem Blick an.

»*Bye, bye*!«, rufe ich.

Mache das Licht im Keller aus. Sprinte die Kellertreppe hoch.

Knalle die Klappe wieder zu. Ziehe den Fusselteppich darüber.

Werfe die Skulptur irgendwohin.

Knipse das Licht im Arbeitszimmer aus, bevor ich auf den Flur stürme.

Eile aus dem Haus.

Harpa wartet auf dem tiefschwarzen Motorrad auf mich. Mit der kräftigen Maschine im Leerlauf. Sie setzt den Helm wieder auf.

Ich hebe den Rock so weit an, dass ich mich hinter sie aufs Motorrad setzen kann. Schmiege mich dicht an sie an. Lege meine Arme fest um ihre Taille.

»Hoppe, hoppe, Reiter!«, rufe ich. »*My black beauty!*«

Wir brausen auf dem Motorrad los.

Ich fühle mich, als ob ich auf einem eleganten Zauberpferd durch die Abenddämmerung schweben würde.

Königin für einen Moment.

30. KAPITEL

Ich bin total durchgefroren.

Die Lederjacke und meine dünne Bluse sind kein Schutz gegen den beißenden Wind. Die ungemütliche Brise zieht mir durch Mark und Bein.

Sobald Harpa das Motorrad vor meinem roten Reihenhaus angehalten hat, springe ich ab, taste nach meinem Hausschlüssel, öffne die Tür und eile hinein.

»Schließ die Tür ab!«, rufe ich über meine Schulter, während ich die Treppe hochsteige.

Ich möchte sofort in die Badewanne, um mich aufzuwärmen. In ein kochend heißes Bad.

Schmeiße die Lederjacke auf den Stuhl in der Ecke. Der Rock landet an derselben Stelle. Die Bluse auch.

Vor Kälte zitternd teste ich das Wasser in der Wanne.

Scheiße! Da kann man sich ja dran verbrennen!

Ich muss es herunterkühlen. Ein wenig. Habe nichts davon, wenn ich mir statt einer Lungenentzündung Verbrennungen hole.

Fühle schnell noch mal. Dieses Mal mit den Zehen.

Das Badewasser ist immer noch wahnsinnig heiß. Die Hitze beißt mich in den Fuß.

Es tut weh. Ist aber noch erträglich.

Ich drehe den Hahn zu. Lasse mich langsam in die volle Badewanne sinken.

»Aaaaa!«

Ich habe das Gefühl, als ob meine Haut brennen würde. Es treibt mir Tränen in die Augen.

Meine Haut bekommt von den Zehenspitzen bis zu den Schultern Farbe, sobald die Hitze die Kälte aus dem Körper vertreibt.

Ich werde knallrot. Wie ein Weihnachtsapfel.

»Ist das Wasser nicht viel zu heiß?«, fragt Harpa.

Sie steht in der Badezimmertür. Im schwarzen Lederdress.

Fürsorge spricht aus ihrem Blick.

»Ich überlebe das schon«, antworte ich. »Vor allen Dingen, wenn du mir ein Glas einschenkst. Die Flasche ist im Wohnzimmer.«

Sie kommt mit einem glänzenden Whiskeyglas zurück, das halb voll mit Jackie ist. Er erwärmt mich von innen.

Ich schließe die Augen. Genieße das Gefühl, wie mich die Hitze durch und durch erwärmt. Wie die Muskeln sich entspannen. Wie sich die Seele beruhigt. Und die Wärme mich einlullt.

Wunderbar!

Als ob ich in morgendlichem Schlummer läge. Im Niemandsland zwischen Wachen und Schlafen.

Kurz darauf schüttelt Harpa mich.

»Es ist gefährlich, in der Badewanne einzuschlafen«, warnt sie mich.

Die Kälte ist eh verschwunden.

Ich erhebe mich, greife nach dem Handtuch. Steige auf die Bedematte. Trockne mich flüchtig ab.

Harpa tritt unsicher von einem Fuß auf den anderen.

»Danke für die Hilfe«, sage ich.

Sie lächelt schüchtern.

»War Matti schlimm?«, fragt sie.

Ich lasse mein Handtuch auf den Fußboden fallen. Hole mir das Glas vom Wannenrand. Trinke.

»Gleich bekommst du alles zu hören.«

Ich gehe über den Flur ins Schlafzimmer. Kuschele mich unter meine Decke.

»Komm mal hierher.«

Sie setzt sich auf die Bettkante. Und hört zu.

Natürlich erzähle ich ihr nicht alles. Berichte nur in groben Zügen.

Das Ringen mit Matti bekommt beim Nacherzählen einen lächerlichen Touch. Zumal es ja wirklich komisch war. Im Nachhinein jedenfalls.

Aber trotzdem gefährlich.

Ich berichte ihr auch von meiner Vermutung, was den Mord im Obersten Gericht angeht. Dass Matti sich als Adalgrímur verkleidet und so die Tat begangen hat.

Sie ist überrascht. Und voller Zweifel.

»Ich weiß, wozu Matti in der Lage ist«, sagt sie, »aber weshalb sollte er es auf Sjöfn abgesehen haben?«

»Weißt du, wo Matti an diesem Tag war?«, frage ich zurück, ohne ihre Frage zu beantworten.

Harpa schüttelt den Kopf.

»Dísa und ich sind mittags ins Einkaufszentrum Kringlan gefahren und haben dort einen Bummel gemacht. Dann sind wir bis spät in die Nacht in der Innenstadt durch die Lokale gezogen«, berichtet sie.

»War Matti an dem Tag nicht mit euch unterwegs?«

»Nein.«

»Aaaaa!«

Im Bett ist es warm und gemütlich.

Plötzlich habe ich gute Lust, dieses ganze Durcheinander zu vergessen. Würde die ganze Scheußlichkeit gerne tief in einer dunklen Höhle des Gehirns einschließen. Einfach nur das Dasein genießen.

»Möchtest du heute Nacht nicht hier bleiben?«, frage ich.

»Wie du willst.«

Ich setze mich im Bett auf. Helfe ihr, sich auszuziehen.

Wir lösen gerade den Hosenknopf, als ein Telefon klingelt.

Es ist ihr Handy.

Sie greift nach ihrer Jacke und angelt das Gerät heraus. Guckt auf die Nummer.

»Dísa ruft an«, sagt sie. Mit fragendem Blick.

Ich zucke mit den Schultern. Lehne mich in meine Kissen zurück. Tue so, als wäre mir egal, was sie macht.

Sie geht dran. Aber sagt wenig. Nur ja oder nein.

Ich kann nicht anders, als sie wie hypnotisiert anzugucken. Auf das kindliche Gesicht. Den wunderschönen roten Mund. Und die hübschen Brüste, die zu groß sind, um sich hinter dem langen Haar zu verstecken. Spitzen frech hinaus in die Welt.

Wie toll sie aussieht!

Harpa protestiert. Am Telefon.

Aber gibt schließlich nach.

»Okay«, sagt sie und beendet das Gespräch. Guckt mich dann entschuldigend an.

»Ich muss gehen.«

»Mach, was du möchtest.«

»Ich möchte nicht, aber es ist etwas Wichtiges.«

Sie zieht sich ein Kleidungsstück nach dem anderen wieder an.

»Denk dran, die Haustür richtig zuzuziehen«, sage ich so gelassen, wie ich nur kann.

Harpa setzt sich wieder auf die Bettkante. Zögert einen Moment.

»Dísa braucht mich«, sagt sie.

»Und dann springst du?«

»Ja, ich kann nicht anders. Du musst das verstehen.«

In Ordnung. Ich habe kein Recht, sauer auf sie zu sein.

Sie beantwortet meinen Kuss mit großem Interesse. Fast schon mit ungestümer Leidenschaft.

»Also geh schon«, sage ich und schiebe sie leicht von mir weg.

Ich lege mich auf den Rücken ins Bett, ziehe die Decke bis unters Kinn und gucke ihr durch die Tür nach.

Höre, wie die Haustür ins Schloss fällt.

Wälze mich im Bett. Kann nicht einschlafen.

Gehe schließlich wieder ins Bad. Hole die Jacke und den Rock. Hänge sie auf einem Bügel in den Schlafzimmerschrank.

Da klimpert etwas in der Jacke.

Ich durchsuche die Taschen. Finde Mattis Schlüsselbund.

Er könnte mir nicht gleichgültiger sein. Immerhin hat er noch ein zweites Set.

Ich lege die Schlüssel in die Nachttischschublade. Versuche weiter, etwas Nützliches zu tun. Um mich abzulenken.

Aber es wirkt nicht.

Da lege ich mich wieder ins Bett. Mache das Licht aus. Liege allein in der Dunkelheit unter meiner Decke. Versuche, das Gefühl der Leere zu verdrängen.

»Freude besteht auch darin, auf die Freude zu warten.« Sagt Mama.

Dritte Woche

31. KAPITEL

Sonntag

Adalgrímur verträgt die Einzelhaft schlecht.

Der Gefängnisaufenthalt hat deutliche Spuren hinterlassen. Er ist schlapper als sonst. Und müder. Fast apathisch. Als ob er Tranquilizer nehmen würde.

»Nimmst du hohe Dosen an Medikamenten?«, frage ich.

»Ich musste«, antwortet er, »weil ich ohne sie kein Auge zugetan habe. Ich lag nächtelang wach.«

Immer die gleiche Geschichte. Im Knast machen sich früher oder später alle über Medi-Dope her. Alles nur eine Frage der Zeit.

»Es sieht so aus, als würde sich in deinem Fall etwas tun«, sage ich.

»Ach? Was ist passiert?«

Ich reiche ihm die Kopie eines Berichtes, den ich gestern formuliert und bei den Goldjungs eingereicht habe. Dort beschreibe ich detailliert meine Beobachtungen zur Aufnahme aus der Überwachungskamera und meine Vermutung, dass der Mann auf dem Film Matti ist, der sich als jener Richter am Obersten Gericht verkleidet hat. Verlange, dass sie umgehend diese Möglichkeit untersuchen.

»Wenn du nicht mit Sjöfn am Nachmittag des besagten Tages das Gebäude betreten hast, dann war es jemand anderes. Das ist doch offensichtlich!«, sage ich. »Und derjenige welche muss ein Genie sein, um dich so treffend nachzumachen. Das ist die einzige Lösung, die Sinn macht. Und dann deuten alle Hinweise auf Matti, sowohl wegen seiner allgemein anerkannten Fähigkeiten auf dem Gebiet, als auch wegen seiner Verbindung zu Sjöfn.«

»Nimmt die Polizei das ernst?«

»Das wird sich in den nächsten Tagen herausstellen. Ich konnte ihnen allerdings noch weitere Hinweise aushändigen, aus denen hervorgeht, dass Matti ein Krimineller ist, wobei das mit deinem Fall nicht direkt etwas zu tun hat.«

Er legt das Dokument hin und guckt mich fragend an.

Ich berichte ihm von der Aufnahme, die Matti von der Gruppenvergewaltigung gemacht hat.

»Wie bist du denn an das Video gekommen?«

»Das ist mein Dienstgeheimnis«, antworte ich und lächele.

Er nimmt sich wieder die Kopie des Berichts und liest sie zum zweiten Mal durch.

»Ja, das könnte eine Erklärung für die Bilder der Überwachungskamera sein«, sagt er schließlich. »Aber warum sollte Matti Sjöfn umbringen wollen?«

»Ich habe auch dafür eine Theorie.«

»Und wie lautet sie?«

»Die Goldjungs glauben, dass Sjöfn dir das Video aus ihrem Schlafzimmer verkaufen wollte. Ich stimme ihnen insoweit zu, dass ihr ursprünglich für diesen Zweck gefilmt wurdet. Allerdings bin ich der Meinung, dass Sjöfn sich zu einem späteren Zeitpunkt geweigert hat, den Plan komplett durchzuführen und Geld zu verlangen.«

Adalgrímur steht auf. Beginnt langsam und mit schweren Schritten auf und ab zu gehen.

»Ich bin sicher, dass Sjöfn und Matti gemeinsame Sache gemacht haben und schon andere Leute auf diese Weise erpresst haben«, füge ich hinzu. »Als Sjöfn ihre Meinung geändert hat, bekam Matti mit Sicherheit einen Wutanfall, aber auch Angst vor den Konsequenzen. Er hat sein Problem gelöst, indem er sie aus dem Weg geräumt und dir die Schuld in die Schuhe geschoben hat.«

Adalgrímur bleibt am Tisch stehen.

»Willst du damit sagen, dass Sjöfns und meine Beziehung von Anfang an als Teil einer Erpressung geplant wurde?«, fragt er mit gerunzelter Stirn. »Seit Matti uns einander vorgestellt hat?«

»So sehe ich das«, antworte ich. »Aber ich habe keine Beweise.«

Er setzt sich an den Tisch. Sitzt gebeugt auf dem Stuhl.

»Warum ist sie dann aus der Sache ausgestiegen?«

»Ich weiß es nicht«, antworte ich. »Vielleicht hat sie sich wirklich in dich verliebt.«

»Ich bin schon lange kein dummes Jüngelchen mehr«, sagt er und richtet sich auf, »obwohl ich mich vielleicht wie eines verhalten habe. Du brauchst mich nicht zu trösten, ich halte es schon aus, sie im rechten Licht zu sehen.«

Bitterkeit schwingt in der Stimme mit.

»Ich werde weiterhin Druck auf diejenigen ausüben, die die Ermittlungen leiten«, sage ich und stecke die Papiere wieder in meine Aktenmappe.

Adalgrímur steht auf.

»Trotz allem bin ich davon überzeugt, dass dieser Albtraum früher oder später zu Ende ist«, sagt er.

»Apropos Albtraum«, sage ich und schiebe den Stuhl an den Tisch. »Kennst du Geirfinnur Einarsson?«

Die Frage kommt sichtlich überraschend für ihn.

»Was für einen Geirfinnur meinst du?«

»Den einen wahren. Jemand hat mir erzählt, dass ihr beide in den sechziger Jahren auf dem Bau des Búrfell-Kraftwerkes gearbeitet habt.«

»Warum fragst du?«

»Nur aus Neugier.«

Er guckt zur Tür. Dann wieder zu mir.

»Ich erinnere mich, dass ich nach seinem Verschwinden sein Gesicht auf den Zeitungsfotos wiedererkannt habe. Aber ich kannte ihn auch nicht besser als alle anderen, die mit mir in diesem Sommer da oben gearbeitet haben.«

Das war ja klar.

»Ist dir irgendwann mal die Idee gekommen, dass er irgendwo in der großen, weiten Welt noch am Leben sein könnte?«

»Geirfinnur? Am Leben?«

Adalgrímur starrt mich eine geraume Weile an. Sein Gesicht ist erstarrt, als wäre er zu Stein geworden.

Dann spielen seine Nerven nicht mehr mit. Seine Schultern zucken vor nervösem, halb unterdrücktem Gelächter, das in Intervallen kommt.

Der Gefängniswärter öffnet die Tür. Guckt zu uns herein.

Adalgrímur geht mit ihm auf den Gang, ohne sich umzusehen.

Es ist grau draußen, obwohl es mitten am Tag ist. Der helle Schnee kommt nicht gegen die dicken, dunklen Wolkenbänke an.

Ich bleibe eine Weile in meinem geliebten Silberpfeil sitzen. Alleine mit meinen Gedanken.

Adalgrímur hat Geirfinnur gekannt. Es besteht kein Grund, daran noch länger zu zweifeln.

Diese Erkenntnis bedeutet eins:

Ich muss nach Amerika fliegen. Mit meinem Gesprächspartner vom Telefon in eigener Person reden.

Als ich mich der Stadt wieder nähere, rufe ich Harpa an. Bitte sie, mich in einer halben Stunde bei mir zu Hause zu treffen.

Ich habe den Goldjungs noch nicht das andere Video gegeben, das ich bei Matti einkassiert habe. Jenes, auf dem man sieht, wie die Vandalen in der Wohnung des geknebelten Alten zugange sind.

Habe den bösen Verdacht, welche Gesichter sich unter den widerlichen Schlupfmützen verstecken.

Möchte Harpa unbedingt die Chance geben, mir alles zu sagen, was sie weiß. Bevor es zu spät ist. Für sie.

Ich lasse sie nicht an mich heran. Biete ihr den Besucherstuhl auf der anderen Seite des Schreibtischs an. Lasse die Stille ihre Arbeit tun. Um sie nervös zu machen.

»Jetzt hast du noch die Gelegenheit, die Wahrheit zu sagen und dich damit selber zu retten«, sage ich schließlich. »Aber die Frist läuft bald ab.«

»Was meinst du?«

»Einbruch? Vandalismus? Und jetzt zuletzt eine halb tote alte Frau?«

Harpa erbleicht.

»Möchtest du, dass ich versuche, dir aus diesen Schwierigkeiten herauszuhelfen?«, frage ich sie mit scharfer Stimme. »Oder möchtest du mit denen abstürzen, die dich zu dieser Untat angestiftet haben? Du hast die Wahl.«

»Woher weißt du das?«, fragt sie leise.

»Die Goldjungs werden bald die Wahrheit über diesen Fall herausfinden. Ich gebe dir jetzt die Gelegenheit, aufrichtig über alles zu berichten, bevor sie euch alle festnehmen.«

»Petzen meinst du wohl?«

Ich reiche ihr ein Formular.

»Wenn du hier unterschreibst, bin ich als deine Anwältin an die Schweigepflicht gebunden.«

Sie nimmt das Blatt in die Hand.

»Wir können deinen Bericht schriftlich festhalten und dann gemeinsam entscheiden, wann wir damit zu den Goldjungs gehen«, fahre ich fort.

»Aber wenn ich nichts mache?«

»Sie werden euch kriegen«, sage ich und beuge mich über den Schreibtisch. »Die einzige Frage ist, wann.«

Aber Harpa kann sich nicht entscheiden.

»Ich brauche noch Bedenkzeit«, sagt sie.

»Du entscheidest«, antworte ich. »Aber schiebe es nicht zu lange vor dir her.«

Sie legt das Formular auf den Schreibtisch. Steht auf. Geht zur Tür.

Kommt dann wieder zurück.

»Ich unterschreibe«, sagt sie. »Aber der Rest muss warten.«

Ein Schritt in die richtige Richtung … In etwa.

32. KAPITEL

Montag

Die Goldjungs sind total gestresst. Der Vize versucht zu vertuschen, wie angespannt er ist. Wird überfreundlich. Schenkt mir sogar Kaffee in meine Tasse ein.

Raggi hat absolut keine Nerven wie Drahtseile. Er rutscht ständig auf seinem Stuhl hin und her. Weiß nicht, wohin mit seinen Händen. Spielt mit allem herum, was in Reichweite liegt. Mit dem Kuli, der Tasse, der Untertasse, dem Teelöffel, der Kaffeekanne. Und mit der grauen Akte, die auf dem Tisch liegt.

Sie haben mich zu einer Besprechung in das beinahe Allerheiligste der Kripo-Festung geladen. Ins Büro des Vize.

Da scheint ja viel auf dem Spiel zu stehen.

Ich lasse sie ein bisschen zappeln. Konzentriere mich darauf, den Raum zu begutachten. Und die sauteuren Möbel.

Denen wäre ja nie eingefallen, mal schnell wegen einer Couchgarnitur oder einem Schreibtisch zu IKEA rauszufahren. Nicht diesen Typen.

Schließlich zahlen wir Steuerzahler die Rechnung.

Der Vize räuspert sich. Höflich.

Da ergreife ich die Initiative:

»Ist Matti festgenommen worden?«

Raggi weicht meinem Blick aus. Überlässt es seinem Vorgesetzten, meine Frage zu beantworten.

Der Vize räuspert sich wieder.

»Die Ermittlungen in diesem Fall stecken noch völlig in den Anfängen«, antwortet er.

»Ihr habt doch trotzdem mit ihm gesprochen? Oder nicht?«

»Doch, er kam heute Vormittag zum Verhör und hat eine Aussage gemacht.«

»Und?«

»Er gibt zu, das Video zu kennen, behauptet aber, dass es sich dabei um eine Theateraufführung handeln würde, beziehungsweise, dass es sich um eine gestellte Vergewaltigung handelt.«

»Seid ihr nicht in der Lage, den Unterschied zwischen Spiel und Ernst zu erkennen?«

»Ich zitiere nur die Aussage des Mannes.«

»Was ist mit dem Mädchen, das vergewaltigt wurde?«

»Matti behauptete, die Namen der Schauspieler gerade nicht parat zu haben …«

»Der Schauspieler?«, falle ich ihm wütend ins Wort.

»… aber er sagte, dass er die Namen vermerkt habe, und versprach, sie an uns weiterzugeben«, fährt er fort. »Wir werden dann mit diesen Leuten sprechen, natürlich auch mit dem Mädchen.«

»Wann?«

»Sobald wir sie ausfindig gemacht haben.«

»Glaubst du, dass Matti in der Zeit die Hände in den Schoß legt?«, frage ich aufgebracht. »Natürlich nicht. Er ist mit Sicherheit jetzt schon dabei, diesem Mädchen alles Übel der Welt anzudrohen.«

»Wir passen die Schnelligkeit der Ermittlungen den Ergebnissen an«, sagt der Vize.

»Und in der Zwischenzeit läuft dieses Tier frei herum?«

»Wir haben nichts in der Hand, um Matti festzunehmen«, antwortet Raggi. »Als Anwältin solltest du wissen, dass unsere Hände momentan gebunden sind.«

Oh Mann!

»Und was ist mit dem Mord?«, frage ich nach längerem Schweigen.

»Wir haben Matti gefragt, wo er sich am Tag, als Sjöfn ermordet wurde, befand, und es scheint so, als habe er ein Alibi«, sagt Raggi.

»Ein Alibi?«

»Ja, wir haben jetzt bereits eine Aussage von einem Mädchen vorliegen, das mit ihm den ganzen Nachmittag verbracht hat.«

»Schwachsinn!«

Raggi guckt den Vize an.

Der nickt.

Da öffnet Raggi die graue Akte, die vor ihm auf dem Tisch liegt. Zeigt mir die Kopie eines polizeilichen Protokolls.

Ich lese die Aussage schnell quer. Aus ihr geht hervor, dass Matti mit diesem Mädchen vom Mittag bis einschließlich Abendessen diesen Samstag verbracht hat. Hauptsächlich im Bett.

Unterschrieben von einer Thórdís Abrahamsdóttir.

Plötzlich wird mir klar, wer zu diesem Namen gehört: Dísa.

»Diese Aussage ist von vorne bis hinten erlogen.«

»Kannst du das beweisen?«, fragt der Vize.

»Ich weiß mit Sicherheit, dass Dísa nicht mit Matti den Tag verbracht hat.«

»Wo war sie denn?«

»Ich habe keine Erlaubnis, hier und jetzt Angaben dazu zu machen. Aber ich weiß, dass diese Aussage erfunden ist. Matti hat kein verdammtes Alibi.«

Sie gucken mich beide an. Versuchen, ihre Gedanken zu verheimlichen.

Aber ich kenne sie zu gut. Weiß, dass sie mir nicht glauben.

Die Stille wird peinlich.

Schließlich räuspert sich der Vize wieder.

»Wir wollten mit dir auch über einen ganz anderen Fall sprechen«, sagt er.

Ich starre ihn an. Ohne zu antworten.

»Diese beispiellose Berichterstattung der Medien, dass Geirfinnur Einarsson irgendwo in den USA lebt, beginnt, die Rechtssicherheit im Land zu bedrohen«, fährt er fort. »Lassen wir mal die schädlichen Einflüsse auf den Glauben der Allgemeinheit an unser Rechtssystem beiseite, die eine unverantwortliche Mediendiskussion über das Gerichtsurteil gehabt hat. Jetzt allerdings scheinen es viele als bewiesen anzusehen, dass Geirfinnur nie ermordet wurde und der ganze Fall von Anfang an auf einem Missverständnis beruht. Du als Anwältin wirst doch verstehen, wie wichtig es für das weitere Vertrauen der Einwohner auf das isländische Rechtssystem ist, dass diese Lügengeschichte ein für alle Mal aus der Welt geschafft wird.«

»Und?«

»Uns ist klar, dass du in Kontakt mit dem Mann gestanden hast, von dem die Verbreitung dieses Gerüchts ausging.«

»Ach ja?«

»Wir wissen, dass du im bisherigen Verlauf des Falles eine Schlüsselrolle innehast und daher eine große Verantwortung trägst, diese Angelegenheit zu einem guten Ende zu führen. Unsere Einwohner haben es verdient, dass dieser Fall so schnell wie möglich aus der Welt geschafft wird.«

»Ich trage meinen Klienten gegenüber Verantwortung. Niemandem sonst.«

Der Vize hätte ganz eindeutig Lust, seine Wut an mir auszulassen. Aber es gelingt ihm, sich zu kontrollieren.

»Mit anderen Worten wünschen wir eine Zusammenarbeit mit dir, um dieses Gespenst so schnell wie möglich zu vertreiben.«

»Ich bin kein Gespensterjäger.«

Der Vize kann sich noch zusammenreißen.

»Wir möchten diesen Mann treffen, um herauszufinden, wer er ist, und damit den Fall abschließen«, fährt er fort.

»Das liegt nicht in meiner Macht.«

»Doch, natürlich«, mischt Raggi sich ein.

»Wie meinst du das?«

»Wir ersuchen dich, dabei sein zu dürfen, wenn du diesen Mann Ende der Woche triffst«, sagt er.

Ich bin unangenehm überrascht.

Woher wissen die von meinen Plänen?

Ich habe niemandem davon erzählt, dass ich nach Amerika fliege. Nur dem geheimnisvollen Gesprächspartner. Gestern Abend am Telefon.

Habe mein Ticket erst heute Morgen gebucht.

Niemand sollte davon erfahren. Schon gar nicht die Goldjungs.

Ob sie wohl mein Telefon abhören?

Der Vize bemerkt Raggis Fehler. Versucht sofort, ihn auszubügeln.

»Wir haben heute Mittag von Icelandair die Informationen bekommen, dass du für morgen einen Flug in die USA gebucht hast und den Rückflug für Freitag«, sagt er schnell. »Wir haben zwei und zwei zusammengezählt und vier erhalten.«

Verdammte Lumpen!

»Wie könnt ihr es wagen, mich auszuspionieren?«

»Wir müssen natürlich unsere Pflicht tun, wenn die Rechtssicherheit des Landes auf dem Spiel steht«, antwortet der Vize. »Das ist nicht persönlich gemeint, meine Liebe.«

Meine Liebe?

Mir reicht's.

»War sonst noch etwas?«, frage ich kühl.

Sie gucken mich beide schweigend an. Einen Moment.

»Lehnst du unsere Bitte um Zusammenarbeit ab?«, fragt der Vize.

»Aber natürlich.«

Seine Wangen verfärben sich rötlich. Vor Wut.

»Mit deinem Benehmen zeigst du eine ungeheure Verantwortungslosigkeit.«

»Und du zeigst mit deinem Benehmen eine ungeheure Unverschämtheit.«

Da vergisst er sich plötzlich.

»Es ist eine Schande und nichts anderes, wenn es einer so unbedeutenden und unmoralischen Falschspielerin wie dir gelingen sollte, der Gesellschaft einen irreparablen Schaden zuzufügen, und das auch noch zu deiner Freude!«, ruft er.

»Das ist ja ein Ding.«

»Und ich werde alles tun, was in meiner Macht steht, um die Anwaltskammer von dir Unruhestifterin zu säubern. Da kannst du dich drauf verlassen.«

Ich bin fest entschlossen, mich von ihm nicht aus der Ruhe bringen zu lassen.

Zwinge mir ein Lächeln ins Gesicht:

»Ich liebe dich auch.«

33. KAPITEL

Mittwoch

Jetzt bin ich bereit.

Bald wird sich herausstellen, ob mein Verdacht begründet ist.

Letztes Mal war es Sommer, als ich in Florida war, und wesentlich heißer als jetzt.

Trotzdem ist es ein ganz schöner Unterschied, aus der isländischen Kälte an den Badestrand mit Sonne, Sand und vielen lecker gebräunten Hengsten zu kommen.

Aber ich habe an etwas anderes zu denken als an Sonne, Sand und zwanzig Grad plus. Schon gar nicht an gut gebaute Kerle.

Es wird bald drei Uhr. Nachmittags.

Geirfinnur wird jeden Moment anrufen. Oder wie er wohl in Wirklichkeit heißt. Er wird sich auf meinem tollen scheißteuren Handy melden. Eines von denen, die es sowohl zu Hause auf der Eisscholle als auch in Amerika tun.

Den ganzen Vormittag habe ich damit verbracht, notwendige Vorsichtsmaßnahmen zu treffen. Manches konnte ich telefonisch regeln. Um andere Dinge musste ich mich persönlich kümmern. An Ort und Stelle vorbereiten. Vielleicht war das alles unnötig. Aber ich traue dem Braten einfach nicht.

Habe immer noch nicht dieses unangenehme Gefühl abschütteln können, das ich am Sonntag bei dem Treffen mit den Goldjungs bekam.

Dass sie mir nachspionieren. Unter anderem damit, dass sie mein Telefon abhören.

Nach der Besprechung haben sie mich auch gleich auf die schwarze Liste gesetzt:

Persona non grata.

Sogar Raggi hat sich wie ein gemeingefährlicher Stier benommen und einfach den Hörer aufgeknallt.

Ich hatte auch auf dem Flughafen drüben den starken Eindruck, dass mich jemand beobachtet.

Es war auch nicht normal, wie viel Zeit sich die amerikanischen Goldjungs auf dem Kennedy-Flughafen nahmen, um meinen Reisepass zu kontrollieren.

Oder wie lange ich auf meinen Koffer warten musste.

Ich hatte gestern Abend immer noch dieses unangenehme Gefühl, nachdem ich mit meinem Anschlussflug von New York in Fort Lauderdale angekommen war, endlich im Hotel mein Zimmer bezogen hatte und auf dem Weg in die Bar war, um Jackie einen Besuch abzustatten.

Scheinbar nie ermüdende Alarmglocken schrillten ständig in meinem Inneren.

Vielleicht hat mich mein siebter Sinn gewarnt?

Oder meine weibliche Intuition?

Irgendwas ist mit Sicherheit im Gange.

Allerdings nicht greifbar. Noch nicht. Aber trotzdem real.

Da bin ich ganz sicher. Einigermaßen jedenfalls.

Bis zum Bahnhof muss ich noch ein kurzes Stück geradeaus laufen.

Es ist ein riesiges Gebäude. Modern. Und es ist viel los.

Ist mir recht so.

Ich quetsche mich mitten durch die Menschenmassen. Habe mein Handy in der linken Hand.

Warte darauf, dass der Knabe sich meldet.

Er ruft erst zehn Minuten nach drei an.

Typisch isländische Pünktlichkeit!

Ich gebe ihm die Nummer eines öffentlichen Telefons in der Innenstadt. Die ich mir heute Vormittag aufgeschrieben habe. Sage ihm, dass er um vier Uhr wieder anrufen soll. Pünktlich. Auf der neuen Nummer. Und beende das Gespräch.

Prima. Der erste Teil wäre erledigt.

Ich gehe der Nase nach direkt auf die Schließfächer zu. Sie stehen in Reihen im Inneren der Halle.

Öffne Fach Nummer 186.

Mein Rucksack liegt immer noch da, wo ich ihn heute Morgen untergebracht habe.

Ich begutachte mein Handy. Sehe, dass es immer noch Kontakt zu einem Signal hat. Lange mit dem Arm tief ins Fach. Lege das Handy dort ab. Ziehe den Rucksack zu mir. Schließe das Fach wieder ab.

Dann kommt der nächste Schritt.

Die Toiletten sind unsauber. Trotzdem gelingt es mir, eine Kabine zu finden, in der der Gestank noch zu ertragen ist.

Lege meinen Rucksack auf die Klobrille. Hole helle Jeans, ein T-Shirt, einen Hut mit breiter Krempe und eine Sonnenbrille heraus.

Ziehe mich schnell um.

Stopfe meinen Rock, den Pulli und die Jacke in den Rucksack.

Stecke mein Haar zu einem Knoten auf und bedecke ihn mit dem Hut. Setze die Sonnenbrille auf.

Hänge mir den Rucksack über die Schulter.

Fertig.

Ich ziehe wieder los.

In der Halle sind immer noch jede Menge Leute, die entweder kommen oder fahren. Daher ist es leicht, in der Menge unterzutauchen und sich mitreißen zu lassen.

Jetzt bin ich wieder draußen an der Sonne.

Gehe zügig zum Ufer, wo die Wassertaxis in Amerikas Venedig auf die Touristen warten.

Wunderbar, auf dem Weg den Kanal hoch die warme Brise das Gesicht umspielen zu lassen. Und die sattgrünen Äste der Palmen zu sehen, die sich im leichten Wind hin und her wiegen. Als ob ich in Ferien wäre.

Aber nur fast.

Das Wassertaxi legt am Ufer der großen Einkaufsstraße Las Olas an.

Hier sind den ganzen Tag Menschenmassen unterwegs.

Kurz vor vier bin ich bei den Telefonzellen angekommen.

Alles läuft nach Plan.

Habe keine Ahnung, ob mich noch jemand verfolgt. Oder überhaupt.

Hoffentlich nicht. Vorsicht ist die Mutter der Porzellankiste.

Ich besetze die Telefonzelle, die ich heute Morgen ausgesucht habe. Warte ungeduldig auf den Anruf.

Dieses Mal hat der Kerl nur vier Minuten Verspätung.

Er ist beunruhigt. Will wissen, warum ich mich wie ein Flüchtling beim Versteckspiel verhalte.

Es dauert ein paar Minuten, bis ich ihn auf den neuesten Stand der Dinge gebracht habe. Dass ich vermutlich ständig beschattet werde.

Erkläre ihm dann, wie es weitergehen wird. Sage ihm, wann und wo wir uns treffen werden. Wie ich angezogen bin. Und mit welchen Worten er sich vorstellen soll.

Ich hatte bereits Ort und Zeit festgelegt. Aber er hat seine eigenen Ideen.

Schließlich einigen wir uns.

Wenn nichts Unerwartetes passiert, treffen wir uns an meiner Stelle heute Abend um neun. Ansonsten an seiner Stelle morgen Mittag um eins.

Wenn alles schief geht, ruft er in vierundzwanzig Stunden zur gleichen Zeit in dieser Telefonzelle an.

Perfekter Plan.

Auf dem Weg zurück zum Bahnhof überlege ich mir für einen Moment, ob ich nicht völlig übertreibe. Mich beneh-me, als hätte ich Verfolgungswahn.

Gibt es tatsächlich einen vernünftigen Grund anzunehmen, dass isländische und amerikanische Goldjungs mir hier unter der Sonne Floridas hinterherspionieren würden? Dass sie mein Handy per GPS ausfindig machen würden, um genau zu verfolgen, wo ich mich zu welcher Zeit befinde? Um den Typen festnehmen zu können, der behauptet, Geirfinnur Einarsson zu sein?

Idiotisch oder nicht. Ich darf die Goldjungs auf keinen Fall an den Knaben ranlassen. Jedenfalls nicht, bevor ich mich nicht selber eingehend mit ihm unterhalten habe.

Kurz darauf habe ich wieder meine Kleidung gewechselt. Habe den Rucksack wieder im Schließfach untergebracht. Und mein Handy in die Jackentasche gesteckt.

Ich muss spätestens um fünf bei der nächsten Station sein. Es handelt sich um eine private Gemeinschaftspraxis, die sich unter anderem darauf spezialisiert hat, DNA-Proben zu analysieren. Ich hatte noch von zu Hause aus einen Termin bei ihnen vereinbart. Am Abend, bevor ich in die USA flog.

Zuerst muss ich aber meinen Durst löschen. Deshalb gehe ich an einer kleinen Bar unter freiem Himmel am Ufer vorbei. Gönne mir einen Doppelten in der hellen Sonne.

Genieße den Geschmack. Und das Feuer.

Aber die Kunden sind uninteressant. Alle mit einer mehr oder weniger dreckigen Schirmmütze auf dem Kopf.

Schütten laues Dosenbier in sich hinein. Und reden endlos über Baseball. Uff!

Die Praxis befindet sich in einem weißen Gebäude.

Schon im Eingangsbereich stellt sich heraus, dass alle, die das Haus betreten, beobachtet werden.

Direkt hinter der Tür steht ein uniformierter Wachmann. Ein zweiter sitzt hinter der Glasscheibe bei der Anmeldung.

Und die Linsen von Überwachungskameras starren die Gäste aus allen Richtungen an.

Zehn bis fünfzehn Leute sitzen in einem geräumigen Wartezimmer. Die Kunden warten darauf, aufgerufen zu werden. Vor allem Frauen mit Kindern.

Aber es gibt dort auch ein paar wohl genährte Männer in Anzügen.

Ich suche mir schnell ein Opfer aus.

Der Kerl hat ungefähr das richtige Alter. Ziemlich hager. Mit grauem, kurz geschnittenem Haar rund um seinen spärlich behaarten Hinterkopf. Hat helle Jeans und eine bläuliche Jacke an. Könnte gut einer von diesen Kerlen sein, die die letzten Jahre ihres Lebens damit verbringen, Golf im Sonnenstaat zu spielen.

Ich gehe lächelnd auf mein Opfer zu. Begrüße ihn mit Handschlag. Lange und herzlich. Tue so, als hätte ich Doktor Livingstone selber im amerikanischen Dschungel gefunden.

Er wundert sich. Aber ist trotzdem freundlich zu mir.

Wir sind in unser Gespräch vertieft, als zwei von diesen Sakkoträgern sich neben uns postieren. Sie packen die Arme des Mannes, ziehen seine Hände hinter den Rücken und lassen die Handschellen zuschnappen.

Wie im Kino.

Oh Mann!

Mist, wenn man immer Recht hat.

34. KAPITEL

Die amerikanischen Goldjungs geben dem Kerl keine Erklärungen ab.

Der eine führt ihn in Handschellen aus dem Haus ab. In ein Auto, das direkt an der Tür wartet.

Der andere fängt eine Auseinandersetzung mit mir an. Bittet mich, ihn auf die Wache zu begleiten.

Ich zeige ihm meinen Pass. Sage, dass ich als legaler Tourist hier bin. Und außerdem auch noch Anwältin. Wäre bereit, jederzeit wen auch immer zu verklagen. Egal wann.

Ist ihm aber egal. Sagt, dass ich das alles genauer auf der Wache erklären könnte. Streitet aber ab, dass ich festgenommen bin. Aber natürlich könne er mir Handschellen anlegen, wenn ich gesteigertes Interesse daran hätte.

Gleichzeitig öffnet er den einen Sakkoaufschlag, um mir die imaginäre Verlängerung seines Schwanzes zu zeigen. Seinen Revolver. Scheißgehabe!

Die südlich-üppigen Gewächse bei Las Olas verlieren den meisten Charme, wenn man sie durch die dunklen Scheiben des Polizeiautos betrachtet.

Die amerikanischen Goldjungs, die mich im Auto begleiten, haben kein Interesse daran, meine Fragen zu beantworten.

»*Later*«, antworten sie jedes Mal, wenn ich versuche, mit ihnen zu sprechen. Später.

Auf der Wache parken sie mich in einem kleinen Zimmer mit vergittertem Fenster.

Weisen mich an zu warten.

Lassen einen Aufpasser bei mir zurück. Er ist uniformiert. Und trägt ebenfalls eine Waffe.

Ich sitze an einem billigen Tisch und langweile mich. Meine Wut hat schon fast den Siedepunkt erreicht, als die Goldjungs sich wieder blicken lassen. Nach fast einer halben Stunde Herumhängen.

Einer von ihnen ist Isländer. Ein uninteressanter, winterbleicher Typ mittleren Alters

Er setzt sich mir gegenüber an den Tisch. Stellt sich als Árni vor. Hat gerade erst den Mund aufgemacht, als ich schon auf ihn losgehe.

Aber nur mit Worten.

»Was zum Henker habe ich hier zu suchen?«

»Das solltest du doch wissen«, antwortet er.

»Nein.«

»Hast du wirklich gedacht, wir würden aufgeben?«

»Mit was?«

Árni grinst.

»Dein Job ist jetzt größtenteils erledigt, da wir ja diesen Mann gefasst haben«, sagt er hochmütig. »Wenn du uns jetzt freundlicherweise noch eine schriftliche Erklärung geben könntest, dass sich der Festgenommene in Gesprächen mit dir Geirfinnur Einarsson genannt hat.«

»Du hast sie ja nicht alle.«

»Eigentlich ist es uns ja egal, ob du das machst oder nicht«, fährt er fort. »Es würde aber das Auslieferungsverfahren beschleunigen.«

Unerträglicher Angeber.

»Gut zu wissen, dass ich eine Schadensersatzklage wegen meiner illegalen Verhaftung gegen die isländische Polizei führen muss, nicht gegen die amerikanische«, antworte ich.

»Du bist nicht festgenommen worden.«
»Nicht?«
»Nein«, antwortet er. »Soweit ich weiß, hilfst du uns bei dieser wichtigen Ermittlung aus freiem Willen.«
»Das sehe ich aber nicht so.«
»Wohl.«
»Dann steht mir wohl frei zu gehen? Jetzt sofort?«
Der Kerl ist beleidigt.
»Was ist mit der Erklärung, die ich eben erwähnt habe?«, fragt er unhöflich.
»Ich unterschreibe nichts. Außer einer Klage an euch.«
Árni steht auf. Tuschelt mit dem amerikanischen Goldjungen.
Guckt dann auf mich runter.
»Wir brauchen dich nicht mehr«, sagt er herablassend. »Du kannst also gehen, wenn du unbedingt willst.«
Ich nehme meinen Rucksack, der auf dem Boden liegt. Gehe zügig auf den Gang. Eile auf die Eingangstür zu.
Meine Schritte werden mit jedem Meter beschwingter.
Trotzdem grinse ich erst, als ich draußen im hellen Sonnenschein stehe.
Alles hat bisher nach Plan funktioniert.
Noch.
Ich werfe einen schnellen Blick auf die Uhr. Es ist bald sieben Uhr.
Scheiße!
Bis zum nächsten Date habe ich nur noch zwei Stunden Zeit! Aber es findet nur statt, wenn ich es rechtzeitig zu einem ganz anderen Ort in der Stadt schaffe. Ohne die Goldjungs im Rücken hängen zu haben.
Ich muss mich beeilen. Muss loslaufen, bevor die Goldjungs merken, dass sie den falschen Mann erwischt haben. Irgendeinen unschuldigen Kerl, der leider das Pech hatte, zur falschen Zeit am falschen Ort zu sein.

Zuerst nehme ich ein Taxi zum Hotel. Quetsche mich am Empfang in eine Telefonzelle. Bestelle mir ein Wassertaxi in zehn Minuten.

Flitze dann hoch ins Zimmer.

Ziehe mich in Windeseile aus.

Springe in meine schwarz-weißen Klamotten.

Weiße Bluse. Schwarze Hose, Jacke, Schuhe. Und setze mir wieder den breitkrempigen Hut auf.

Checke, ob mein Handy noch aufgeladen ist. Lege es auf den Nachttisch. Sause aus dem Zimmer. Hänge von außen das Verbotsschild an den Knauf:

Do Not Disturb.

Sobald der Aufzug im Erdgeschoss anhält, eile ich durch die Hintertür aus dem Hotel. Da, wo die sanften Wellen des Flusses an der Uferpromenade lecken.

Das Wassertaxi wartet schon auf mich.

Der Steuermann fährt mich die Meerenge entlang. Richtung Norden.

Die Abenddämmerung leuchtet in allen Farben des Regenbogens. Das starke Licht der Straßenbeleuchtung, die erhellten Schaufenster und die unzähligen Reklameschilder nehmen es mit den dunklen Schatten der Nacht auf, die jetzt schnell hereinbricht.

An einer viel befahrenen Hauptstraße springe ich an Land. Halte schnell ein Taxi an. Um mich den letzten Abschnitt fahren zu lassen.

Ich werfe ab und zu einen Blick durch die Heckscheibe. Sehe unzählige Autos hinter uns. Aber kann nicht feststellen, ob mich eines davon verfolgt.

Der Fahrer bemerkt mein Verhalten. Fragt, ob ich irgendeinen Schwachkopf loswerden will.

»*Maybe*«, antworte ich.

»Okay«, sagt er und gibt anständig Gas. Überholt ein paar Autos mit hohem Tempo.

Plötzlich biegt er von der Hauptstraße ab. Fährt ein paar Nebenstraßen entlang. Mit halbwegs vorgeschriebener Geschwindigkeit.

Ich entdecke kein verdächtiges Auto hinter uns.

Wenn die Goldjungs versucht haben sollten, mich vom Hotel aus zu verfolgen, hat der Taxifahrer sie bestimmt abgehängt.

Bald fädelt er das Auto wieder auf der Hauptstraße ein. Und ist kurz vor neun am Ziel.

Ein wahrer Superfahrer.

Ich lobe ihn in den Himmel. Und gebe ihm reichlich Trinkgeld.

Betrete dann das karibische Paradies.

Von innen und außen sieht das *Mai-Kai* wie ein Abenteuerdorf aus, das komplett von Tahiti oder Bora-Bora hierher importiert wurde. Eine vollkommene karibische Illusion mitten in einer amerikanischen Betonstadt.

Ich lasse mich an einer Bar nieder. Unter grob geschnitzten Göttermasken, fernöstlichen Drachenbildern und Papplaternen mit bunten Lichtern.

Halb nackte braune Kerle bearbeiten mit geschickten Fingern Flaschen und Schüttelbecher. Mixen einen karibischen Seeräubertrank nach dem anderen. Spektakuläre Cocktails mit Rum, Früchten und Gewürzen.

Kleine, rundliche Mädchen in knallbunter Minimalkleidung gehen zwischen den Tischen umher und servieren.

Ich bin zu gespannt, um die Umgebung gebührend zu genießen. Gucke mir die unterschiedlichen Gäste genau an.

Welcher dieser Kerle ist es?

Als der Barkeeper kommt, lasse ich die Hände von den fremdländischen Gemischen. Bestelle mir einen doppelten Jackie. Pur.

Aaah!

Er schmeckt doch immer gleich gut. Diese wunderbare Mischung von Frost und Flammen. Eiskalt und kochend heiß.

Ich bin schon beim zweiten Glas, als sich jemand von hinten über mich beugt.

»Weißt du, wie viel Sternlein stehen«, flüstert er mir ins Ohr.

35. KAPITEL

Er sieht eher uninteressant aus.

Ich hätte ihn auf der Straße kaum registriert. Jedenfalls nicht zwei Mal angeguckt.

Er hat langes Haar. Zu einem Pferdeschwanz gebunden. Hauptsächlich grau.

Sein Gesicht ist sonnengebräunt von der Arbeit im Freien.

Schweißperlen haben sich auf der Stirn und um den Mund herum gebildet.

Und er trägt einen mittelgroßen Bierbauch vor sich her.

Er hat dünne, leichte, karierte Kleidung an. Wie jeder Durchschnittsamerikaner in den Sommerferien.

Sein Akzent ist auch viel auffälliger als bei unseren Telefonaten. Er benutzt auch wesentlich mehr englische Wörter beim Sprechen.

Vielleicht, weil er so angespannt ist. Obwohl er versucht, seine Nervosität hinter disziplinierter Gelassenheit zu verstecken.

Er berichtet, dass er vor mir da gewesen sei. Hat beobachtet, wie ich die Bar betreten habe. Hat gesehen, dass die Kleidung zu der Beschreibung gepasst hat, die ich ihm gegeben habe. War ganz sicher, als ich in einer Bar, die für Rum berühmt sei, Jackie bestellt hätte.

»Eine Floridita«, sagt er zum Barkeeper, der sich daranmacht, den Cocktail direkt vor unseren Augen zu mixen.

Ich betrachte den Typen immer noch. Versuche sein Aussehen mit den fast vierzig Jahre alten Fotos von Geirfinnur Einarsson zu vergleichen, die ich mir angeguckt hatte, bevor ich abgeflogen bin. Ich hatte versucht, mir vorzustellen, wie sich ein Gesicht mit der Zeit verändern könnte.

Könnte er es wirklich sein?

Vielleicht.

Aber vielleicht auch nicht.

Verdammt noch mal! Ich bin keinen Schritt weiter.

»Das ist ein weltberühmter Daiquiri«, sagt er und trinkt den ersten Schluck. »Sie behaupten hier, dass Hemingway sich immer Floridita bestellt hat.«

»War das nicht der, der sich mit einer Schrotflinte erschossen hat?«

Er ist sprachlos. Aber nur für einen Moment.

»*Same guy*«, antwortet er trocken.

Ich fange erst an, ihn tiefer gehend auszufragen, als wir an einem ruhigen Tisch im großen Restaurant platziert worden sind und die von uns bestellten Gerichte serviert werden.

»Ich konnte der Versuchung nicht widerstehen, hierher zu kommen und dich zu treffen«, sage ich und beginne, an meiner Vorspeise zu naschen. Hummer und Shrimps in kräftiger Sauce. »Trotzdem hoffe ich im Innersten, dass du bluffst.«

»Du bist also nicht *sure*?«, fragt er. »*Right*?«

Ich nicke.

Er fängt an, mir den gleichen Sermon wie am Telefon aufzusagen. Nur viel ausführlicher.

Erzählt mir, wie es war, in Vopnafjördur aufzuwachsen, bis er als Achtjähriger seine Mutter verloren hat.

Warum sein Weg in den Süden nach Keflavík führte, wo er ein Mädchen im Tiefkühlhaus traf, heiratete und Kinder bekam.

Berichtet, wie gut er große Arbeitsmaschinen steuern kann und es ihm oft Spaß gemacht hat, vor allem dann, wenn er Arbeit bei großen Kraftwerkbauten im Hochland bekam. Bei Búrfell und Sigalda.

Erzählt er aus eigener Erfahrung? Oder zitiert er einen Text, den er aus irgendwelchen unverständlichen Gründen auswendig gelernt hat?

Ich bin noch lange nicht sicher.

Er zögert manchmal. Manchmal sucht er die passenden Worte. Vermischt Englisch und Isländisch noch mehr als gewöhnlich.

Schweigt dann eine gute Weile. Und wischt sich den Schweiß ab.

»Ich bin es nicht gewöhnt, so über mich selber zu sprechen«, sagt er entschuldigend nach einer solchen Pause. »Ich habe es immer als unangenehm empfunden.«

»Aber das ist ja der Sinn des Spiels, nicht wahr?«

»*Yes, right*.«

»Wenn du die Wahrheit sagst, warum hast du dich dann einfach aus dem Staub gemacht?«

»Ich hatte einfach die Nase voll.«

»Warum?«

Er zögert einen Moment. Erzählt mir dann, warum er sein Leben in Keflavík so derartig leid war. Jeden Tag die gleiche Arbeit. Und am Wochenende auf Sauftour. Jede Woche wieder. Monat für Monat. Jahr für Jahr. Seine Ehe war auch nur noch ein Scherbenhaufen.

»Ich war zu dieser Zeit *deep down*«, sagt er, »und bekam da auf einmal eine *surprise chance*, in Amerika noch mal ganz von vorne anzufangen.«

Aber warum dann weggehen, ohne sich zu verabschieden?

Sein Gesicht ist wie ein Buch mit sieben Siegeln. Es ist hoffnungslos, aus seiner Miene zu lesen, was er denkt. Seine Augen geben auch nichts preis.

»Ein *clean break* ist immer am besten«, sagt er nach längerer Bedenkzeit.

Die leicht angebratene Ente auf meinem Teller wurde auf chinesische Weise zubereitet.

Sie schmeckt köstlich. Wunderbar scharf. Ich wusste, dass sie so sein würde.

Der Kerl hat keinen großen Appetit. Und trinkt wenig.

Trocknet sich umso öfter die Schweißperlen mit Papiertaschentüchern ab.

Er ist nicht gleichermaßen bereit, über sein Leben in Amerika zu berichten. Deutet an, dass er in den letzten Jahrzehnten kreuz und quer durch die USA gezogen ist, aber nie lange an einem Ort geblieben ist. Ein oder zwei Jahre, wenn es hochkommt.

»*No problem*, hier einen Job zu bekommen, wenn du mit großen Baumaschinen umgehen kannst«, sagt er.

»Aber hast du denn nirgendwo einen festen Wohnsitz?«

»Ich krieg mal hier ein Zimmer, mal da«, antwortet er.

»Frei wie ein Vogel, was?«

»*Look*, wenn du hier im Westen keinen nervst, nervt dich auch keiner. *Fine* für mich.«

»Wenn das Leben doch so prima ist, warum hast du mich dann angerufen?«

Er legt sein Besteck ab. Beugt sich über den Tisch.

»*You see*, das war echt *weird*«, antwortet er nachsinnend. »Ich bin da von diesem Doktor gekommen und habe so ein überwältigendes *feeling* gekriegt.«

»Was für ein Gefühl?«

»Ich hatte Heimweh nach Vopnafjördur.«

»Home, sweet home?«

Er schüttelt den Kopf, als sei es ihm immer noch unverständlich.

Sagt, dass er noch nie ein solches Gefühl hatte.

Er hatte sogar noch nie die geringste Lust, nach Island

zurückzukehren. Das sei ihm in diesen ganzen Jahren noch nie in den Sinn gekommen.

Erst jetzt.

Diese unerwartete Sehnsucht ließ ihn in den nächsten Tagen nach dem Todesurteil des Arztes nicht in Ruhe. Sie führte schließlich dazu, dass er in der Botschaft angerufen hat, um nach einem Pass zu fragen. Dort erfuhr er dann, dass er schon vor langer Zeit für tot erklärt worden war.

Er berichtet wirklich überzeugend. Mit unterdrückten Gefühlen unter der gelassenen Oberfläche. Als ob er über seine eigene Erfahrung sprechen würde.

Aber ich will mehr. Beweise.

»Jetzt bin ich *sure*, wie *crazy* diese Idee war«, sagt er.

»Jetzt musst du das Spiel aber noch bis zum Ende durchziehen.«

Er nippt an seinem Wein. Hat seine Miene völlig im Griff. Wie jemand, der jahrzehntelange Übung darin hat, seine Gefühle und Gedanken vor anderen zu verbergen.

»Ich höre auf«, sagt er. »*Sorry.*«

»Womit hörst du auf?«

»Ich höre auf damit, weiter zu versuchen, nach Island zu fahren, das ist doch *just crazy, yes*?«

Teufel noch mal!

»Was ist mit meinen ganzen Umständen und Kosten?«, frage ich sauer.

Er fährt mit der einen Hand in die Innentasche seiner Jacke. Zieht einen weißen Umschlag heraus. Gibt ihn mir.

»Reicht das?«

Im Umschlag ist ein ansehnlicher Stapel mit Hundert-Dollar-Scheinen.

Ich zähle die Scheine auf die Schnelle. Ohne sie aus dem Umschlag zu nehmen.

Es sind vierzig. Viertausend Dollar.

»Ja, das sollte hinkommen«, antworte ich und stecke das

Geld in die Tasche. »Ich werde dir eine Rechnung schreiben.«

»*No, no,* wozu denn? Ich habe für so was eh keine Verwendung.«

»Du musst mir auch davon erzählen, wo und wie du Adalgrímur Sunndal hier in Amerika getroffen hast.«

»*Right,* das war der Name von Alli. Kennst du ihn?«

Ich lasse ein Lächeln als Antwort genügen.

»Es war neunzig, *maybe* auch ein Jahr früher, weiß es nicht mehr genau«, fährt er fort. »Es war hier im Süden, auf Key West.«

Er sagt, dass er dort anderthalb Jahre ungefähr mit Booten gearbeitet hat. Hat sich darum gekümmert, dass die Motoren in Ordnung waren. Aber hat auch manchmal die Boote gesteuert, wenn ein Steuermann fehlte. Sie hätten Waren und Leute transportiert. Und Touristen, die in der Nähe angeln wollten. Alli wäre auf so einer Angelfahrt Passagier gewesen.

»Bist du sicher, dass er dich erkannt hat?«

»*Sure.* Sie haben feine Cocktails getrunken, und ich bemerkte, dass die wohl besser seien als der Selbstgebrannte von früher. Er hat sich daran erinnert und lachte.«

»Wie hieß das Boot?«

»Zwei Boote wurden für die Angeltouren eingesetzt«, antwortet er nach einiger Überlegung. »Estrella und Maria. *Maybe* Estrella.«

Er wischt sich den Schweiß von der Stirn und den Wangen.

»Du musst mir irgendeinen Beweis dafür geben, wer du in Wirklichkeit bist«, sage ich.

Der Knabe leert sein Glas.

»Ich habe etwas über diesen DNA-Test gelesen, von dem du gesprochen hast«, sagt er. »Du brauchst nur ein Haar oder so was, *right*?«

»Ja.«

Er nimmt ein Messer vom Tisch. Wiegt es zwischen seinen Händen.

»Willst du, dass ich ein paar für dich abschneide?«, fragt er schließlich.

»Das taugt nicht für eine DNA-Analyse. Du musst die Haare mit der Wurzel herausziehen.«

Der Typ lässt sein Besteck sinken. Beginnt, in seinem Nacken herumzufummeln. Unter dem Pferdeschwanz.

Reißt sich dann einige recht lange Haare aus. Eins nach dem anderen. Legt sie vorsichtig auf ein sauberes Papiertaschentuch.

»Du kannst sie verwenden, wenn du willst«, sagt er und lehnt sich im Stuhl zurück. »Jetzt spielt das Ergebnis für mich keine Rolle mehr.«

Er trocknet sich erneut den Schweiß von der Stirn. Knüllt das Taschentuch zusammen und legt es auf den Teller.

»Ich gehe zuerst«, sagt er.

»Willst du wieder verschwinden?«

»Right.«

»Und wie geht es jetzt weiter?«

»Wie soll es schon weitergehen?« Er steht auf und lächelt schwach. »Für mich geht es nicht mehr weiter.«

Im Handumdrehen ist er aus dem Restaurant verschwunden.

In den nächsten Minuten gehe ich das Gespräch im Geist noch mal durch. Weiß immer noch nicht, ob er blufft.

Aber jetzt habe ich das, was ich brauche, um die Wahrheit herauszufinden.

Ich wickele die Haarprobe vorsichtig in ein Taschentuch. Stecke es in die Tasche meiner schwarzen Jacke.

Plötzlich ist auf der Bühne am Ende des Restaurants etwas los. Halb nackte Männer beginnen einen wilden Tanz zum anfeuernden Trommelrhythmus. Mit Fackeln in der Hand.

Scheiß auf alle verwirrten Typen.

Ich will beim Spaß dabei sein. Heute Nacht so richtig abtanzen. Alle Probleme vergessen.

»Anderer Leuts Leid erträgt sich leicht.«

Sagt Mama.

36. KAPITEL

Freitag

»Hmmm!«

Das Liebesfeuer hat die Lustnerven meines Körpers wie nie zuvor erfasst. Die Begierde hat auch meine Gehirnzellen in Beschlag genommen.

Sie denken an nichts anderes.

Überall um mich herum bereiten sich die Fluggäste auf eine Art Schlaf für den Rest der Reise von New York nach Keflavík vor. Sie bekommen blaue Decken und weiße Kopfkissen von den Stewardessen. Versuchen, es sich in den Sitzen so bequem wie möglich zu machen.

Ich drücke meine Lehne so weit nach hinten wie möglich. Strecke mich ausgiebig. Merke, wie sich meine aufgerichteten Brustwarzen am engen T-Shirt reiben.

In Flugzeugen kann ich meistens nicht schlafen. Irgendein eingebautes Warnsystem hält mich immer wach. Obwohl ich völlig übermüdet bin.

Aber jetzt ist es auch die Lust.

Der junge, süße Hengst im Sitz neben mir hat mich schon den ganzen Flug lang wahnsinnig gemacht.

Nicht, weil er irgendetwas getan hätte.

Noch nicht. Leider.

Nur damit, dass er dasaß. Und mir so nahe. Aber trotzdem viel zu weit weg. Er ist dunkelhäutig und sieht göttlich aus. Mit bezaubernden braunen Augen.

Aber schüchtern.

Ich habe versucht, mit ihm während des Essens zu plaudern. Habe herausgefunden, dass er Paolo heißt. Ist erst neunzehn Jahre alt. In Italien geboren, wo er jetzt auch lebt. Hat Verwandte seiner Mutter in Amerika besucht. Und ist jetzt auf dem Weg nach Hause.

Ich nehme die Decke entgegen, die die Stewardess mir reicht. Drehe mich auf die Seite.

Aber decke mich noch nicht zu.

Massiere mir erst mal meine Unterschenkel. Zuerst den einen. Dann den andern.

Unternehme einen missglückten Versuch, den Rock über die Mitte meiner Oberschenkel zu ziehen.

Beobachte dabei den italienischen Hengst.

Paolo liest.

Oder tut zumindest so.

Er muss aber doch meinen gierigen Blick bemerken!

Hat wahrscheinlich keine Ahnung, was er machen soll. Außer so zu tun, als ob er liest.

Hoffentlich.

Ich schließe für einen Moment die Augen. Lächele unwillkürlich, als mir die isländischen Goldjungs in Florida wieder einfallen.

Sie waren so nett aufgeschmissen. Und wütend.

Haben mich morgens aus dem Hinterhalt bei meinem Hotel abgefangen. Als ich von der Straße hereinkam, um etwas zu essen. Nachdem ich die ganze Nacht durchgetanzt hatte. Zuerst im *Mai-Kai*. Aber dann die meiste Zeit in einem Nachtclub bei Las Olas, wo richtig gute Stimmung war.

Ich hatte noch nicht mal Lust, mich mit ihnen herumzustreiten.

Lächelte nur, als sie mir androhten, mich zu verklagen, sobald sie wieder nach Reykjavík kämen, weil ich den Gang der Gerechtigkeit behindert hätte.

Antwortete ihnen, vor der eigenen Haustür zu kehren. Ich hätte ihnen nie ein einziges unwahres Wort gesagt. Natürlich trügen sie selbst die Verantwortung für ihre Selbsttäuschung und Fehler. Nicht ich.

Da forderten sie, dass ich sie gleich zu dem Mann führen sollte, der sich Geirfinnur nennt.

»Was für ein Mann?«, fragte ich. Und bot ihnen an, mit mir zu frühstücken. Um mir Gesellschaft zu leisten. Auf meine Kosten.

Sie haben sich noch nicht mal verabschiedet.

Nach ein paar Stunden Schlaf habe ich mich im Hotel ausgecheckt. Nahm ein Taxi zum Flughafen, um die Nachmittagsmaschine nach New York zu erreichen.

Aber auf dem Weg bin ich bei der Gemeinschaftspraxis in der Innenstadt vorbeigefahren. Gab die Haarprobe zu einer DNA-Analyse ab. Könnte nützlich sein, die Ergebnisse später zur Hand zu haben.

Ich merke, wie Paolo mich beäugt. Bevor ich meine Augen öffne.

Er hat sein Buch weggelegt. Und das Licht über seinem Sitz ausgemacht.

Ich lächele reizend. Setze mich auf. Beuge mich über ihn. Helfe ihm, die Lehne zurückzuschieben.

Was für ein Duft!

Er legt sich auf die Seite des Stuhls. Schiebt sich näher zu mir heran.

Ich breite die Decke über uns beiden aus. Ziehe sie hoch bis über die Schultern.

Schmiege mich dann an Paolo an. Küsse ihn auf die Lippen.

Lecker, lecker!

Ich halte mich zurück und gehe die Sache langsam an. Will einen unerfahrenen Hengst nicht verschrecken.

Aber lange halte ich das nicht aus. Ich muss meinen Fingern genehmigen, sich von unten heranzutasten. Tiefer zwischen die Oberschenkel. Und noch tiefer. Muss ihnen erlauben, meinen Fang zu begutachten.

»Hmmm!«

Paolo ist auch schon ganz heiß. Ist genauso scharf darauf wie ich, ans Ziel zu kommen.

Aber wo?

Wir können unser Lustfeuer wohl kaum hier und jetzt löschen.

Nein, nicht mitten im Passagierraum. Auch wenn das Licht im Flugzeug gedimmt wurde.

Um uns herum sind überall Leute. Manche schlafen tatsächlich. Oder liegen im Halbschlaf. Aber andere sind bestimmt hellwach.

Das soll kein öffentliches Happening werden.

Ich setze mich auf. Nehme Paolo an die Hand.

»Komm«, flüstere ich ihm zu.

Er folgt mir den Gang entlang. Bis wir zu den Toiletten kommen.

Zwei sind frei.

Ich schiebe ihn durch die eine Tür. Schließe sorgfältig hinter uns ab.

In diesem winzigen Raum ist es eng. Der Platz zwischen der Toilettenbrille und dem Handwaschbecken reicht gerade so für uns beide.

Vielleicht ist es sogar besser.

Paolo wird mutiger. Vergisst seine Schüchternheit.

Ergreift sogar Initiative. Schiebt mein T-Shirt hoch über meine Brust. Fängt an, sie zu bearbeiten. Mit lobenswerter Einsatzbereitschaft.

Ich öffne seinen Gürtel. Lasse die Hose auf seine Knöchel rutschen. Fahre mit meinen Fingern unter das Bündchen seiner Boxershorts.

Sein feuriger Prinz windet sich in meinen Händen.

Er ist jung und ungeduldig. Hart und überheblich.

Tut so, als ob er die Welt beherrschen würde.

Soll er das doch meinetwegen glauben. Solange er seiner Pflicht nachkommt. Bevor er wieder zusammenschrumpft wie ein Versager.

Am Ende tun sie das doch alle.

Ich bin allzeit bereit. Wie die Pfadfinder. Immer mit einem Päckchen in der Tasche.

Paolo sieht, wie ich die Verpackung vom Verhüterli aufreiße, bevor ich dem Prinzen seinen Schlafanzug anziehe.

»But I am catholic«, stöhnt er.

»It's okay«, flüstere ich in sein Ohr. *»I won't tell your pope.«*

Zum Glück hat er mehr Interesse an mir als an der katholischen Kirche. Vergisst sie wie seine Schüchternheit. Bastelt wieder an meinen Brüsten herum.

»Setz dich!«, weise ich ihn an.

Paolo lässt sich auf die Klobrille fallen.

Ich ziehe meinen Rock langsam zur Hüfte hoch. Rücke näher. Gestehe ihm zu, ein bisschen zu spielen.

Aber nur für einen Moment.

Die Prinzessin verlangt nach ihrem Säulentanz.

Und verschlingt den Prinzen.

Der Orgasmus kommt in haushohen Wellen. Wie eine Reihe von Explosionen, die tief im Inneren beginnen und sich im ganzen Körper ausbreiten.

Wow!

Gegen Ende habe ich mich nicht mehr unter Kontrolle. Überlasse den Urinstinkten, die Macht an sich zu reißen. Vergesse völlig, dass ich an diesem hellhörigen Ort nicht zu laut werden darf.

Jemand klopft an die Tür.

Paolo schreckt bei den Schlägen zusammen. Springt auf. Äußerst beunruhigt.

Verhält sich wie ein kleiner Junge, der bei einem Streich erwischt worden ist.

Aber ich bin zufrieden. Habe meinen Teil gekriegt.

Richte gelassen meine Kleidung. Schaue Paolo grinsend zu, der sich mit dem Anziehen seiner Hose abmüht.

»Ist alles in Ordnung?«, fragt die Stewardess, als ich die Tür öffne.

»Alles in bester Ordnung«, antworte ich.

Ihr Automatiklächeln friert plötzlich auf ihren Lippen ein, als Paolo sich auch durch die Toilettentür quetscht.

Ich kann nicht widerstehen.

»Bekommen wir nicht eine Bonuskarte der Fluggesellschaft?«

»Tut mir leid.«

Sie versucht zu lächeln. Aber findet das ganz eindeutig überhaupt nicht lustig.

Hinterher, als ich mich in meinem Sitz zurücklehne, spüre ich Ruhe und Wohlbefinden durch den Orgasmus in jedem einzelnen Nerv.

Der Lohn der Sünde.

37. KAPITEL

Die Ruhe ist vorbei.

Als ich wieder ins Büro komme, warten bergeweise Nachrichten auf mich.

Ich fange gar nicht erst mit meinen E-Mails an. Hebe sie mir bis Montag auf.

Aber sowohl mein Anrufbeantworter als auch meine Voicebox sind knallvoll. Nach nur ein paar Tagen Abwesenheit.

Hier kommt alles zusammen: Hinweise und Kritik. Beschimpfungen und Verfluchungen. Schmeicheleien und Hilfsgesuche. Drohungen und Gejammer.

Willkommen zu Hause.

Ich mache mir Stichpunkte zu den Nachrichten, die wirklich wichtig sind. Auf einem Notizzettel im Computer.

Nur eine Nachricht überrascht mich wirklich:

Sie kommt von Snjófrídur. Der Schutzherrin der Selbstständigen Theatergemeinschaft.

Sie möchte, dass ich ihr einen Besuch abstatte. So schnell wie möglich.

Kein Problem. Ich habe selber auch Interesse daran, Audurs Superfrau zu treffen.

Ihr Büro liegt im vierten Stock. Groß und hell.

Ich muss einen Moment warten, bis eine andere Besprechung beendet ist, an der Snjófrídur teilnimmt.

Nutze die Gelegenheit, mir ihr Büro anzugucken. Und die Aussicht.

Die Fenster weisen zum Faxaflói. Mit Blick auf die Esja. Sie ist immer noch leicht vom Schnee ergraut.

An den Wänden hängen viele Bilder.

Nicht diese üblichen Direktionspinseleien von toten Typen.

Sie hat vergrößerte Fotografien an der Wand. Aus fremden Ländern. Und von vielen Leuten. Sie selber scheint auf den meisten Fotos zu sein. Gerne in der Mitte einer Gruppe.

Auf dem Schreibtisch steht ein Foto von einem jungen Mädchen. Noch weit unter zwanzig.

Sie sieht gut aus. Aber mit sensiblem Blick. Könnte zerbrechlich sein.

»Das ist ein Kinderfoto von Ingunn, meiner Tochter.«

Snjófrídur hat das Büro betreten, ohne dass ich es bemerkt hätte. Sie geht zügig zum Schreibtisch. Grüßt mich mit festem Handschlag.

Ich erkenne sie natürlich sofort von den Zeitungsfotos wieder.

Besonders am Haar. Das ist eine Art Haupterkennungsmerkmal von Snjófrídur. Wunderschön blond und gewellt. Fällt in gleichmäßigen Wellen.

Sie hält sich sehr gerade. Würdig.

Bietet mir einen Platz auf dem hellbraunen Ledersofa an. Setzt sich neben mich.

Schenkt uns Kaffee in kleine Tassen ein. Sie sind ringsum mit einem fremdländischen Muster bemalt. Wahrscheinlich aus dem Fernen Osten.

»Ich danke dir, dass du so kurzfristig reagieren konntest«, sagt sie und schaut mich lächelnd an. »Ich habe gehört, dass du erst heute Morgen aus den USA zurückgekommen bist, und bin daher sicher, dass du heute viel zu tun hast.«

Ihr Blick ist warm. Aber auch forschend. Sogar stechend.

In diesen Augen verbirgt sich Stahl.

»Wie dir ja zweifellos bekannt ist, trage ich vor allem die finanzielle Verantwortung für den Betrieb der Selbstständigen Theatergemeinschaft«, fährt sie fort. »Wegen der Ereignisse in letzter Zeit, über die du mehr weißt als ich, besteht Ungewissheit über die Zukunft der Gesellschaft. Die Situation beunruhigt mich.«

»Du bist also nicht der Meinung, dass jede Art von Werbung gut ist?«

»Ich bin sehr auf meinen Ruf bedacht«, antwortet sie, »und kann daher nicht mit meinem Namen – wie soll ich das ausdrücken – in höchstem Grade zweifelhafte Betätigungen absegnen. Die Katastrophen, die über die Mitarbeiter der Theatergesellschaft hereingebrochen sind, waren sehr ernsthafter Natur. Alles begann mit dem schockierenden Tod von Sjöfn und der darauf folgenden Berichterstattung der Medien über ihr ungewöhnliches Privatleben. Und jetzt scheint Matti wegen vermeintlicher krimineller Taten von der Polizei unter die Lupe genommen zu werden, jedenfalls ist er von der Polizei verhört worden und es wurde eine Hausdurchsuchung unternommen.«

Hausdurchsuchung bei Matti?

Das sind ja neue Nachrichten für mich.

Ich nicke. Höre ihr zu, als ob nichts, was sie mir zu sagen hat, überraschend für mich käme.

»Ich habe in den letzten Tagen intensiv wahrgenommen, dass die öffentliche Meinung diese bedauernswerten Ereignisse mit der Theatergesellschaft in Verbindung bringt, und das auf sehr negative und gnadenlose Art und Weise«, fährt sie fort.

»Ich habe mit dem Fall nur insoweit etwas zu tun, als dass ich Adalgrímur Sunndal rechtlich vertrete«, sage ich.

»Es ist meine Pflicht, seine Interessen in jeglicher Hinsicht wahrzunehmen.«

»Das verstehe ich natürlich«, antwortet Snjófrídur. »Aber du hast viel Erfahrung mit solchen Fällen, und deshalb wollte ich dich um Rat bitten. Was kann ich tun, dass die Theatergemeinschaft in diesen Berichterstattungen außen vor bleibt?«

Ihr Anliegen kommt unerwartet.

Ich nippe am schwarzen Mokka in der kleinen Tasse. Überlege mir meine Antwort gründlich.

»Ist es irgendwie möglich, die Medien davon abzuhalten, den Namen der Theatergesellschaft in diesem Fall zu nennen?«, fragt Snjófrídur. »Eventuell, indem man ihnen mit einem Verfahren wegen übler Nachrede droht?«

»Das hätte mit Sicherheit eine völlig entgegengesetzte Wirkung«, antworte ich. »Es wäre besser, innerhalb der Gesellschaft aufzuräumen.«

»Und wie?«

»Matti kündigen und einen neuen, bekannten Regisseur einstellen.«

»Das habe ich mir auch schon überlegt.«

»Aber eine negative Berichterstattung wird sich in den nächsten Wochen nicht vermeiden lassen, und eventuell sogar Monaten, wenn es ihnen gelingt, Matti etwas nachzuweisen.«

»Weißt du, was er getan haben soll?«

Ich zögere einen Moment.

Hat sie nicht das Recht, auch das Schlimmste zu erfahren?

»Da gibt es so einiges«, antworte ich. »Vermutlich Mitschuld an Erpressung. Teilnahme an Vandalismus und Überfällen. Und wahrscheinlich Mord.«

Sie schaut mich eine Weile schweigend an.

»Meinst du das ernst?«, fragt sie. Zweifel schwingt in der Stimme mit.

»Ich habe keine Ahnung, ob es den Goldjungs gelingen wird, Matti etwas davon nachzuweisen. Oder vielleicht auch alles. Aber ich hoffe das Beste für meinen Klienten.«

»Ich bin nicht ganz sicher, ob ich dich richtig verstehe«, sagt sie. »Willst du damit sagen, dass Matti und nicht Adalgrímur Sjöfn ermordet hat?«

»Das ist meine Meinung. Aber ich kann ihm nichts beweisen. Noch nicht.«

»Und Erpressung war in diesem Fall mit im Spiel?«

»Ja, und noch bei weiteren Personen.«

»Du hast auch Vandalismus und Überfälle erwähnt?«

»Ich bin der Meinung, dass Matti ein paar solcher Fälle, die von der Polizei untersucht werden, geplant hat. Sogar an einigen selber teilgenommen hat.«

»Um Himmels willen!«

Snjófrídur wirkt angesichts dieser Nachrichten betroffen.

»Besteht möglicherweise die Gefahr, dass er Audur mit hinunterzieht?«, fragt sie besorgt. »Du weißt doch, dass sie ein paar Jahre lang zusammengewohnt haben?«

»Stehen sie sich denn noch auf anderen Gebieten außer dem Theater nahe?«

»Nein, und Audur hat mir versichert, dass sie mit eventuellen Gesetzesbrüchen von Matti nichts zu tun hat, und ich glaube ihr.«

Sie sitzt tief in Gedanken versunken auf dem Sofa.

»Ich danke dir für deine Offenheit«, sagt sie nach längerem Schweigen und steht auf. »Ich hoffe, dass ich dich auch in Zukunft öfter um Rat fragen kann. Und vergiss nicht, mir eine Rechnung zu schicken.«

Keine Sorge.

Nachmittags erreiche ich endlich Raggi.

Er ist immer noch stinksauer. Will mir nichts berichten.

Wird ein wenig gesprächiger, als ich ihn für die Hausdurchsuchung bei Matti lobe. Aber nur, weil er meint, eine empfindliche Stelle bei mir gefunden zu haben.

»Ist ja schon interessant, dass du immer alle Informationen so übertreiben musst«, sagt er barsch.

»Ich?«

»Es waren noch nicht mal hundert Videos im Keller und nicht über zweihundert, wie du gesagt hast.«

»Dann hat er die anderen Videos in der Zwischenzeit woanders hingebracht. Oder die Zeit genutzt, die ihr ihm gegeben habt, um sie zu vernichten.«

»Nein, nein, du machst uns nicht für deine Lügerei verantwortlich.«

»Am Samstag waren es noch 234.«

»Und ich bin George Bush.«

»Du benimmst dich jedenfalls schon wie dieser Schwachkopf.«

Da beginnt er mich für meine Unverschämtheit gegenüber seinen Männern in Florida auszuschimpfen

»Aber jetzt kommt bald der Zahltag«, fügt er hinzu. Schadenfroh.

»Wie meinst du das?«

»Verfolgst du nicht die Nachrichten?«

»Was für Nachrichten?«

Er freut sich, dass er der Erste sein darf, der mir die Neuigkeit mitteilen darf.

»Die Justizministerin hat eine öffentliche Untersuchung angeordnet, wie das Gerücht, dass Geirfinnur Einarsson noch am Leben sei, entstanden ist und ob diejenigen, die dafür verantwortlich sind, eine Straftat begangen haben«, sagt er. »Ich erwarte, dass du in den nächsten Tagen zum Verhör geladen wirst.«

»Verdammte Heimsuchungen sind das!«

»Hier passt wieder einmal die alte Weisheit, Stella: Wie du säst, wirst du am Ende ernten. Guten Appetit!«

Dann knallt er einfach den Hörer auf.

Uff!

Spät am Abend, nachdem ich mich ein paar Stunden zu meinem Privatbankett eingeschlossen hatte, rufe ich erneut meine Voicebox an.

Nur eine Nachricht weckt mein Interesse.

Sie kommt von Matti.

Er ist hörbar betrunken. Und wütend auf mich.

»Du übellauniges Weibsbild!«, sagt er lallend, »warum beantwortest du nicht meine Korrespondenz?«

Die nächsten Sätze sind völlig unverständlich. Aber zum Schluss strengt er sich noch mal an:

»... und wissen sollst du, krankhafte Rachegöttin: Zwar bin ich verletzt, doch ich lebe noch.«

38. KAPITEL

Samstag

Heute Morgen war es mir nicht vergönnt, auszuschlafen.

Bekam keinen Frieden, um mich von den ständigen Aktivitäten der letzten Tage auszuruhen; von der Aufregung und dem Trubel zu Hause und im Ausland, dem Herumhüpfen zwischen den Zeitzonen und der Schlaflosigkeit in Florida und auf dem Rückflug nach Keflavík.

Adalgrímur ruft. Er wartet ungeduldig darauf, mich zu treffen.

Also fahre ich gleich heute Morgen über die Hellisheidi.

Der Richter am Obersten Gericht ist mürrisch. Hat hängende Schultern. Als ob er unter dem Stress zusammenbrechen würde.

Es überrascht mich, wie fertig er aussieht. Dachte, dass er stärker sei, um den Gegenwind auszuhalten.

Wahrscheinlich war die Umstellung zu groß für ihn. Dass er sich plötzlich in der Situation eines Untersuchungshäftlings mit totaler Isolierung und Machtlosigkeit wiederfindet. Tag und Nacht. Vierundzwanzig Stunden am Tag. Immer wieder. Das kann für einen Mann nicht leicht sein, der jahrzehntelang Macht und Reichtum der Einflussreichen genießen durfte. Nie in seinem Leben etwas anderes kennen gelernt hat. Sein Fall war so tief.

Adalgrímur ist auch mir gegenüber ungehalten. Weil er die ganze Woche keinen Kontakt zu mir hatte.

Ich wollte eigentlich erst in ein paar Tagen über meine Amerikareise mit ihm sprechen. Wenn sich alles ein bisschen geklärt hat.

Aber wegen seiner schlechten Laune lege ich los.

»Ich war kurz in den Staaten«, antworte ich ebenso energisch. »Um deinen alten Bekannten zu treffen. Den, zu dem ich dich bei meinem letzten Besuch befragt habe.«

»Es gefällt mir nicht, wenn du in Rätseln oder durch die Blume sprichst«, antwortet er. »Sag mir geradeheraus, was du meinst.«

»In Ordnung.«

Ich gebe ihm eine kurze Zusammenfassung über den neuesten Geirfinnswahn und lege ihm meinen Anteil an dessen Entwicklung dar. Adalgrímur fixiert mich die ganze Zeit mit gerunzelter Stirn.

»Glaubst du denn selber, dass der Mann, mit dem du drüben gesprochen hast, Geirfinnur Einarsson ist?«, fragt er besorgt.

Ich zucke die Achseln. Frage dann zurück:

»Was hast du denn geglaubt, als du ihn in Florida um 1990 herum getroffen hast?«

»Ich weiß nichts über so ein Zusammentreffen.«

»Warst du zu der Zeit nicht im Süden des Staates unterwegs?«

»Viele wissen, dass meine Frau und ich in den Jahren jedes Jahr Sommerferien in Florida gemacht haben«, antwortet er nach kurzem Zögern. »Man muss kein Genie sein, um das herauszufinden.«

»Der Kerl hat gesagt, dass er dich auf einer Angelfahrt getroffen hat, die von Key West aus losging. Auf einem Boot mit dem Namen Estrella. Da habt ihr euch unter anderem über den Selbstgebrannten unterhalten, den er dir in den Sechzigern am Búrfells-Kraftwerk besorgt hat.«

Adalgrímur schaut mich schweigend an.

»Wenn es später notwendig werden sollte, wäre es sicher möglich, Zeugen von dieser Angelfahrt zu finden«, füge ich hinzu. »Es waren bestimmt weitere Passagiere an Bord.«

Er schüttelt müde den Kopf.

»Obwohl ich auf einer solchen Angeltour war und einen Mann getroffen habe, der isländisch gesprochen hat, ist es völlig ausgeschlossen, dass es Geirfinnur Einarsson war«, antwortet er. »Du bist zum Glück völlig auf dem Holzweg, was diesen Fall angeht.«

»Ich habe jedenfalls bisher nichts behauptet. Ich möchte nämlich noch auf weitere Beweise warten.«

Er hievt sich schwerfällig vom Stuhl. Beginnt, mit schweren Schritten auf und ab zu gehen.

»Es ist mir völlig unverständlich, was dich in diesem hanebüchenen Fall antreibt«, sagt er. »Du musst dir doch im Klaren darüber sein, welchen Schaden alleine diese Diskussion anrichten kann, und ebenso, dass dieser Fehler nicht mehr gutzumachen ist, wenn die Wahrheit am Ende ans Licht kommt.«

»Ich glaube einfach nicht, dass du immer noch den Standpunkt des Systems vertrittst, das dir Freiheit und Ehre geraubt hat!«

»Es ist mein Lebenswerk, die höchsten Institutionen von Land und Volk gegen anarchistische Kräfte zu schützen, und daran wird sich auch nichts ändern, noch nicht mal mein schreckliches Missgeschick jetzt.«

»Aber was, wenn Geirfinnur nie umgebracht wurde?«

»Wenn! Wenn! Ich habe dir eben gesagt, dass Überlegungen dieser Art völlig an den Haaren herbeigezogen und höchst gefährlich sind.«

»Aber wenn sie trotzdem richtig sind?«

Er bleibt direkt vor mir stehen. Seine Augen sind geschwollen.

»Wer hat denn etwas davon, wenn ständig in diesen alten Polizeiakten herumgewühlt wird?«, antwortet er. »Unser Rechtssystem hat einen drückenden Albtraum vom ganzen Volk genommen, indem dieser Fall seinerzeit abgeschlossen wurde. Es ist im höchsten Grade unverantwortlich, jetzt, Jahrzehnte später, zu versuchen, dem überstandenen Albtraum, der Gott sei Dank längst vorbei ist, neues Leben einzuhauchen.«

»Was ist mit dem Recht derer, die für einen Mord an einem Mann verurteilt wurden, der noch lebt?«

Adalgrímur seufzt.

»Kommt das nicht aufs Gleiche raus?«, fragt er matt.

»Aufs Gleiche raus?«, wiederhole ich.

»Dann haben sie eben einen anderen Mord und andere Verbrechen begangen.«

Für einen Moment bin ich wirklich sprachlos.

Starre Adalgrímur schweigend an. Versuche, irgendeinen Sinn in seiner Bemerkung zu sehen. Und mir darüber klar zu werden, ob es wirklich möglich ist, dass ein Richter am Obersten Gericht von Island so denken kann.

»Ich habe keine Lust, unter den jetzigen Umständen weiter darüber zu sprechen«, fügt er hinzu und setzt sich wieder auf den Stuhl am Tisch.

Natürlich nicht.

Ich lasse ihn bestimmen, wo's langgeht.

Der Mord am Obersten Gericht ist einer Lösung noch nicht näher als am letzten Sonntag, als ich Adalgrímur getroffen habe.

Oder doch?

Matti ist zu seinen Tätigkeiten am Tag, als Sjöfn ermordet wurde, verhört worden, und hat den Goldjungs ein Alibi vorgelegt, von dem ich weiß, dass es falsch ist.

Das bedeutet, dass sich die Schlinge um seinen Hals weiter zuzieht.

Auf dem Weg zurück über die Hellisheidi versuche ich Adalgrímur damit zu entschuldigen, dass er ein gebrochener Mann ist. Nicht weiß, was er sagt.

Aber höre damit schnell auf.

Natürlich ist es nur die alte Überheblichkeit der Macht: Das Volk bin ich.

Ich bin mir ziemlich sicher, dass Adalgrímur mir unter anderen Umständen nicht ein einziges Wort über seine Bekanntschaft mit Geirfinnur gesagt hätte. Hätte es völlig abgelehnt, mit mir über die Sache zu reden. Hätte sich wahrscheinlich hinter der kupfergrünen Wehrmauer der Staatsgewalt versteckt. Und das System zu seinem Schutz eingespannt. Genauso wie die Goldjungs.

Mein Silberpfeil prescht die steilen Hänge der Kambar hoch, als mein Handy klingelt.

Harpa ist am Telefon, aufgebracht und atemlos. Ich verstehe nur vereinzelte Worte.

»Halt mal die Luft an!«, schnauze ich sie an.

Sie hört auf zu reden.

»Das ist schon besser. Wo bist du?«

»In Mattis Sommerhaus.«

»Und was zum Teufel ist passiert?«

»Ich glaube, er ist tot.«

Tot?

Ich bin richtig geschockt. Drossele das Tempo. Halte das Auto am Straßenrand an.

»Wie, tot?«, frage ich wie ein Schwachkopf.

»Er liegt einfach da und antwortet mir nicht, und als ich seine Hand berührt habe, habe ich gemerkt, dass sie eiskalt ist.«

»Okay, Harpa, bleib ruhig!«

Mir ist schnell klar, was zu tun ist.

»Du musst sofort den Notruf anrufen und einen Krankenwagen kommen lassen. Bist du dazu in der Lage?«

»Ja, schon …«

»Du musst auch an Ort und Stelle bleiben und die Sanitäter in Empfang nehmen.«

»Kannst du nicht herkommen und mir helfen?«, bittet sie mich.

»Ich brauche noch mindestens eine halbe Stunde bis in die Stadt«, antworte ich. »Du darfst es aber auf keinen Fall vor dir herschieben, den Notruf anzurufen. Ruf dort sofort an.«

»Ja, ist gut, aber beeil dich.«

Ich lege das Handy neben mir ab. Fahre wieder auf die Straße. Gebe richtig Gas. Brause Richtung Stadt.

Verdammter Mist!

Die Nachricht von Mattis Tod beunruhigt mich.

Der Mann, von dem ich überzeugt bin, dass er den Mord im Obersten Gericht begangen hat, ist plötzlich von der Bühne abgetreten.

Und das noch, bevor die Goldjungs den Mumm hatten, ihn mal anständig zu seinen Verbrechen zu verhören.

Das sind schreckliche Neuigkeiten. Für meinen Klienten.

Ein toter Mann gesteht keinen Mord.

39. KAPITEL

Vor dem Sommerhaus ist wenig Platz. Die Ambulanz ist noch da. Auch zwei Polizeiwagen. Mattis Auto. Und Harpas Motorrad.

Sie kommt in Begleitung zweier Goldjungs aus dem Haus. Zur gleichen Zeit, als ich mit meinem Silberpfeil vorfahre.

Sie ruft mir zu. Ist sehr erleichtert, mich zu sehen.

Die Goldjungs hingegen werden stinksauer. Diese Herzchen.

Sie wollen mit Harpa auf die Wache fahren. Um sie eine Aussage machen zu lassen.

Und es gefällt ihnen gar nicht, dass ich mitkomme.

Ich weise sie darauf hin, dass ich Harpas Anwältin sei. Sie kapiert den Hinweis. Verlangt, dass ich bei der Protokollaufnahme dabei bin.

»Warum soll denn deine Anwältin anwesend sein?«, fragt der eine Goldjunge. »Hast du da drinnen etwas verbrochen?«

»Nein, aber ich will es eben«, antwortet Harpa.

»Ihr wollt doch wohl nicht ihr Recht anzweifeln, die Hilfe ihres Anwaltes beim Protokollieren in Anspruch zu nehmen?«, frage ich schroff.

Sie geben auf. Ganz gegen ihren Willen.

Der eine setzt sich neben Harpa auf die Rückbank des Polizeiautos.

»Du weißt ja den Weg«, sagt der andere säuerlich zu mir und setzt sich hinter das Lenkrad.

Das Verhör dauert lange. Obwohl Harpas Aussage an und für sich kurz und einfach ist.

Sie kam um die Mittagszeit ins Theater. Traf dort auf Audur, die ihr sagte, dass eine Besprechung mit allen Mitarbeitern der Theatergemeinschaft für zwei Uhr anberaumt sei, in der über den weiteren Betrieb des Theaters in den nächsten Monaten gesprochen würde.

Audur machte sich Sorgen, als Matti nicht ans Telefon ging. Er würde in der Besprechung eine Schlüsselrolle spielen, und deshalb wäre es wichtig, dass er käme. Sie hielt es für am wahrscheinlichsten, dass er in der Nacht einen über den Durst getrunken hätte, und bat Harpa deshalb, zum Ferienhaus zu fahren und ihn zu wecken.

Harpa sah sofort die typischen Merkmale einer Party im Wohnzimmer, darunter Gläser und Flaschen auf dem Couchtisch.

Aber Matti antwortete nicht auf ihr Rufen.

Er war auch nicht in seinem Schlafzimmer. Oder in seinem Arbeitszimmer.

Aber der Keller war offen. Und da unten fand sie Matti.

Er lag auf dem Sofa. Steif und kalt.

Sie sagt, dass sie völlig durchgedreht sei. Das Erste, was ihr einfiel, war, mich anzurufen. Dann hat sie sich beim Notruf gemeldet. Auf meinen Rat. Ein wenig später hat sie auch Audur angerufen, um ihr zu berichten, was passiert war.

Als das Verhör schon ziemlich lange dauert, zieht der eine Goldjunge Zettel aus einer Plastiktüte.

»Kennst du Marteinns Schrift?«, fragt er.

»Ich habe ihn schon mal bei den Proben schreiben sehen«, antwortet Harpa.

Der Goldjunge reicht ihr eine durchsichtige Klarsichthülle. Darin befindet sich ein weißes DIN-A4-Blatt mit irgendwelchem Gekritzel drauf.

»Findest du es wahrscheinlich, dass der Verstorbene das geschrieben hat?«, fragt er.

Harpa nimmt das Dokument entgegen.

Ich lehne mich zu ihr hinüber. Ich betrachte die Schrift.

Auf dem oberen Teil des Blattes wurde handschriftlich mit großen Buchstaben geschrieben:

Es ist Albernheit zu leben, wenn das Leben eine Qual wird, und wir haben die Vorschrift zu sterben, wenn der Tod unser Arzt ist.

Ganz unten steht in der gleichen Schrift:

Denn wie ich fühl, ist Tod Glückseligkeit.

»Ich glaube, er könnte das geschrieben haben«, antwortet Harpa. »Aber im Theater gibt es jede Menge handgeschriebener Zettel von ihm, die ihr euch ansehen könnt, um die Schriften zu vergleichen.«

»Hast du dieses spezielle Blatt schon einmal gesehen?«

»Ich erinnere mich nicht daran, aber mir scheint, dass es Zitate aus Othello sind.«

»Othello?«

»Ja, aus dem Stück, das wir gerade in der Selbstständigen Theatergemeinschaft proben.«

»Willst du damit sagen, dass er diese Sätze aus einem Theaterstück abgeschrieben hat, das er gerade inszeniert?«

Sie nickt.

»Hat dieses Blatt irgendeine spezielle Bedeutung?«, frage ich.

»Wer weiß«, antwortet er trocken. »Zuerst müssen wir mal sehen, was bei der Obduktion herauskommt.«

Die Protokollaufnahme ist kurz vor zwei Uhr beendet.

Ich biete Harpa an, sie zum Ferienhaus zu fahren, damit sie ihr Motorrad holen kann, aber sie sagt, dass sie sich nicht zutraut, alleine zurückzufahren.

Möchte lieber sofort ins Theater.

Auf dem Weg ist sie in heller Aufregung.

»Mir kam es vor, als würden sie andeuten, dass Matti es so gewollt hat«, sagt sie. »Du weißt schon, dass er Selbstmord begangen hat.«

»Die haben bestimmt so etwas in der Art gedacht«, antworte ich. »Hast du andere Verletzungen an ihm gesehen?«

Sie schüttelt den Kopf.

»Aber sie wissen noch nichts Genaues darüber«, füge ich hinzu.

Harpa weigert sich, das Haus alleine zu betreten.

»Kannst du nicht mit mir reingehen?«, fragt sie.

»Ist das denn nötig?«

»Bitte.«

Ich gebe nach. Parke den Silberpfeil auf dem Bürgersteig. Will da so schnell wie möglich wieder raus. Habe kein Interesse daran, in deren Besprechung zu landen.

Wir treffen Audur im Büro.

»Das muss ja schrecklich für dich gewesen sein, so etwas zu erleben«, sagt sie und umarmt Harpa. »Ich hätte dich nie zu ihm hinausgeschickt, wenn ich so etwas geahnt hätte.«

»Jetzt bist du ja in guten Händen«, sage ich.

Auf dem Weg nach draußen stoße ich im Eingang auf Snjófrídur. Und Dísa.

Dísa wird fuchsteufelswild, sobald sie mich sieht. Ihr hübsches Gesicht verzerrt sich vor wildem Hass.

»Bist du schon gekommen, um deinen Sieg zu feiern?«, fragt sie aufgebracht.

Mir kommt es vor als wolle sie mich angreifen. Buchstäblich.

Aber Snjófrídur hält sie zurück.

»Ist ja gut«, sagt sie und hält Dísa an den Schultern fest, »Anschuldigungen bringen niemandem etwas.«

»Aber es ist doch alles ihre Schuld!«, ruft Dísa. »Sie hat gesagt, dass sie Matti besiegen will, und jetzt ist er tot!«

Ich begegne ihrem wütenden Blick, ohne mit der Wimper zu zucken. Kann mich gerade noch zusammenreißen, um ihr nicht im gleichen Tonfall zu antworten.

»Dieses so oft gelobte Theater des Lebens ist nicht immer nur ein Kinderspiel«, sage ich ruhig. »Aber vielleicht hat es ja jetzt den größten Charme verloren?«

»Du wirst das noch bereuen!«, antwortet sie. Wutschäumende Heftigkeit schwingt in der Stimme mit. »Wart's nur ab!«

Als ich nach Hause komme, kicke ich meine Schuhe in die Ecke und lege mich mit einem Glas in der Hand aufs Sofa.

So ein beschissener Tag.

Ich habe keinen Grund, um Matti zu trauern. Er war ein gefährlicher Typ. Unmoralischer Verbrecher. Hat er nicht das bekommen, was er verdient hat?

Aber Selbstmord?

Ich finde diese Vermutung ziemlich unwahrscheinlich. Matti war viel zu selbstverliebt, als dass er seinem eigenen Leben ein Ende setzen würde.

Dann ist es wesentlich wahrscheinlicher, dass es ein Unfall war. Lebensgefährliche Mischung von Alkohol und Rauschgift.

Es sei denn, jemand hat ihm geholfen, von der Bühne abzutreten? Ohne Rückfahrschein?

Ein zweiter Mord?

Noch nie ist es Jackie nicht gelungen, mich aufzumuntern.

Wie hatte Matti mich bei seinem letzten Anruf genannt? Übellauniges Weibsbild? Krankhafte Rachegöttin? Oder etwa nicht? Er hatte auch noch etwas mehr gesagt. Natürlich sollte ich mich daran erinnern. Tue es aber nicht.

Ich stehe auf. Gehe die Treppe hinunter. Ins Büro. Setze mich in meinen schwarzen Chefsessel.

Die Nachricht ist immer noch auf dem Anrufbeantworter gespeichert.

»... warum beantwortest du nicht meine Korrespondenz?«

Was meinte er?

Ich habe keinen Brief von Matti bekommen.

Es sei denn ...?

Meine E-Mails warten noch auf mich. Der ganze Stapel, der während meiner Abwesenheit in meiner Inbox aufgelaufen ist. Ich hatte gestern keine Lust, ihn durchzusehen.

Ich mache den Computer an. Warte ungeduldig darauf, in mein E-Mail-Programm zu kommen, um nach einem Brief von Matti zu suchen.

Da ist die Mail.

Du bösartige Rachegöttin, schämst du dich nicht, die hungrigen Hunde des Systems auf mich zu hetzen, und ich dachte, es handele sich um einen Zweikampf zwischen uns! Was für ein Fehler, zu glauben, ein Spatz könne den Traum eines Adlers verstehen!!! Und typisch für la femme, Hilfe zu holen, aber Krieg bedeutet nicht nur ein Kampf oder zwei, sondern viele, viele mehr, und wir haben gerade erst angefangen, das verspreche ich dir!! Und derjenige, der jedes Mal zögert, wenn ein schwächlicher Hund nach seiner Ferse schnappt, kommt nie ans Ziel! Ich habe keine Angst vor Gebell! Aber jetzt werde ich in den nächsten Tagen, umgeben von schwarzen Felsen und schäumendem Meer, Kraft aus der Natur schöpfen. Und von dort werde ich um ein Vielfaches gestärkt zurückkehren, um mich mit einem nach dem anderen zu duellieren, bis der Feind zu Boden geht! Bösartiger Feind, du wirst den nächsten Kampf nicht gewinnen!

Die E-Mail ist auf Dienstag um 17 Uhr datiert. Das ist der Tag, an dem ich in die Staaten geflogen bin.

Eines ist sicher:

Das ist keine Nachricht von jemandem, der Selbstmord begehen will.

Vierte Woche

40. KAPITEL

Montag

Máki ist im siebten Himmel.

Genießt es, wieder im Scheinwerferlicht zu stehen. Scheint um viele Jahre jünger geworden zu sein.

Zumal er zum größten Verteidiger der Pressefreiheit avanciert ist. Jedenfalls nach seiner eigenen Einschätzung. Zum Vertreter des heiligen Rechtes eines jeden Journalisten, seine Informanten unter allen Umständen zu schützen.

Er ergreift auch die Gelegenheit und versucht, mit mir Frieden zu schließen.

»Ich bin sogar bereit, ins Gefängnis zu gehen, um weiterhin meine schützende Hand über dich zu halten«, sagt er. »Ist das nicht genug Buße für meine Sünden?«

»Für mich ins Gefängnis?«

»Ja, ich werde mich weigern, bei der Polizei Angaben zu meinen Informanten in diesem Fall zu machen, darunter auch zu dir, und dabei bleibt es, auch wenn sie mich für mein Schweigen in den Knast stecken.«

»Was für ein Held. Und ganz ungebeten!«

»Ach, sag doch nicht so was, Stella. Ich gestehe, dass ich die erste Reportage dumm formuliert habe, aber jetzt versuche ich doch, meinen Fehler wieder gutzumachen.«

»Das werden wir ja sehen.«

»Ich bin für Freitag zu einem Verhör vorgeladen worden und berichte dir dann, wie es gelaufen ist. Okay?«

»Du kannst mich ja anrufen.«

Es hat wenig Sinn, Máki noch länger böse zu sein.

Trotzdem möchte ich ihn eine Weile in angemessenem Abstand halten. Er soll ruhig noch ein wenig zappeln. Jedenfalls bis er anfängt, Taten sprechen zu lassen.

Ich selber bin wegen des neuen Geirfinnswahns in der nächsten Woche zu einem Gespräch vorgeladen.

Aber ich mache mir darüber keine Sorgen.

Die Medien haben über den Tod von Matti berichtet. Beschreiben ihn als einen genialen, aber umstrittenen Künstler, der viel zu früh gestorben ist. Erwähnen aber nicht die Todesursache.

Am Nachmittag stellt sich heraus, dass Adalgrímur Sunndal immer noch Freunde im System hat. Trotz all dem, was über ihn hereingebrochen ist.

Immerhin einen.

Dieser eine ruft mich anonym an. Um mich auf die Goldjungs zu hetzen. Auf seine Kollegen.

Legt mir nahe, sie ganz direkt zu fragen, was sie in Mattis Ferienhaus gefunden haben, das etwas mit dem Mord am Obersten Gericht zu tun hat. Deutet an, dass es sich um die Tatwaffe handeln könnte.

Aber lehnt ab, mir näher darüber zu berichten. Um sich selber zu schützen.

»Es wissen erst so wenige«, sagt der namenlose Freund, »und heute Morgen auf der Besprechung wurde beschlossen, dieses Detail vor euch geheim zu halten, bis das Ergebnis der DNA-Analyse vorliegt. Ich selber finde es unvertretbar, dass man euch nicht sofort informieren will, aber es sind andere, die in diesem Haus das Sagen haben.«

Ich lasse alle anderen Aufgaben erst einmal ruhen.

Rufe den Vize-Polizeipräsidenten an. Bekomme im Empfang die Nachricht, dass er heute keine Anrufe annimmt.

Versuche es als Nächstes bei Raggi.

Zuerst auf dem Handy. Aber es ist ausgeschaltet.

Dann über die Telefonzentrale bei den Goldjungs.

Bekomme die gleiche Reaktion wie eben, als ich den Vize erreichen wollte.

»Er nimmt heute keine Anrufe an.«

Uff!

Dann habe ich keine andere Wahl, als meinen Angriff zu verschärfen.

Ich brause in meinem Silberpfeil zum Kripo-Palast. Verlange, den Vize oder Raggi umgehend zu sprechen. Sofort.

Es wird behauptet, dass sie zu einer Besprechung in der Stadt seien.

Ich pfeife drauf.

Zumal diese klassische Entschuldigung der Amtsschimmel meistens Schwachsinn ist.

Bearbeite die Empfangsdamen so lange, bis ich Raggi ans Telefon bekomme.

Er ist stinksauer. Wütend darüber, gestört worden zu sein.

Und nimmt meine Anfrage ungehalten auf.

»Ich verstehe nicht, was du meinst«, sagt er barsch.

»Ach nein? Wie könnt ihr es wagen, vor uns geheim zu halten, dass ihr die Tatwaffe, die im Ferienhaus versteckt wurde, gefunden habt?«, antworte ich im gleichen Ton.

»Die Tatwaffe?«

Raggi gibt klein bei.

»Mit wem hast du gesprochen?«, fragt er.

»Wenn du mir nicht die Wahrheit sagst, werde ich jetzt sofort beim Richter vorsprechen und verlangen, dass mein Klient diese Informationen umgehend erhält und anschließend aus der Untersuchungshaft entlassen wird.«

»Ich habe dazu nichts zu sagen.«

»Ist das deine letzte Antwort?«

»Mach, was du für richtig hältst, aber lass mich bloß in Ruhe.«

»Ich bringe euch dann später eine Kopie der Klage vorbei.«

Raggi seufzt intensiv, bevor er das Gespräch beendet.

Verdammte Frechheit!

Aber ich muss natürlich zu meiner Drohung stehen.

Fahre deshalb direkt nach Hause ins Büro, schreibe eine Eingabe, in der verlangt wird, dass Adalgrímur Sunndal umgehend alle Informationen darüber bekommt, wo, wann und wie die Tatwaffe gefunden wurde und wem diese und andere Informationen bereits vorliegen.

Reiche das Schriftstück beim Bezirksgericht kurz vor Toresschluss ein.

Schicke eine Kopie zur Kripo-Festung.

Bezweifele, dass es den gewünschten Erfolg hat.

Aber die Klage sollte trotzdem den Druck auf die Goldjungs erhöhen. Und hoffentlich wird dadurch beschleunigt, dass sie ihre neuesten Karten aufdecken.

Als Nächstes rufe ich Harpa an. Sie ist immer noch im Theater.

»Die Polizei war den ganzen Tag hier«, sagt sie. »Sie haben Audur und Dísa und viele andere hier den ganzen Tag verhört und alle möglichen Sachen mitgenommen. Ganze Kisten voll.«

»Haben sie etwas Genaueres über die Todesursache gesagt?«

»Audur hat von einem gehört, dass Matti eine tödliche Mischung von Tabletten und Alkohol geschluckt hat, aber dass sie noch nicht genau wüssten, ob es ein Unfall oder etwas anderes ist.«

»Hast du dich entschieden, ob du eine Aussage machen möchtest?«, frage ich.

»Ist das denn jetzt noch nötig?«

»Natürlich. Es hat sich ja nichts geändert.«

»Nein, aber ich dachte, dass die größte Gefahr jetzt vorbei sei, ich meine, weil es doch so mit Matti gekommen ist.«

»Ganz im Gegenteil«, antworte ich. »Jetzt ist es noch viel wahrscheinlicher, dass die Goldjungs etwas finden, was sie auf die richtige Spur bringt. Du weißt natürlich, dass Matti Videos davon hat?«

»Ja.«

»Früher oder später bekommen sie die Kassetten. Wenn sie die Filme sehen, wird es ein Leichtes für sie sein, die Spur bis zum Ende zu verfolgen. Und wer weiß, welche Informationen Matti in seinem Laptop gespeichert hat?«

»Daran habe ich nicht gedacht.«

»Es ist am besten, wenn du die Sache so schnell wie möglich hinter dich bringst.«

Sie schweigt eine gute Weile am Telefon.

»Wie geht es dir sonst?«, frage ich schließlich.

»Audur tut es wahnsinnig leid, dass sie mich zu Matti geschickt hat, und passt deshalb auf mich auf, als wäre ich ein Kind«, antwortet sie. »Auch Dísa ist ungewöhnlich nett zu mir.«

Das war ja klar.

In den Abendnachrichten wird berichtet, dass die Ermittlungen zum Gerücht über Geirfinnur Einarsson in vollem Gange seien. Die Goldjungs sind heute Morgen in die USA geflogen, um die Mitarbeiter der isländischen Botschaft in Washington zu befragen.

Ich arbeite noch bis spätabends in meinem Büro. Muss mich ganz dringend um meine eigenen Angelegenheiten kümmern. Die hatten in den letzten Tagen das Nachsehen.

Was auch immer passiert, darf ich nicht das vernachlässigen, was am wichtigsten ist:

Geld fürs Stella-Sparschwein zu kassieren.

Irgendwann muss ich mir meine Flasche aus dem Schrank holen. Mich am lieblichen Wasser des Lebens erfrischen.

Jackie hilft mir. Überzeugt mich beinahe davon, dass es mir eigentlich unglaublich gut geht.

»Das Leben macht man sich immer nur selbst zur Hölle.«

Sagt Mama.

41. KAPITEL

Dienstag

Die Goldjungs wollen verhandeln.

Es ist ihnen überhaupt nicht recht, dass meine Klage im Bezirksgericht behandelt werden soll. Haben wahrscheinlich Angst, dass die Presse Wind von der Sache bekommt. Bieten mir eine Besprechung an, wenn ich die Forderung zurückziehe.

»Erst die Besprechung«, antworte ich Raggi. »Wenn ich zufrieden stellende Antworten bekomme, werde ich die Klage zurückziehen.«

Er protestiert. Versucht, mich dazu zu kriegen, den Fall sofort abzubremsen.

Aber gibt dann nach.

Raggi bringt Dagfinnur zur Besprechung mit. Den jungen Steigbügelhalter, der ihn vor über einer Woche mit zu mir nach Hause begleitet hat.

»Mir wurde aufgetragen, dir zu berichten, was sich im Fall getan hat, seit Marteinn am Samstag in seinem Ferienhaus am Hafravatn tot aufgefunden wurde«, sagt Raggi und öffnet eine Mappe, die auf dem Tisch liegt. »Wir haben das Haus am Wochenende gründlich durchsucht, aber das Einzige, was wir gefunden haben und was möglicherweise mit dem Mord am Obersten Gericht zu tun hat, ist dieses Messer.«

Er reicht mir ein Foto über den Tisch.

Das Messer ist ungefähr fünfzehn Zentimeter lang. Mit einem schwarzen Griff.

»Wo genau wurde es gefunden?«

»Auf dem Boden einer Gefriertruhe, unter einigen Tüten und Paketen mit tiefgefrorenen Lebensmitteln verschiedenster Art.«

»Wurde das Messer dort nach eurer ersten Durchsuchung bei Matti versteckt?«

»Diese Suche bezog sich nur auf den Keller.«

»Dann hätte das Messer schon die ganze Zeit in der Gefriertruhe sein können?«

Raggi verzieht das Gesicht. Zuckt mit den Schultern. Fährt dann fort:

»Auf dem Messer wurden Blutspuren gefunden, und bei einer genaueren Untersuchung stellte sich heraus, dass es sich dabei um menschliches Blut der Blutgruppe B handelt.«

»Sjöfn hatte B«, falle ich ihm ins Wort.

»Ja«, antwortet Raggi, »aber Marteinn hatte 0.«

Ich wäge im Geiste schnell die Möglichkeiten ab. Nur jeder zehnte Isländer gehört zur Blutgruppe B. Ungefähr jedenfalls. Die Mehrheit gehört aber zur 0-Gruppe, wie Matti.

Das kann ja kaum ein Zufall sein.

»Wir haben Blutproben vom Messer und von Sjöfn zur DNA-Analyse geschickt«, sagt Raggi, »aber die Ergebnisse liegen noch nicht vor.«

»Wo kam die Tatwaffe her?«

»Wir können im Moment noch nicht bestätigen, dass das Messer tatsächlich die Tatwaffe ist, obwohl es sehr wahrscheinlich ist, aber es scheint zu einem Set von verschieden langen Messern zu gehören, die bei der Durchsuchung in der Küche gefunden wurden. Wir haben daraus geschlossen, dass das Messer zu Marteinns Besitz gehört.«

»Gibt es Fingerabdrücke?«

»Es wurden keine Fingerabdrücke auf dem Messer gefunden.«

»Überhaupt keine?«

Raggi schüttelt den Kopf.

»Ist in dem Ferienhaus etwas anderes gefunden worden, das wichtig ist?«

»Nein.«

»Und bei der Selbstständigen Theatergemeinschaft?«

»Wir haben noch nichts Aufschlussreiches gefunden.«

»Nichts? Was ist denn mit all den Sachen, die ihr von dort mitgenommen habt?«

»Die Arbeit, das alles auszuwerten, hat gerade erst angefangen.«

Klingt wahrscheinlich.

»Habt ihr schon den Computer durchsucht?«

»Was für einen Computer?«

»Mattis Laptop?«

Raggi guckt schnell Dagfinnur an, der den Kopf schüttelt. Schaut dann wieder über den Tisch zu mir.

»Wir haben keinen Laptop konfisziert«, sagt er.

»Aber wo ist er dann?«

»Bist du sicher, dass Marteinn einen Laptop hatte?«

»Natürlich«, antworte ich. »Ich habe ihn ja selber mit dem Laptop im Theater gesehen. Und dann hat er mir in der letzten Woche noch eine E-Mail geschickt.«

»Was sagst du? Kannst du sie mir zeigen?«

»Ich leite sie dir nachher weiter.«

»Im Ferienhaus wurde kein Laptop gefunden«, sagt Raggi und guckt wieder seinen Steigbügelhalter an, »und soweit ich weiß, gilt das Gleiche für das Theater, oder?«

»Wir haben keinen Laptop gefunden«, antwortet Dagfinnur. »Aber wir werden der Sache natürlich nachgehen.«

»Und dann sagt ihr mir Bescheid, wenn ihr ihn findet?«

»Wenn da etwas drauf ist, was deinen Klienten betrifft«, antwortet Raggi.

»Was ist mit diesem erlogenen Alibi von Matti? Habt ihr Dísa noch einmal verhört?«

»Nicht zu diesem Detail, nein.«

»Wann werdet ihr das tun?«

»Wir werden diese Sache bald in Angriff nehmen«, antwortet Raggi. »Wir können ja nicht alles auf einmal tun.«

In Ordnung.

»Der andere Fall. Die Vergewaltigung auf dem Video. Was ist passiert?«

»Marteinn hat uns nie die Namen der Schauspieler gegeben«, antwortet Raggi, »und das war unter anderem auch ein Grund, weshalb wir eine Hausdurchsuchung bei ihm vorgenommen haben.«

»Und?«

»Wir sind in der Angelegenheit noch nicht weitergekommen.«

Uff!

»Ist ja auch nur eine Vergewaltigung«, sage ich sauer. »Viel zu unbedeutend für euch.«

Raggi beugt sich abrupt in meine Richtung. So weit wie es sein Bauchspeck erlaubt.

Will mir ganz deutlich aus vollem Hals antworten.

Aber bremst sich im letzten Moment ab.

Für eine Weile herrscht eine drückende Stille im Besprechungszimmer.

»Jetzt weißt du genauso viel wie wir«, sagt Raggi schließlich.

Ich stehe auf.

»Was ist mit deinem Teil der Abmachung?«, fragt er.

»Ich werde die Klage zurückziehen«, antworte ich. »Dieses Mal.«

Sie verabschieden mich nicht, als ich gehe. Sind mir gegenüber immer noch missgestimmt.

Was auf Gegenseitigkeit beruht.

Aber der Fall bewegt sich in die richtige Richtung. Das ist die Hauptsache.

Die Tatwaffe ist auch gefunden. Das Messer, das Matti gehört hat. Und der es in seiner Gefriertruhe versteckt hat, nachdem er das meiste Blut und die Fingerabdrücke abgewischt hat.

Nur eben nicht alles Blut. Zum Glück.

Wenn Mattis Alibi sich in Nichts auflöst, werden die Goldjungs wohl endlich den Tatsachen ins Auge sehen müssen. Und Adalgrímur entlassen.

Ich setze mich an den Computer in meinem Büro. Rufe die E-Mail von Matti auf. Leite sie an Raggi weiter.

Merkwürdig, dass sie den Laptop nicht gefunden haben. Weder im Ferienhaus noch im Theater.

Hat ihn jemand an sich genommen? Ihn versteckt?

Ich überlege. Durchdenke die Möglichkeiten.

Moment mal!

In seiner Mail sprach Matti davon, dass er sich umgeben von schwarzen Felsen und schäumendem Meer mit Energie aufladen wollte. Was hat er gemeint?

Den Turm des Künstlers?

Ich versuche, mich daran zu erinnern, was Matti mir bei unserem Essen gesagt hatte. Irgendetwas über einen Rückzugsort, den er besitzt und von dem er als Einziger weiß. Irgendeine Hütte, die nur für ihn selber und die ungebändigten Kräfte der Natur ist.

Ob er am Dienstag dort hingefahren ist?

Alles weist darauf hin.

Matti hat natürlich seinen Laptop dalassen können. Um sicherzugehen, dass er nicht den Goldjungs in die Hände fällt.

Und die Videos?

Diese, die aus dem Keller verschwunden sind, als die Goldjungs endlich zu Besuch kamen?

Vielleicht sind sie auch da? In sicherer Verwahrung?

Aber wo zum Henker ist diese Hütte?

Der Plan ist einfach. Obwohl die Durchführung vielleicht kompliziert ist:

Ich muss Mattis Künstlerturm finden.

42. KAPITEL

Mittwoch

Gegen Mittag komme ich auf die richtige Spur.

Dank sei dem großen Bruder der Verwaltung.

Alle Immobilien, große und kleine, sind in Computern registriert. Deshalb ist es möglich, sogar die unbedeutendste Sommerhütte in einem Verzeichnis zu finden. Irgendwo.

Unter der ID-Nummer des Eigentümers.

Schnell finde ich heraus, dass Matti bei denen von der Hagstofa* gar nicht Marteinn heißt. Die nutzen nur den ersten Vornamen.

Sigurdur.

Als solcher wird er in allen offiziellen Computerregistern geführt.

Mattis ungenaue Andeutungen ließen darauf schließen, dass sich sein Ferienhaus irgendwo an einem felsigen Strand befindet.

Aber wo?

Er wurde in Grindavík geboren. Gemäß des Abstammungsberichts im Nachruf der Zeitungen. Da gibt es genug Felsen. Und eigentlich auch entlang des ganzen Reykjanes-Strandes.

* Hagstofa: Das isländische Statistikamt, das das nationale Einwohnermelderegister führt.(Anm. d. Ü.)

Am besten in seiner Heimatregion anfangen.

Ich habe also damit begonnen, sämtliche Verwaltungsbüros der Landgemeinden anzurufen. Eins nach dem anderen.

Bequatsche die Telefondamen, bis ich endlich den Hauptpreis ziehe.

»… aber ein total irrer Ort für ein Ferienhaus«, erzählt mir das Mädchen fröhlich am Telefon. »Da gibt es nichts anderes als Lava und Felsen, und sobald sich das Wetter ein bisschen verschlechtert, spritzt die Gischt immer hoch ans Haus.«

Passt gut zu Mattis Beschreibung.

Ich schmeiße warme Kleidung in den Kofferraum meines Silberpfeiles. Fahre los.

Sobald ich südlich von Svartsengi bin, nimmt der Schnee rapide ab. Allerdings sind Schluchten und Senken dort auch mit weißen Schneewehen gefüllt. Aber zwischendrin sieht man ringsum graue Steine und schwarze Lava.

Das Land ist kalt und öde. Wie auf dem Mond. Oder dem Mars.

Der Wind nimmt zu. Böen erfassen das Auto ab und zu auf dem Weg hinunter zum Meer. Die Straße, die den Südstrand entlangführt, ist unmöglich. Schotter und Steine. Und Millionen Schlaglöcher.

Ich fahre unabsichtlich an dem Pfad vorbei, der vom Schotterweg zur Hütte führt. Zumal er nicht gekennzeichnet wurde.

Plötzlich wird mir mein Missgeschick klar. Wende. Und muss mehr als zwanzig Kilometer zurückfahren.

Dieser Pfad ist kein verdammter Weg. Nur schwache Reifenspuren im Schnee und in der Lava. Das ist nichts für meinen Liebling.

Ich parke den Benz am Wegesrand. Ziehe meinen warmen Thermoanzug an. Mache mich dann schnurstracks auf den Weg in die Wüste.

Ich brauche eine halbe Stunde, um über die Felsen zu stolpern.

Die Hütte ist rechteckig. Von außen schwarz wie die Lava. Oben auf dem Dach befindet sich ein kleiner Turm mit vielen kleinen Fenstern, die zum Meer weisen.

Turm des Künstlers?

Das Wasser läuft gerade auf. Wahrscheinlich dauert es nicht mehr lange, bis die Flut ihren Höchststand erreicht hat.

Die Wellen schlagen mit Getöse an den Strand. Die weiß schäumende Gischt spritzt an den Felsen unterhalb der Hütte hoch.

Toller Platz. Für Wahnsinnige.

Ich probiere Mattis Schlüssel aus. Einen nach dem anderen. Bis das Schloss an der Haustür aufspringt.

Die untere Etage sieht ganz normal aus. Eine kleine Kochnische. Ein abgewetztes Schlafsofa. Ein alter Tisch und zwei Stühle.

Der Kleiderschrank ist fast leer. Es gibt dort nur eine dunkle Winterjacke, einen roten Regenanzug und schwarze Stiefel.

Eine Holztreppe führt hinauf in den Turm.

Die Aussicht ist unverkennbar dramatisch. Für diejenigen, die generell Spaß an Meer, Felsen und Wind haben.

Der Turm ist als Arbeitszimmer eingerichtet. Hier liegt jede Menge Material herum. Bücher, Zeitschriften, Fotos, Zeichnungen.

Ein kleiner Schreibtisch steht direkt unter dem Fenster. Dort gibt es auch einen Drehstuhl auf Rädern.

Der Laptop liegt auf dem Tisch.

Bingo!

Ich setze mich auf den Stuhl. Betrachte einen Moment den schwarzen Kasten.

Aber ich kann der Versuchung widerstehen.

Warte lieber, bis ich wieder zu Hause bin.

Ich gucke aus dem Fenster. Betrachte die aufgebrachten Kräfte der Natur, die sich an den nassen Klippen austoben.

Matti hat wahrscheinlich erst vor ein paar Tagen in diesem Stuhl gesessen. Einen Plan ersonnen, wie er die Goldjungs an der Nase herumführen kann. Und mich.

Alle möglichen Pläne geschmiedet.

Ohne einen Verdacht zu hegen, dass seine nächste Verabredung mit dem Tod wäre.

Uff!

Ich öffne die Schreibtischschubladen. Aber finde nichts Interessantes.

Erst, als ich die Nacktfotos entdecke. Das rote Fotoalbum in der rechten, obersten Schublade.

Mattis Leistungsschau. Als eifriger Nachahmer des Herrn Casanova.

Er selber ist auf allen Fotos zu sehen. Aber mit immer einer neuen Liebhaberin.

Ich blättere die Seiten nacheinander durch.

Kenne die Frauen nicht. Außer Audur. Und Sjöfn.

Auf dem letzten Foto im Album sind sie zusammen drauf. Matti und Sjöfn. Sie stehen vor einem großen Spiegel. In enger Umarmung.

Wie hatte Máki sie noch genannt? *Beauty and the beast*? Die Schöne und das Biest?

Vielleicht.

Irgendetwas ärgert meine Gehirnzellen.

Irgendein Detail an diesem Foto stört mich. Etwas ist überhaupt nicht so, wie es sein soll.

Aber was?

Ich betrachte die beiden genauer. Sjöfns schlanke Figur. Mattis eher massigen, dicklichen Körper. Die Gesichter, die sich der Kamera zuwenden.

Was ist los?

Es dauert eine ganze Weile, bis mir klar wird, was mich so stört.

Hier stehen sie sich gegenüber. Aufgerichtet.

Die beiden sind gleich groß.

Warum kommt mir das komisch vor?

Ich versuche, die Datenbank meines Gehirns zu durchwühlen. Um eine Erklärung für dieses unerwartete und unbequeme Gefühl zu finden.

War Matti denn nicht mit Sicherheit größer als Sjöfn?

Das habe ich immer gedacht. Bin davon immer als Tatsache ausgegangen.

Aber warum?

Ich habe Sjöfn und Matti natürlich nie zusammen gesehen, als sie noch lebten.

Kenne sie nur von Fotos.

Wie zum Kuckuck bin ich auf diese falsche Idee gekommen? Dass Matti größer als sie sei?

Mein Gehirn antwortet nicht.

Schließlich gebe ich auf. Stehe wieder auf. Gucke mich erneut in Mattis privatem Turm um.

Soll ich auch die Videos suchen? Mal nachsehen, ob sie hier auch versteckt sind?

Nein. Am besten, ich lasse es sein.

Die Goldjungs müssen ja auch was zu tun haben.

Aber ich nehme den Laptop an mich.

Das rote Fotoalbum auch.

Stecke beides in eine Plastiktüte, die ich in der Küche finde.

Schließe die Haustüre ab. Mache mich unverzagt auf den Weg über diesen holprigen Pfad.

Ich marschiere immer noch mit der Plastiktüte im Arm gegen den beißenden Wind, als mir die Antwort auf meine Frage plötzlich durch den Kopf schießt.

Wie eine Ohrfeige aus heiterem Himmel.

43. KAPITEL

Ich möchte alle Köder, die ich in der Hand habe, nutzen.

Mattis Laptop. Und das Vandalismus-Video.

Versuche auf die Weise, die Wahrheit ans Licht zu zwingen.

Erwarte am ehesten, dass Harpa nachgibt. Weiß, dass sie jetzt schon von schweren Gewissensbissen geplagt wird.

Dísa ist jedenfalls nicht nervös. Da bin ich fast sicher. Wahrscheinlich ist es völlig egal, auf welche Weise ich versuche, sie zu reizen. Sie ist stark. Und unverfroren.

Und Audur? Wie wird sie wohl reagieren?

Ich weiß es nicht. Sie ist so undurchsichtig.

Sobald ich in die Stadt zurückgekommen war, ging ich ins Büro. Holte mein Exemplar der Aufnahme aus der Überwachungskamera des Obersten Gerichts. Schob die Kassette ins Videogerät.

Eigentlich war es ja nur eine Formsache. Das Video anzusehen.

Ich war ganz sicher.

Trotzdem habe ich es angesehen. Um die endgültige Bestätigung zu bekommen.

Und wieder einmal erschienen Sjöfn und ihr Begleiter bei mir auf dem Bildschirm. Betreten durch den nördlichen Eingang das Gebäude des Obersten Gerichts.

Ich spulte das Video zurück.

Ließ es wieder vorwärts laufen.

Spulte wieder zurück.

Schließlich hielt ich den Film an dem Sekundenbruchteil an, wo man beide gut sehen kann. Nebeneinander.

Da hatte ich die Erklärung direkt vor meinen Augen. Warum ich dachte, dass Matti größer wäre als Sjöfn.

Ich konnte nicht anders, als eine Weile auf den grau flimmernden Bildschirm zu starren. Auf Sjöfn, die ihren letzten Gang antritt. Und auf den Mann an ihrer Seite.

Er war eindeutig einen Kopf größer. Der Größenunterschied machte ungefähr zehn Zentimeter aus.

Nicht weniger.

Was nur eins bedeutet:

Sjöfns Mörder ist immer noch springlebendig. Obwohl Matti tot ist.

Ich hätte nicht übel Lust, bei Jackie Schutz zu suchen. Um zu versuchen, diesen Kälteschauer aus meinem Körper zu vertreiben, der nichts mit dem schmuddeligen Wetter zu tun hat.

Aber ich gönne ihn mir nicht.

Ich möchte jetzt sofort auf die Jagd gehen.

Einbrecher und Vandalen stellen.

Und Mörder.

Dísa kommt persönlich an die Tür.

Sie hat wahrhaftig nicht erwartet, von mir besucht zu werden, und reagiert dementsprechend feindselig.

»Was willst du denn hier?«, fragt sie kühl.

»Wir müssen uns mal unterhalten.«

»Über was denn?«

»Unter anderem über das, was man auf diesem Video sehen kann«, antworte ich und wedele ihr mit der Kassette unter der Nase herum.

Harpa erscheint auch in der Tür. Grüßt mich schüchtern.

»Sie will uns unbedingt etwas zeigen«, sagt Dísa und macht die Tür weit auf, um mich hereinzulassen.

»Dann wird das ja ein richtiger Videoabend«, sagt Harpa und geht als Erste den Gang entlang.

Das Wohnzimmer ist ungewöhnlich. Die Wände sind entweder rosa oder blutrot angestrichen. Möbel überwiegend in Schwarz oder Weiß. Stahlrahmen und Glas überall.

Audur hat es sich in einem tiefen Sessel gemütlich gemacht.

Sie nickt mir zu, ohne aufzustehen.

Die drei haben sich offensichtlich Aufnahmen von alten Aufführungen der Selbstständigen Theatergemeinschaft angesehen. Die Videokassetten liegen auf dem Couchtisch. Und Fotos.

»Gestern Nachmittag wurde klar, dass die Arbeit der Selbstständigen Theatergemeinschaft für ein oder zwei Spielzeiten mindestens ruhen wird«, sagt Audur. »Deshalb ist unser Treffen hier jetzt so eine Art Leichenschmaus.«

Auf dem Standbild im Fernsehen sieht man Matti und Sjöfn.

»Guckt ruhig weiter«, sage ich und setze mich. »Ich hab's nicht eilig.«

Dísa setzt sich neben Harpa aufs Sofa, nimmt die Fernbedienung vom Couchtisch und lässt das Video weiterlaufen.

»Das ist aus der Aufführung vom letzten Jahr«, erklärt Harpa.

Sjöfn hat etwas. Etwas anderes und mehr als nur ein sexy Aussehen.

Matti schwirrt um sie herum. So, wie es in dieser Szene zweifellos von ihm erwartet wird. Ohne dass ich darüber Näheres weiß.

Shakespeare ist nicht meine Welt.

Meine Meinung von Matti hat sich nicht geändert. Er ist in meinen Augen allerdings kein Mörder mehr. Aber trotzdem ein ekelhafter Krimineller.

Plötzlich hält Dísa das Video an.

»Worauf wartest du eigentlich?«, fragt sie aufgebracht. »Jetzt zeig uns doch endlich, was du Tolles mitgebracht hast.«

»Ruhig, Dísa«, sagt Audur leise.

Ich nehme Dísa die Fernbedienung ab. Tausche die Kassette im Videorecorder aus. Setze mich strategisch so seitlich hin, dass ich den Fernseher und sie sehen kann. Und drücke auf Play.

Der alte Mann erscheint zuerst auf dem Bildschirm. Gefesselt und geknebelt. Und völlig entsetzt.

Die drei reagieren völlig unterschiedlich auf das Video.

Harpa hält sich die Hand vor den Mund.

Audur in ihrem Sessel beugt sich vor. Betrachtet das Bild genau.

Aber Dísa springt auf.

»Ich hab's doch gewusst!«, ruft sie. »Du hast die Kassette geklaut!«

»Aber Dísa!«, sagt Audur tadelnd. Wie eine Mutter, die versucht, ihr ungezogenes Kind zur Vernunft zu bringen.

Ich lasse das Bild vom alten Mann auf dem Bildschirm gefrieren.

Begegne gelassen Dísas aufgebrachtem Blick.

Lächele. Obwohl sie sich über mir aufbaut. Mit drohendem Gesichtsausdruck.

»Merkwürdig … Wie bin ich nur darauf gekommen, dass dir bekannt vorkommen könnte, was man auf diesem Video zu sehen kriegt«, sage ich. »Findest du nicht?«

Dísa wird ihr Verhalten bewusst. Setzt sich wieder aufs Sofa.

»Ich habe den Film bei Matti gesehen«, sagt sie.

»Gib dir keine Mühe, mir etwas vorzumachen«, sage ich. »Du warst doch an Ort und Stelle, als der Film aufgenommen wurde.«

»Du bringst mal wieder alles durcheinander, wie immer«, antwortet Dísa unverschämt.

»Dann kann es dir ja egal sein, dass ich den Goldjungs das Video übergebe?«

»Was du machst, geht mich doch nichts an.«

Harpa ist ganz eindeutig völlig geknickt.

»Und was ist mit dir?«, frage ich und fixiere sie mit meinem Blick. »Ist dir auch egal, was ich mit dem Video mache?«

Sie guckt Dísa an. Senkt dann ihren Kopf.

Und schweigt.

Audur bricht schließlich das Schweigen.

»Ich habe diese furchtbare Aufnahme noch nie gesehen und weiß daher nicht, um was es sich handelt«, sagt sie ruhig. »Aber wenn das etwas mit der Theatergemeinschaft oder den Mädchen zu tun hat, bin ich davon überzeugt, dass es sich hierbei um ein weiteres Delikt von Matti handelt. Aber weil er ja jetzt nicht mehr unter uns weilt, halte ich es nicht für fair, andere in die Sache hineinzuziehen.«

»Er war ja nicht allein zugange.«

»Ja, natürlich! Matti soll das Video mit ins Grab nehmen!«, ruft Dísa.

»Ich möchte darauf hinweisen, dass nach dem dritten Einbruch dieser Art eine alte, unschuldige Frau in der Uniklinik immer noch um ihr Leben kämpft«, sage ich und gucke Dísa und Harpa abwechselnd an. »Ist das für euch nicht Grund genug, um mir die Wahrheit zu sagen?«

Nach einer längeren Stille stehe ich auf. Ziehe die Kassette aus dem Videogerät. Lege die Fernbedienung auf den Couchtisch.

Dísa steht auf.

»Lass das Video hier«, sagt sie. Mit Befehlston in der Stimme.

Ich schüttele den Kopf.

»Das Video wird zu seiner Zeit als Beweismittel in einem Kriminalfall eingesetzt werden«, sage ich. »Ich habe allerdings jetzt schon beschlossen, den Goldjungs die Kassette zu übergeben.«

Harpa weicht meinem Blick aus.

»Und auch Mattis Laptop«, füge ich hinzu. »Sie werden sicher einige interessante Sachen darin finden.«

»Hast du auch den Laptop?«, fragt Audur und steht auf.

Ich nicke.

»Wo hast du ihn gestohlen?«, schnauzt Dísa.

»Am nächsten Montag kriegen die Goldjungs den Laptop«, sage ich und gehe ein paar Schritte auf die Wohnungstür zu. »Und die Kassette selbstverständlich auch.«

Aus Harpas Augen spricht die Angst. Aber sie sagt nichts.

Dísa will mir am liebsten das Video aus der Hand reißen. Bis Audur sie an den Schultern festhält. Und ihr etwas ins Ohr flüstert.

Danach versucht sie nicht mehr, mich am Gehen – mit dem Video – zu hindern.

Als ich nach Hause komme, nehme ich mir meinen Jackie mit ins Wohnzimmer. Lege mich aufs Sofa. Endlich kann ich etwas trinken. Der erste Schluck des Tages.

Jetzt habe ich die Leinen ausgelegt. Jetzt wird sich zeigen, wer den Köder schluckt. Mir das berichtet, was ich wissen muss, um den Fall zu lösen.

Der Besuch hat mir das bestätigt, was ich schon vermutet hatte.

Dísa wird mir nie etwas sagen. Sie ist eine viel zu harte Nuss.

Aber wahrscheinlich wird Harpa den Druck irgendwann nicht mehr aushalten. Das kann jederzeit passieren.

Muss darauf vertrauen.

Aber ich treffe auch meine Vorsichtsmaßnahmen. Rufe den Sicherheitsdienst an. Ordere über das Wochenende eine besondere Bewachung des Hauses.

Sie versprechen, dass ein Wachmann ein paar Mal pro Tag vorbeikommen wird. Um zu überprüfen, ob im Haus alles in Ordnung ist.

Natürlich erwarte ich nicht wirklich, dass sie tatsächlich versuchen würden, bei mir einzubrechen. Um meine Köder zu stehlen. Den Laptop und das Video.

Aber man weiß ja nie.

Ich gehe in die Küche. Mache mir einen starken Kaffee.

Tiefschwarzen Espresso.

Nehme die Kaffeetasse mit mir ins Wohnzimmer.

Setze mich wieder aufs Sofa. Trinke abwechselnd Kaffee und Jackie.

Gute Mischung.

Aber ich habe keine Ruhe in mir, um still zu sitzen. Muss mich bewegen.

Tigere im Wohnzimmer auf und ab. Mit meinem Glas in der Hand.

Aber das bringt es auch nicht. Und ändert nichts an der nagenden Ungeduld, die Körper und Seele kribbelig macht.

Ich halte die Stille nicht aus. Und das Alleinsein. Jedenfalls nicht jetzt.

Muss mich auf die Piste begeben. Das ist die einzig wahre Lösung.

Die Innenstadt ist unwirtlich.

Und dunkel. Trotz der bunt leuchtenden Lichterherrlichkeit der Geschäfte und Vergnügungslokale.

Nur ganz wenige sind auf den Straßen unterwegs. Am ehesten noch einige verlorene Seelen der Stadt, auf der Suche nach chemischer Glückseligkeit.

Aber hinter den Türen kann man immer ein Plätzchen finden, an dem etwas los ist. Einen erfrischenden Lärmpegel und alkoholgetränkte Hintergrundgeräusche. Und eine Art Gesellschaft.

In der ersten Bar suche ich mir einen ruhigen Platz. Erlaube Jackie, sich in meinem Körper auszutoben. Bevor ich mich richtig umgucke.

Nach einem brauchbaren Nachtvergnügen Ausschau halte.

Die Auswahl heute Abend ist nicht gerade berauschend. Wird erst im dritten Lokal besser.

Da treffe ich auf eine Gruppe Mädels, die zusammen unterwegs sind.

Sie sehen richtig fit aus. In guter Form. Als würden sie im Verein trainieren.

Eine von ihnen entfacht in mir ein kleines Feuer. Sofort, als ich sie sehe.

Sie ist groß und schlank. Hat eine vorwitzige Brust. Und helle Haare mit Kurzhaarschnitt. Fast wie bei einem Jungen.

Sie bemerkt meinen Blick schnell.

Guckt wieder weg.

Aber sieht trotzdem ab und zu zu mir hinüber. Tut so, als wäre es unabsichtlich.

Als sie zur Bar geht, spendiere ich ihr ein Glas.

Sie heißt Stefanía. Ist eine Sportskanone. Wie ich vermutet habe.

Ich habe keine Ahnung von Handball. Aber ich gestehe ihr zu, über ihren Sport, die isländischen Meisterschaften und sich selbst zu erzählen, wie es ihr gefällt.

Schaue ihr lächelnd in die Augen. Berühre sie wie unbeabsichtigt, während wir miteinander reden. Ihre starken Finger. Die durchtrainierten Muskeln an ihren Armen.

Merke, dass sie auch Interesse hat. Aber dass sie sich nicht traut. Ist unerfahren.

Deshalb gehe ich vorsichtig vor.

Versuche sie erst zu küssen, als wir bei mir zu Hause im Wohnzimmer sind.

Zuerst ist es ihr peinlich.

Aber dann gibt sie schnell nach. Lässt sich leiten.

Als ich merke, dass sie die Schwelle übertreten hat, lässt sie sich willig von mir ins Gästezimmer führen.

Ich nehme sie hart ran. Bin grob und frech. Als ob sie an den Schmerzen vergangener Jahre schuld sei.

Hinterher wird Stefanía schüchtern. Ist aber nichtsdestotrotz mit sich zufrieden.

Ich erlaube ihr, in meinen Armen einzuschlafen.

Lege mich dann nackt unter meine eigene Bettdecke im Schlafzimmer. Alleine.

Endlich in der Lage, in tiefen Schlaf zu fallen.

Und lange, lange zu schlafen.

44. KAPITEL

Donnerstag, in den frühen Morgenstunden

Ich wache langsam und unbequem auf. Aus tiefem Schlaf.

Will es nicht. Aber werde dazu genötigt.

Zuerst fühle ich mich wie in einem besonders unangenehmen Traum.

Habe das Gefühl, völlig kraftlos zu sein. Hilflos.

Es ist, als ob mich etwas von allen Seiten einengen würde. Etwas, das mich komplett lähmt.

Ich kann meine Hände nicht bewegen. Die Füße auch nicht.

Weiß nicht, warum.

Meine innere Angst versucht, um Hilfe zu rufen.

Aber das geht auch nicht.

Der unangenehme Traum wird zu einem schrecklichen Albtraum.

Ganz langsam komme ich zu einer Art Bewusstsein. Ohne jedoch ganz aufzuwachen.

Versuche wieder, mich zu bewegen. Aber ich kann es jetzt genauso wenig wie vorhin.

Ich hänge in irgendwelchen Fesseln fest.

Schließlich gelingt es mir, meine Augen zu öffnen.

Da erst wird mir klar, dass dieser Albtraum kein Traum ist. Er ist Realität.

Ich liege immer noch im Bett. Nackt. Aber an Händen und Füßen gefesselt.

Und mit etwas Ekelhaftem über dem Mund.

Im Schlafzimmer ist es dunkel.

Aber auf dem Flur ist die Wandlampe an. Sie wirft einen schwachen Schein durch die Tür.

Jemand hat ein breites, schwarzes Klebeband um meine Hände und Füße gewickelt. Während ich tief geschlafen habe.

Ich spüre, wie meine Finger taub werden. Sie sind über meinem Kopf am Bettgestell festgebunden.

Teufel noch mal! Was ist hier eigentlich los?

Ich drehe meinen Kopf zur Seite. Versuche, richtig wach zu werden. Die Schlaftrunkenheit aus den Gehirnzellen zu vertreiben. Und die lang anhaltenden Streicheleinheiten von Jackie.

Rucke dann einmal kräftig am Band.

Uff!

Es gibt nicht nach. Zieht sich im Gegenteil noch stärker am Handgelenk zusammen. Klemmt mir die Adern ab.

Sinnlos.

Wer hat mir das angetan?

Stefanía fällt mir zuerst ein. Denn sie war ja die Einzige im Haus. Außer mir selber.

Habe ich mir eine gewalttätige Psychotante an Land gezogen?

Neeeiin, zum Henker.

Es sei denn, sie ist total schizophren?

Ich versuche, meine Angst zu bändigen. So ruhig wie möglich zu atmen.

Muss klar denken. Gezielt. Und der Reihe nach.

Muss einen Weg finden, um loszukommen.

Was war das denn?

Ich halte für einen Moment den Atem an. Spanne mich beim Lauschen an.

Da ist das Geräusch schon wieder.

Jemand geht bestimmt auf dem Flur umher. Oder auf der Treppe.

Meine Adrenalinausschüttung ist in vollem Gange.

Das verdammte Biest, das mich gefesselt hat, ist also noch in meiner Wohnung.

Ich muss dieses Klebeband loswerden. Bevor dieser Mistkerl wieder zu mir hereinkommt. Ansonsten bin ich total ausgeliefert.

Aber wie soll ich meine Hände losbekommen?

Ich muss auf jeden Fall etwas versuchen.

Ich wälze mich vorsichtig auf die Seite. Lege mich dann auf den Bauch. Versuche zu sehen, wie dieser Arsch meine Hände am Bettgestell festgebunden hat.

Er hat eine grüne Schnur benutzt. Hat die Hände fest zusammengebunden. Die Enden ein paar Mal um den Bettpfosten gewickelt. Und viele Knoten gewunden.

Ohne scharfe Werkzeuge ist es nicht möglich, diese Schnur loszuwerden.

Ich bräuchte ein Messer. Oder eine Schere.

Verdammter Mist!

Was könnte ich sonst noch tun?

Vielleicht das Klebeband vom Mund rubbeln? Damit ich um Hilfe rufen kann?

Ich tue alles, nur nicht tatenlos auf diesen Verbrecher warten.

Ich schiebe mich bis zum Kopfende hoch.

Drücke mein Gesicht auf die Finger, die fest zusammengebunden sind.

Versuche dann, das Klebeband mit den Fingernägeln abzukratzen.

Aber meine Finger sind kraftlos. Und das Band fest.

Es gibt nicht nach.

Plötzlich höre ich wieder Schritte. Nur viel näher als eben.

Er ist ins Schlafzimmer gekommen.

Ich will mich wieder auf den Rücken drehen. Um besser zu sehen, wie der Angreifer aussieht.

Aber zu spät.

Er drückt mein Gesicht wieder ins Kissen. Mit einer behandschuhten Hand.

Setzt sich dann auf mich. Auf meinen nackten Rücken.

Ich habe das Gefühl zu ersticken.

Dann fasst er in meine Haare. Zieht meinen Kopf nach hinten. Schiebt mit der anderen Hand etwas unter meinem Hals durch.

Ich merke, was es ist. Sobald er fest zuzieht.

Ein Seil.

Er hält es direkt am Hals fest. Als würde er mich hängen wollen.

Trotzdem kann ich noch atmen.

Aber wie lange?

Plötzlich beginnt er zu sprechen.

»Ich will den Laptop und das Video, das du von Matti gestohlen hast.«

Die Stimme klingt heiser. Verstellt. Wie bei einem Schauspieler, der eine Zeichentrickfigur mit tiefer Stimme aus dem Fernsehen imitiert.

Den Laptop? Und das Video?

Teufel noch mal! Das ist doch …

Der Verbrecher gibt mir keine Zeit zum Nachdenken.

»Du tust genau das, was ich dir sage«, redet er im gleichen Ton weiter wie bisher. »Und keine faulen Tricks.«

Plötzlich zieht er die Schlinge zu.

Das tut weh. Und ich kriege keine Luft mehr.

Da gibt er wieder ein bisschen nach.

»Ich werde dich jetzt vom Bett losmachen, damit du mir den richtigen Ort zeigen kannst. Wenn du versuchst, zu schwindeln, ziehe ich die Schlinge zu.«

Er hält das Seil nahe an meinem Hals fest.

Es quetscht meinen Hals.

Okay.

Ich werde wohl oder übel diesem Armleuchter gehorchen müssen. Bis mir etwas Besseres einfällt.

Der Angreifer benutzt eine kleine Schere, um die Schnur vom Kopfende abzuschneiden.

Schneidet dann das Klebeband an den Füßen durch.

Befiehlt mir, aufzustehen.

Wartet hinter mir. Hält das Würgeseil fest in der Hand.

Ich kann aus den Augenwinkeln erkennen, dass der Einbrecher einen dunkelblauen Overall anhat. Und eine dicke Schlupfmütze auf dem Kopf trägt. Wie auf dem Video.

Verdammter Widerling!

Ich bin unsicher auf den Beinen. Muss alle meine Kräfte einsetzen, um nicht hinzufallen.

Wo ist dieser verfluchte Wachmann? Der sollte doch für mich das Haus beobachten?

»Zuerst der Laptop. Wo ist er?«, fragt der Vermummte.

Ich habe ihn im Aktenschrank im Büro eingeschlossen. Als ich gestern Abend von Dísa nach Hause kam.

Habe aber das Video mit in die obere Etage genommen. Habe die Kassette in den Weinschrank gesteckt, als ich mir eine Jackie-Flasche geholt habe.

Sie sollte dort immer noch sein.

Ich weise auf die Tür. Mit gefesselten Händen.

»Dann los!«

Der Vermummte schubst mich mit der einen Hand in den Rücken. Hält mit der anderen die Schlinge fest.

Also gehe ich langsam aus dem Schlafzimmer.

Gehe langsam auf den Gang.

Suche dringend nach dem rettenden Einfall.

Nur irgendwas!

Neben der Tür zum Gästezimmer steht ein vergoldeter

Metallständer. Und obendrauf steht eine hübsch verzierte Vase.

Sauteures Kunstobjekt.

Zum Teufel damit!

Ich lasse mich auf die Seite fallen. Stoße ganz zufällig an den Ständer. Stürze dann mit meinen nackten Knien auf den Fußboden.

Peng!

Der Lärm auf dem Flur ist wahnsinnig. Als das Metall auf die Fliesen donnert. Und die Vase auf dem harten Fußboden zerschlägt.

Das sollte reichen, um selbst Dornröschen wieder zu erwecken. Von ihrem hundertjährigen Schlaf.

Aber der Schmerz ist wirklich unerträglich. Das Seil drückt mir den Hals zu.

Es ist, als ob ich ersticken würde.

»Steh auf!«, sagt der Vermummte. Und lockert ein wenig das Seil

Ich stütze mich an der Wand ab. Ringe nach Atem.

»Hoch!«

Langsam gelingt es mir wieder, auf die Beine zu kommen.

»Wohin?«, fragt der Vermummte.

Ich zeige auf das Wohnzimmer. Schwanke durch die offene Tür. Weise mit den Fingern auf den Weinschrank.

Der Einbrecher drückt mich gegen die Wand. Hält das Würgeseil fest in der einen Hand. Öffnet den Schrank mit der anderen.

Er findet das Video. Guckt auf den Aufkleber, wo Matti die Nummer hingeschrieben hat.

»Und wo ist der Laptop?«

Ich muss lügen. Um Zeit zu gewinnen.

Hoffentlich lässt sich der verdammte Wachmann blicken, bevor alles zu spät ist!

Ich zeige auf das Sofa.

»Was? Da drunter?«, fragt der Vermummte.

Ich nicke.

Er schubst mir schon wieder in den Rücken. Will, dass ich weiter ins Wohnzimmer hineingehe. Direkt zur Couchgarnitur.

»Auf die Knie!«, befiehlt er.

Ich zögere.

Weiß, dass das der entscheidende Moment ist.

Ich darf ihm nicht erlauben, mich auf den Fußboden zu legen. Dann kann er mit mir machen, was er will. Wenn er den Laptop nicht unter dem Sofa findet.

Ich muss mich irgendwie verteidigen.

Jetzt oder nie.

Aber ich bin zu spät.

Der Vermummte tritt mir von hinten direkt in die Kniekehlen.

Meine Knie geben nach. Ich falle auf den Boden. Merke, wie sich das Seil so fest um den Hals zuzieht, dass mir schwindelig wird.

Im selben Moment regnet es Scherben über meinen Kopf. Sie fallen so dicht wie bei einem Schneetreiben mit scharfen Hagelkörnern.

Und eine rote Flüssigkeit spritzt mir ins Gesicht.

Ist das etwa Blut?

Ich höre, wie hinter mir jemand qualvoll stöhnt.

Zur gleichen Zeit lockert sich das Seil um meinem Hals. Und der maskierte Einbrecher fällt auf den Boden.

Ich gucke schnell über die Schulter.

Stefanía steht hinter mir. Mit dem dunklen Flaschenhals einer zersplitterten Rotweinflasche in der rechten Hand. Der Schock steht ihr ins Gesicht geschrieben.

Man kann deutlich sehen, dass sie gerade erst aufgewacht ist. Sie ist nackt wie ich.

Der Vermummte liegt ihr zu Füßen. Regungslos.

Und in Rotwein mariniert.

Er hat ganz eindeutig das Bewusstsein verloren, als er die Flasche mit voller Kraft auf den Hinterkopf bekommen hat.

Ich merke, wie die Angst einer rasenden Wut weicht.

Kann noch nicht einmal abwarten, bis Stefanía mich von den Fesseln befreit hat.

Beuge mich sofort hinunter. Fange sofort an, mit meinen tauben Fingern, die neue Kraft bekommen haben, an der Mütze zu zerren.

Mit der Kraft der Wut.

Schließlich gelingt es mir, die Maske vom Kopf zu ziehen. Starre auf das breite Gesicht.

Es ist Audur.

Ende des Winters

45. KAPITEL

Am letzten Wintertag, Ende April

Der Winter verabschiedet sich mit Regen.

Der eisige Frost ist vorbei. Alles ist klatschnass geworden. Ungemütlich.

Uff!

Eigentlich ist das auch nicht besser.

Die Goldjungs haben Adalgrímur kurz vor Ostern auf freien Fuß gesetzt.

Sie machten sich allerdings mehr Mühe als normalerweise, wenn ein Krimineller aus der Untersuchungshaft entlassen wird. Haben eine besondere Besprechung in der Kripo-Festung anberaumt. Am gleichen Tisch wie beim ersten Verhör, als sie Adalgrímur noch für einen Mordverdächtigen hielten.

Der Vize-Polizeipräsident steht seiner Mannschaft vor. Begrüßt den ehemaligen Richter am Obersten Gericht mit Handschlag. Als ob sie wieder Freunde wären.

Adalgrímur hat zwar dem Vize die Hand gegeben. Aber nur lose. Und in seinem Blick war keine Freundschaft.

»Uns ist es gelungen, den heimtückischen und kriminellen Versuch aufzudecken, dir die Schuld am Tod von Sjöfn Saeunnardóttir in die Schuhe zu schieben«, sagt der Vize wichtigtuerisch.

»Ach ja? Ist euch das gelungen?«, fällt Adalgrímur ihm ins Wort. In seiner Stimme schwang kalter Hohn mit.

Der Vize konnte schnell den peinlichen Gesichtsausdruck abschütteln.

»Allerdings mit wertvoller Hilfe deiner Anwältin«, fügte er hinzu, »das will ich nicht abstreiten. Wir bedauern sehr, Adalgrímur, wie gut dem Mörder der Täuschungsversuch gelang, aber das ist jetzt vorbei und du bist ein freier Mann.«

»Besser spät als nie, vermutlich.«

»In unserer Erklärung, die wir heute Nachmittag an die Presse reichen werden, wird deutlich hervorgehoben werden, dass du von jeglichem Verdacht im Zusammenhang mit diesem Fall befreit bist.«

Adalgrímur guckte eine ganze Weile die Goldjungs an. Einen nach dem anderen. Ohne ein Wort zu sagen.

Sie warteten schweigend auf seine Reaktion.

Schließlich sah Adalgrímur den Vize direkt an.

»Ich bin sicher, dass ihr euch öffentlich bei meiner Anwältin bedanken werdet, euch auf die richtige Spur gebracht zu haben?«, fragte er.

Die Gesichter der Goldjungs bekamen auf einmal den starren Ausdruck von Schaufensterpuppen.

Der Vize räusperte sich erneut. Rutschte in seinem Stuhl herum.

»Die Erklärung ist noch nicht ganz fertig«, sagte er. »Es ist mit Sicherheit noch möglich, ein paar Änderungen vorzunehmen.«

»Ich werde sie mit Interesse durchlesen«, sagte Adalgrímur, »bevor ich meine eigene Erklärung abgeben werde und weitere Schritte von meiner Seite aus einleite.«

»Es ist natürlich immer schlimm, wenn ein unschuldiger Mann verdächtigt wird, ein schweres Verbrechen begangen zu haben, und in Untersuchungshaft sitzt«, sagte Raggi, »aber uns waren die Hände gebunden, und es gab nur die eine Möglichkeit.«

»Dem stimme ich nicht zu«, antwortete Adalgrímur, »aber das wird sich herausstellen, wenn der ganze Fall noch einmal aufgerollt wird, um den Ablauf aller Vorkommnisse und Tätigkeiten einzuschätzen und die daraus resultierenden Folgen sowohl für mich als auch für euch zu bewerten.«

Er saß eine Weile schweigend neben mir im Auto.

»Darf ich dein Mobiltelefon benutzen?«, fragte er, als es nicht mehr weit bis zum riesengroßen Einfamilienhaus war.

Er rief Sólveig an. Sagte seiner Tochter, dass er aus der Untersuchungshaft entlassen und auf dem Weg nach Hause wäre. Bat sie, umgehend zu kommen.

Ich begleitete ihn ins Wohnzimmer.

Adalgrímur hat sich lange ausgiebig umgesehen. Als ob ihm sein Wohnzimmer wie eine fremde Welt vorkäme.

»Ich finde es befremdlich, auf einmal wieder zu Hause zu sein«, sagte er und setzte sich in einen seiner Sessel. »Es kommt mir vor, als wäre ich zu Gast in meinem eigenen Haus.«

»Möchtest du, dass ich warte, bis Sólveig gekommen ist?«

»Ja gerne, wenn du die Zeit entbehren kannst.«

»Aber natürlich.«

Er stand auf. Ging mit langsamen Schritten im Wohnzimmer auf und ab.

»Im Gefängnis kam ich mir manchmal vor wie der Mann in der berühmten Erzählung von Kafka«, sagte er. »Ich saß unschuldig im Gefängnis, eines schrecklichen Verbrechens bezichtigt, und konnte nirgendwo einen Weg in die Freiheit finden.«

»Das haben andere auch schon erlebt«, sagte ich. »Wie du weißt.«

Adalgrímur blieb abrupt stehen. Ging wieder zu seinem

Sessel. Ließ sich schwer auf das Polster fallen. Beugte sich vor. Hielt sich beide Hände vors Gesicht. Seine Schultern begannen vor unterdrückten Schluchzern zu zucken, die er nicht mehr im Griff hatte.

Ich guckte woandershin. Betrachtete das Wohnzimmer genauer. Die klassischen Malereien an der Wand. Und die sauteuren Möbel. Was für eine Umstellung für Adalgrímur. So völlig ohne Vorwarnung aus diesem überwältigenden Reichtum in eine spartanische Gefängniszelle umziehen zu müssen.

Aber vielleicht hat es ihm ja auch mal gut getan?

Wer weiß.

Adalgrímur muss sich in den nächsten Wochen gut erholen. Sólveig wird zweifellos dafür sorgen.

Und was wird dann passieren? Wird er wieder in sein Amt eingesetzt? Oder wird er eine Riesenentschädigung bekommen?

Ich ahne, dass sie verhandeln werden.

Die mächtigen Männer.

Er ist trotz alledem einer von ihnen.

In den letzten Tagen haben die Goldjungs versucht, ihre Feindseligkeit mir gegenüber im Zaum zu halten.

Natürlich sollten sie sich schämen und mir einen Deut Dankbarkeit zeigen. Für das ganze Material, das ich für sie herangeschafft habe. Den Laptop. Das Video. Und die Geheimnisse der Hütte am Strand. Die Videos, die aus dem Keller verschwunden waren.

Aber sie können es nicht.

Die Einbruch- und Vandalismusfälle sind bereits gelöst. Dísa und Harpa werden angeklagt. Das ist klar. Sie wollen zu ihrer Verteidigung vorbringen, dass Matti sie zu diesen Schandtaten genötigt habe.

Es ist nicht klar, ob Harpa mit einer milderen Strafe davonkommt als Dísa. Sie folgte allerdings endlich meinem

Rat und hat ein Geständnis abgelegt. Aber vielleicht war es zu spät, um wirklichen Einfluss auf das zu erwartende Urteil zu haben.

Audur sitzt in Untersuchungshaft. Wegen des Überfalls auf mich.

Sie wird wahrscheinlich wegen versuchten Mordes angeklagt.

Aber die Goldjungs sind bemüht, ihr noch mehr nachzuweisen. Wenigstens Teilnahme an Erpressung. Und dann natürlich auch den Mord im Obersten Gericht.

Audur. Die schleichende Maus.

Ich bin sicher, dass sie den Mord begangen hat. Aber weiß nicht, ob es jemals vor Gericht bewiesen werden kann.

Ich habe den Goldjungs eine Goldgrube übergeben. Mattis Laptop.

Sie haben schon so einiges Interessantes gefunden. Unter anderem etwas über Erpressungen. Denken, dass sie bereits jetzt mit Sicherheit von sechs Fällen ausgehen können, wo die Opfer Unsummen bezahlten. Und die Klappe hielten.

Sie finden es am angenehmsten, Mattis Tod als Unfall abzuhaken.

Vielleicht stimmt es ja auch. Obwohl ich so meine Zweifel habe.

Andererseits tappen die Goldjungs immer noch im Dunkeln, welche Rolle er beim Mord im Obersten Gericht gespielt hat.

Die DNA-Analyse hat bestätigt, dass die Blutspuren am Messer von Sjöfn stammen.

Matti gehörte die Mordwaffe. Und man hat sie bei ihm zu Hause gefunden.

Aber wer hat das Messer in der Gefriertruhe versteckt?

Audur streitet alles ab.

Streitet ab, Sjöfn ermordet zu haben. Streitet ab, von den Erpressungen zu wissen. Streitet ab, gewusst zu haben, dass Matti, Dísa und Harpa etwas mit den Einbrüchen und dem Vandalismus zu tun haben, bevor ich ihr das Video gezeigt habe.

Ich werde mit Sicherheit gegen Audur vor Gericht aussagen müssen, wenn es zur Verhandlung kommt. Wegen des Überfalls auf mich. Und Stefanía auch.

Aber ansonsten habe ich mit dem Fall nichts zu tun.

Ich bin nicht mehr eine Anwältin, die versucht, ihren Klienten aus dem Gefängnis zu holen. Nur das rechtlose Opfer eines Überfalls.

Uff!

46. KAPITEL

Ich winde meinen bunten Seidenschal sorgfältig um den Hals, bevor ich aufs Neue in den durchnässten letzten Wintertag hinausgehe.

Muss die Spuren verstecken. Vom Seil.

Sie sollen in einigen Wochen völlig verschwunden sein. Sind nur ein zeitlich begrenztes Übel. Sagen die Ärzte. Kein bleibender Schaden.

Ich habe heute Morgen Snjófrídur getroffen. Auf ihren Wunsch.

Sie hat mich in ihrem Büro empfangen. Behauptete, dass Audur ihr eine Nachricht hat zukommen lassen. Wahrscheinlich durch die Vermittlung ihres Anwalts. Was natürlich illegal ist, da sich Audur noch in Isolationshaft befindet.

Aber die Nachricht war eigentlich recht unbedeutend.

Nur, dass sie mich um Verzeihung bitten würde.

Soso.

Snjófrídur und ich haben uns auf dem Ledersofa gut unterhalten. Den Kaffee in der kleinen fernöstlichen Tasse habe ich nicht angerührt.

»Audur hat natürlich alle diese ungeheuerlichen Anschuldigungen abgestritten, die ihr vorgeworfen werden«, sagte Snjófrídur.

»Das ist ihr Recht.«

»Sie hat nur gestanden, dich angegriffen zu haben.«

»Wie hätte sie auch darum herumkommen können?«

»Sie behauptet, diese Tat in momentaner geistiger Umnachtung begangen zu haben. Ihre Erklärung dafür ist, dass sie starke, fast mütterliche Gefühle für Dísa und Harpa gehegt und deshalb zu dieser Verzweiflungstat gegriffen hat, aus Angst, dass die beiden ins Gefängnis kommen könnten, wenn der Staatsanwalt dieses Video in die Hände bekommen würde.«

»So ein Blödsinn!«

»Ich verstehe gut, dass du wütend auf Audur bist«, antwortete Snjófrídur, »aber ich finde ihre Begründung gar nicht so unwahrscheinlich. Um ganz ehrlich zu sein, hätte ich es nie für möglich gehalten, dass Audur in der Lage ist, brutale Straftaten dieser Art zu begehen, und das sage ich, die ich sie schon seit unserem Sandkastenalter kenne.«

Ich guckte Snjófrídur eine Weile schweigend an. Betrachtete sie eingehend.

»Dísa und Harpa haben beide übereinstimmend ausgesagt, dass Matti sie zur Teilnahme an den Einbrüchen genötigt und Audur damit nichts zu tun hätte«, fährt sie fort. »Was die Erpressung angeht, bin ich sicher, dass Matti alles geplant und dann Sjöfn ermordet hat, damit sie ihn nicht verrät, genau wie du es mir vor ein paar Tagen hier auf dem Sofa erklärt hast. Das einzige Verbrechen von Audur ist also nur dieser unglaubliche Ausraster, als sie dich attackiert hat, und dafür bittet sie dich ehrlich und aus vollem Herzen um Entschuldigung.«

Snjófrídur legte ihre Gedanken durchdacht dar. Sprach wie jemand, der Bescheid weiß und Macht hat.

Aber sie hat mich nicht überzeugt.

»Meine Quellen behaupten, dass die Polizei davon ausgeht, dass alle Fälle so gut wie geklärt sind«, fügte sie hinzu. »Dísa und Harpa werden beide verurteilt, aber der Erpressungsfall wird mit größter Wahrscheinlichkeit niedergelegt, da die Schuldigen beide tot sind. Dann weist alles darauf hin, dass niemand für den Mord am Obersten Gericht angeklagt wird, da die Staatsanwaltschaft Audur nichts wird nachweisen können, weil sie unschuldig ist, und Matti ist sowieso tot.«

»Wie angenehm es doch für viele sein muss, dass Matti gestorben ist«, sagte ich. »Vielleicht hat ihm ja jemand geholfen?«

»Ich kenne niemanden, der das behauptet«, antwortete Snjófrídur. »Matti hat Alkohol- und Tablettenmissbrauch betrieben und einen Fehler gemacht, der ihn das Leben gekostet hat. Es war bestimmt ein Unfall.«

»Eine Frage habe ich mir in den letzten Wochen immer wieder gestellt«, sagte ich und guckte ihr direkt in die Augen. »Du bist doch in den letzten Jahren die große Geldgeberin der Selbstständigen Theatergemeinschaft gewesen. Wie um alles in der Welt war es möglich, dass du von diesen ganzen Machenschaften nichts mitbekommen hast?«

Sie hatte sich offensichtlich auf diese Frage vorbereitet.

»Ich wusste natürlich, dass Matti äußerst eigene Ansichten und Methoden vertrat, aber hielt es nur für einen Teil seiner Genialität als Theatermensch«, antwortete sie. »Jetzt wird mir bewusst, dass ich ihn im Innersten nicht kannte, und es tröstet mich auch wenig, dass Audur ihn wohl auch nicht richtig kannte, obwohl sie ein paar Jahre mit ihm zusammengelebt hat. Aber leider sind diese ungeheuerlichen Delikte an uns beiden völlig vorbeigegangen.«

»Glaubst du wirklich, dass ich dir so einen Quatsch abkaufe?«

»Wie meinst du das?«

»Die Selbstständige Theatergemeinschaft war eine Art Verbrecherschule«, sagte ich kalt. »Da wurden Erpressungen, Einbrüche, Körperverletzungen, Vergewaltigungen und Morde geplant und ausgeführt. Junge Leute wurden in manche dieser Delikte hineingezogen, ob sie wollten oder nicht. Da Matti jetzt tot ist, ist es natürlich am angenehmsten, ihm alles in die Schuhe zu schieben. Aber ich kaufe dir das nicht ab.«

Ihre stahlgrauen Augen hielten meinem Blick stand.

»Nicht?«

Ich schüttelte den Kopf.

»Es tut mir aufrichtig leid, wenn du wirklich glaubst, dass Audur der Drahtzieher all dieser Verbrechen ist, die du genannt hast.«

Snjófrídur lächelte, wie um noch deutlicher zu unterstreichen, wie lächerlich Idee von mir ist.

»Ich habe immer noch keine Antwort auf meine Frage bekommen. Was hast du über diese Verbrechen gewusst? Und seit wann?«

»Ich hatte keine Ahnung von all diesen Sachen, bevor du mir von deinem Verdacht berichtet hast, als wir uns hier letztes Mal getroffen haben«, antwortete Snjófrídur, weiterhin lächelnd.

»Nicht?«

»Glaubst du mir nicht?«

»Nein«, antwortete ich. »Aber wir sind immerhin in einer Sache der gleichen Meinung.«

»Und die wäre?«

»Dass Audur jedenfalls nicht die wahrscheinlichste Verbrecherkönigin ist.«

Da verschwand endlich das Lächeln von Snjófrídurs Lippen. Sie stand schnell auf. Setzte sich hinter ihren Schreibtisch. Auf ihren Thron.

Die elegante Frau mit den Stahlaugen.

Die Audienz war beendet.

Jetzt bin ich auf dem Weg zum nächsten Treffen. Ich werde zwei ranghohe Goldjungs treffen, die dabei sind, ihre Ermittlungen zum Aufkommen des Gerüchts um Geirfinnur Einarsson abzuschließen.

Bringe ein Geschenk für sie mit.

Der Expressbrief kam gestern bei mir an. Das Ergebnis des amerikanischen Labors. Von der DNA-Analyse der Haare, die ich im Mai-Kai-Restaurant erhalten habe.

Die werden bestimmt staunen! Diese Herzchen.

Wenn ich ihnen von meinem Gespräch mit dem Knaben in den USA berichtet habe, werde ich auch diesen Fall zu den Akten legen können.

Dann sind die Goldjungs am Zug.

Vielleicht lassen sie eine Vergleichsanalyse des Erbguts anfertigen? Um die Wahrheit ans Licht zu bringen? Wie auch immer sie ausfallen wird.

Das wäre möglich.

Er hat mir eine Nachricht geschickt, seit ich aus Amerika wieder da bin. Nur eine ultrakurze Mail:

Immer noch unterwegs.

Das war alles.

Ich möchte mir lange freinehmen. In Sommerferien fahren. Mit Ludmilla.

Aber ich komme erst in ein paar Wochen weg. Muss noch ein paar Fälle abschließen, bevor ich in die südliche Sonne verschwinden kann. Muss sichergehen, dass sich meine Geldmühle in meiner Abwesenheit weiterdreht.

Zuerst werde ich aber diesen düsteren Winter auf passende Weise verabschieden. Ihm einen anständigen Tritt in den Hintern verpassen. Und dem Sommer auf die Sprünge helfen, indem ich bis tief in die feuchte Nacht einen draufmache.

»Die Hoffnung kostet nichts.«

Sagt Mama.

INGER FRIMANSSON

»Frimansson lesen heißt, nah an den Menschen zu sein – und an den Abgründen, in die sie blicken.«

WESTFÄLISCHE ALLGEMEINE ZEITUNG

73245 / € 9,00 [D]
Erscheint im September 2004

Als Tobias Vater nach einem Unfall ans Bett gefesselt ist, verlässt dieser Stockholm, um nach Hause zu fahren. Dort erwartet ihn eine seltsam aufgeheizte Stimmung – und eine Stiefmutter, die attraktiver ist, als allen gut tut.

»Sie ist die Einzige in Schweden, die es mit Minette Walters aufnehmen kann.«

LÄNSTIDNINGEN SÖDERTÄLJE

72832 / € 9,00 [D]

In einem Anfall von Raserei hat Beth, die sich bedroht fühlte, einen vollkommen harmlosen Mann getötet. Gemeinsam mit ihrem Mann Ulf beschließt sie, den Leichnam zu begraben und das Verbrechen zu verschweigen.

72730 / € 9,00 [D]

Zwei Feuerwehrmänner sind tot – einer angeblich einem obskuren Unfall zum Opfer gefallen, der andere ermordet. Besteht eine Verbindung zwischen den Toten? Hat man es gar mit einem gerissenen Serienmörder zu tun?

btb

www.btb-verlag.de